ウェッジ文庫

天馬の脚

室生犀星

ウェッジ

序

自分は最近随筆ばかり書いて暮してゐた。随筆も小説や詩と同様に苦しい作品であることを経験し、文章に自分の心境身辺の雰囲気を沁み込ませることも、容易な仕事ではなかつた。自分は此随筆的な愛すべき境致にゐて、静かに自分を鍛へることに喜びを感じてゐた。

自分は自ら好む閑文字と倶に文芸評論や映画の時評をも試み、これまでの随筆的佶屈を蹶破つて出た明るい感じを経験してゐた。「天馬の脚」と題したのも、その明るさを表象したものに過ぎない。

原稿は当然破棄すべきものを捨てて、自分の気に入つたものだけを本集にをさめた。林泉的閑文字の中にも後日の集に譲つたものも尠くない、主として「天馬の脚」には何か自分の変りかけてゐる、気持の中に光る鋭いギザギザなものを蒐めたものである。

著者

天馬の脚目録

天馬の脚

天上の梯子

月光的文献

林泉雑稿

題字　下島空谷

人馬の絆

天上の梯子

一　純文芸的な存在

現代に於て純文芸的な作品のみで、一作家が生活を支へることは最早危険なことに違ひない。詩人が頑固に詩作ばかりで生計を為すことは、最早現今に於ては不可能のことにされてゐるやうに、凡ゆる文芸の士もまた純粋な芸術的表現でのみ、その牢乎たる芸術的潔癖を手頼ることは危険に近い努力であらう。一作家の気魂にまで割り込んで行くところの熱と愛とをもつ読者は、殆ど文芸的な忠実な使徒以外には求められず、多くは興味本位のものを要求しそれを愛読するに至るであらう。

自分のごときは天下に百万の読者を持つものではないが、併し猶百騎の読者を信じることに於て人後に落ちるものではない、俊英と愛慕との百騎はそれ自身後代への続きを意味し、百万の蜉蝣はそれ自体何時しか散り易きものの常として散り失せるであらう。誠を愛し読み味ふことは、却却《なかなか》読者に求められるものではない。併《しか》も今日のごとく読者が右往左往する時代に、何人が彼らの心臓的読物たることを期し得よう。誠に清節であり得た読者は一作家にどれだけも無いやうに、又その読者の烈しい清節さは陰乍らよく努める作家らの轡を撫でて、なほ温恭の陣頭へ送り込むことは昔と渝《かは》りはないのだ。

併しかういふ大衆化の時勢に於てこそ、純文芸的な作品の透明を持することが出来、厳しき朝暮の霜を人人に思はしめるであらう。純文芸風なものの存在の危ない時にこそ、その輝かしい烈しいものを叩きあげることが出来、詩銭を得ざる詩もなほ後代を信じることが出来るのだ。自分の如く何事にも融通の利かない作風すら此儘押し上げることにより、役立たない才能を役立てることにより後代を信じることが出来るであらう。益益純文芸的な、寧ろ頑固なまでの蘊奥を刺し貫いた古代と新代との続きにかがり、胡魔化しを捩ぢ伏せて純粋なものに取り縋ることにより、我我の存在が決して軽蔑できない処にまで、行くところに行き着く気概と勇励とを併せ感じるであらう。純文芸的なものの呼吸づかひのヤサシさ、そのきめの細かさ、粗大に優れた量積、「時」を抱きしめてゐる雄雄しい姿を人人は見るであらう。仕事場にゐる彼を見直し彼の仕事場にある「時代」の新しい面容を見ることが出来るであらう。

我我が大衆に割り込むことの不可能な才能を信じ、我我の過去の文学が大衆をどういふ風に育てたかを思ふ時に、我我の文学に大衆は間もなく踵を返すことを信じて疑はない。また我我の純文芸の立場にまで彼らを引き戻すことは、我我の古代のよき芸術がいつもそれに力があつたやうに、決して不思議な徒労な現象ではない。我我はツルゲエネフの過去から既にその用意があり、それを迎へるに寧ろ微笑ひながら談し得るであらう。

二　文芸の士

紅葉、露伴や漱石、藤村なども文芸の士ではあるが、各発句や詩情を述べるに遂に一代の大名を為してゐる。西鶴も亦俳諧をよくし、芥川や久米三汀も亦発句道の達人である。斎藤茂吉の随筆も亦自ら風格ある重厚な文章を為し、古くは虚子も亦数編の小説を書いてゐる。

自分は文人的好みを普遍的に叙説する時文家の徒ではないが、歌人俳人が小説を書くことや小説家が発句和歌を物することは、各その道の難きを知り自らその道の苦衷を慮る上に於て、我我文芸の士のみが感じる或親愛さへ念ふものである。これらを以て直に文人墨客趣味とは云はない、芸術の士はその分野の分けがたき雑草をも分け入り、岐路の微妙を大悟することは当然といへば当然過ぎることであらう。徒らに俳詩人のみが詩俳諧の殿堂に弓箭《ゆみや》を番《つが》へることは、小説家がなほ小説の宮殿に己れを護るの頑愚と一般である。凡ゆる芸術の士は又凡ゆる芸術の諸道に通じ、それの作者たることに遠慮は要らないと同様、それらの作品を齎《もたら》すことに拠つて美事な文芸の士たることは恥ではない。又別の意味で文芸の士の資格たるや歌俳諧の秘術を露くことも其一つではなからうか。

小説家であり得て生涯小説を物してゐるのも悪いことではないが、なほ一芸に秀でるは一層作者たるの所以を手厚くするやうである。秋聲に句道の志あり、鏡花に小唄や発句の閑境を窺ひ見られるからである。一代の文芸の士の諸道になほ一見識を持つことは、晩近漸《ばんきんやうや》く廃れて、荒野に花を見ることなきは詩情漸く地に墜ちようとするに似てゐる。とは云へ強ち文人趣味無き文人をなみする訳ではないが、荒涼たる人生の記述者にも此詩情あることは我我一読者としても望むところである。

自分の如きは詩人ではあり幼にして文芸的生ひ立ちの朝暮には、和歌や発句や詩の道に己れを学ぶ機会を与へられ、長ずるに之らの精神を感じてゐながら遂に忘却の時をさへ強ひられたが、今にして顧るに之らの文芸的苗代の時代に学び得たるものが、蓊鬱《をううつ》として胸裡に蟠《わだかま》るの幸福は、徒らに作者たるのみの面目を持するの徒にくらべ、遥に喜びであるに違ひない。詩情は得難く法度に即かざるの嘆きは、遂に今日では自分に繰返す要がないやうである。

今、五十代の人人は多くは漢籍詩史により明治中期の、しかも明治人として最後の文人的資質の典型人として残つてゐるが、彼ら以後今四十代に近からんとする人人には、明治人としての平浅粗笨《そほん》の時勢的悪夢の時永く、文人的好尚の時を経ないでゐる。しかも時勢とは用なき之らの漢籍詩史の埒外の教育は第三期の今の二十代の青年には、殆ど視目に触れる事なく用無き徒事として忘れられてゐる。況やその道の士にして顧ることなき文芸的枝葉の成果は、今後益益滅び行くであらう。自分が又一読書家として、彼ら文芸的達人の徒が己れの城砦にのみ籠るの域を出て広き諸道の光彩を手に取り詠ずることを望むのは、荒唐の世に背く訳ではなく、荒唐の世に処するの素志であることを説きたいからである。

三　文人趣味への反逆

あらゆる文人墨客の趣味は、当代にあつては一つの心境上に試用される洗練や彫琢の類ではない。その趣味が社交的な隠遁生活者の一つの資格であり得た時代、為人としての噛み込みによつて煩雑な時代の相貌に嘲笑しかける卑怯な「思ひ上り」であつた時代、何事も文人趣味に己れのみよしと決定したいい加減な心境者の時代はもう過ぎた。凡ゆる文人趣味の表面的な為人振りである誤謬は、遂にそれらの清閑と目された精神的高揚の中には、何等の覇気もなく徒らに沈んだ退屈そのものだといふよりも、何よりもその趣味は当代にあつては完成されざる「心境上の疾患」であるといふ冷笑をさへ浴びせられるのも、いい加減な風流才子の輩出が起因してゐた。

あらゆる風流意識や伝統保持者の持つ「古い黄金」を粉砕してみて存外瓦石を発見することが多かつたのは、彼らの持つ心境が一時的のものであり、気質的のもののでないことに原因してゐた。隠遁それ自身の隠れ蓑だつた風流意識は、我我が幾たびも之をたたき破ることによつて、誠の心境者、戦国時代風な心境者を形づくることに、己れを鞭打ち練磨を怠らせなかつたものだつた。凡ゆる文明の中にある寧ろ戦闘的な思想をすら、その心境上の背景に抑制してゐる一種の寂静な心境、しかも横からも縦からも打ち込む隙間もない四方に鏡をもつ境涯にゐてこそ、初めて心境の達眼者たることも得、また風流者の資格をも得るものであらう。些《いささか》の茶事造園の著書によりながら、また些の睨みをそなへる自信に媚びることによる今日の鼠輩が、風流を単なる文字面の浅慮な解釈によつて斬り捨てることは、彼自身の名誉を重んじることによつて自ら口を噤むべきことであらう。風流はそれ自身個個の気質がもつ凡ゆる芸術的な分野を領し得るところの、それぞれの達人者によつて名づけられる名称であり、一つの辞書的な解釈による単なる風流でないことが分つて来た今の時代には、何人も風流人であり得る訳だ。これを嘲り笑ふことは彼自身の浅薄さを我我に暴露するものに外ならない。

我我はもはや「古い黄金」の中身に欺かれず、またそれを欲しようともしない。唯我我の求めるものは中身もまた輝くところの「古い黄金」の心境であるものに限るのだ。風流が単なる風流意識の封建的な埒の外に、あらゆる世相を抱へ込むことを怠らない限り、初めて完成されるのだ。いい加減な枯淡思想は一種の胡魔化しを吹き込むことによつて、もう亡びてゐることは事実である。我我が軽蔑されて来たこれらの明快な悒鬱《いふうつ》を拒絶した意識の下では、もはや何人の前にも「風流」そのものがなほ一時逃れのものでなく、我我の生涯を囲繞する鋭い新鮮な一つの「今日の思想」であることに心付くであらう。

四　僕の文芸的危機

自分の熟熟《つくづく》この頃おもふことは楽な仕事をしてはならぬといふことである。楽な仕事それ自身三枚書けば三枚分だけだらけ、五枚書けば五枚分だけだらける習慣が永い間に恐ろしい痼疾になるからだ。楽な友人交際には何の緊張もなくダラけ切つてしまふのだ。自分は不惑の年齢にゆきあうて又思ふことは、もう最後に緊め付け打ち込まねばならぬと云ふことである。もう一度立ち直らねばならぬ事、いま立たねば飢ゑかつゑてしまふ事、それは絶対に取返しのつかない大飢饉である事、結局妻子や一門を嘆かすことの前に私自身が是が非でも力一杯で打つかつていかねばならぬ事、力一杯で打ち込むことは必ずもう一度立つことを意味するであらう。根の限り揮ひ立たねばならぬ。楽なものは一枚でも書いてはならぬことである。それはどういふ意味に於ても必要であり、自分の死物狂ひを正気まで引き戻し勉強させるであらう。

芥川君の死は自分の何物かを蹶散らした。彼は彼の風流の仮面を肉のついた儘、引ぺがしたのだつた。彼は僕のごとき者を其末期に於ては軽蔑したであらう。自分は漸く友の温容の中に一すぢ烈しい軽蔑を感じることに依つて、一層この友に親しみを感じた。自分は自分自身に役立たせるために此友の死をも摂取せねばならぬ。何と云つても彼が作の上にないもの、僕自身が勝手に考へ耽るものを僕の中に惹き入れることに拠つて彼自身を閻魔の庁から引き摺り出さねばならぬのだ。彼自身が持つ僕への微かな軽蔑の情を彼自身の爪によつて、自分の諸の仕事に拠つて取り消させることが出来るであらう。彼の死を僕の或文芸的の危期から立つことに依り、画然としきることが出来るであらう。

彼の長髪痩軀は実際自分には様様な場所に見えた。自動車のドアから下りようとする彼、動坂の埃と煙の中から出て来る彼、田端の垣根と垣根の間を歩く彼、そして僕の彼から取り戻すことは此一つの軽蔑の思念だつた。

五　時代の経験

或日自分のところに支那の古硯を商ふ男が来て、掘出し物の古い壺を見せてくれ、自分はそれらの壺を人目には気永に丹念に捻《ひね》り廻して眺めてゐた。其座に来合せてゐた一青年は、時折自分と陶器とを見較べゐたが、硯を商ふ男が帰ると、一青年は徐に自分に対うて質すがごとく云ふのであつた。

「あなたが陶器を見たり硯に息を吹きかけてゐられるのを見てゐると、僕らの気持とは全然異つてゐるやうに思はれるのです。あなたはああいふ硯や陶器を見ることは愉快なんですか。」

「君はどうです。」

「僕には解らないんです。併し今の僕らの気持はああいふ陶器なぞに絶対に好意を持ちません。」

自分は此青年が帰つたあと、青年が硯や陶器を見て興味の起らない気持に同感することが出来、彼の人生には死んだ表情をしか見られない硯や陶器に就ては、絶対に必要の無い路傍の瓦石の類と同じであらう。詩や小説への熱情を持ち、凡ゆる新しい時代の気持を嚙み分けようとする年若い彼に取つて、古陶の精神や硯の石質に就て思ひを砕くことは、愚昧なる戯事でなければ骨董屋の手すさびとしか見えなかつたであらう。自分がそれを捻り廻してゐる時に、彼は青年らしく自分を恐らく軽蔑した気持で見てゐたかも知れない。さういふ静寂さは青年に取つて息塞る退屈なものであり、充分に軽蔑すべき事柄であつたかも知れない。

青年には古い物質から新しい物を考へようとする気持、秀れた古さの中に必然に身ごもる新しさの潜みが、彼の短い生涯からは見えよう筈がなかつた。凡ゆる新しい時代の呼吸づかひを生活しようとする劇しい気質の中にある彼には、古代の背景と光とをもつ新しさよりも目前の新しさがどういふ新しさでも其形をもつて居ればよかつた。新しさのもつ危機、新しさのもつ軽佻と浅薄とさへも彼らは屢屢忘れ勝ちな程の新時代の青年だつた。併も青年の人生にはさういふ古さを引摺る生ぬるい必要はなかつたのだ。

自分は性質として凡ゆる古代を渇愛した。古代の精髄の中にある新鮮を汲むことを熱望した。陶器にせよ硯にせよ文学にせよ、それらの古色蒼然の中からは百代に光芒を揺曳する新鮮を見極めることによつて、厳格無双の「古代」の額縁の中にある新しさを発見しなければならなかつた。これは永い生涯を経験したもののみが読み分けられる特異な新しさではなかつたか、我我の生涯へまで彼らが来なければ見られぬ「古代」の姿ではなかつたか。

人間はそれ自身生きることの深い層をたたむことによつて、彼自身の存在を明かにすることは云ふまでもない。青年と自分との分岐点、自分と彼との、存在の距離には、自分としては生き得た光芒とともにあることも、軈《やが》て彼もまた生き得て後に初めて今日の自分を理解することであらう。

六　生活的な流浪

自分は此頃物を書く時には机のわきに一物を置くことさへ、神経的な煩しさを感じ、もう絶対に書物や茶器を手元に置かないことにしてゐる。一帖の原稿紙に鋭い冬の寒気の揮ふ中に坐つて居れば、心足りるやうな思ひがしてゐる。自分のやうな表面的にも落着いた生活をしてゐるものは、年年歳歳その生活の古い枝葉が組み合ひ鳥渡《ちよつと》引越すにしても並大抵の苦労ではない。石を起し樹を移し代へるだけでも自分には重荷である。陶器や書物、器物なども年年に殖えて数を増し、生活は複雑な層を作るばかりである。さういふ通俗的な複雑さは弥《いや》が上にも自分を憂鬱にし、身動きの出来ないやうな退嬰的な状態に置き、心に固い物質的な感覚ばかりをこだはらせ、それらの古い由緒をもつ物質の中に坐つてゐると、神経の疲労は日に増して重く苛立たしく募つてくる許りである。自分は身軽に立ち上るためにそれらの生活を、身悶えしながら其鎖を断ち切らうとしてゐる。

　自分は此春になつて荷物を引纏めて何処かの知人の許に預け、幾つかの行李とトランクを携へたまま、一家を挙げて漂然と旅に出ることを考へてゐる。半年くらゐ流浪の暮しをしたら心も自由になり、身軽な朝夕を送ることができよう。今のままでは落着くだけ落つく危険さが感じられてならぬ。最初信州へ行き二三ケ月を山の中で暮し、故郷へ廻り其処でしばらく遊び、京都で二三ケ月をくらした上で、帰郷して来たら少しは気持に広さができ、佶屈と憂鬱さから解き放たれるやうになるだらう。さういふ長期の旅行には一家をあげて流れ歩くのが、生活の重みを感じられていい。自分一人で旅へ出るよりも一家とともに行くのが、何か自分の意嚮《いかう》とぴったりしてゐて気の張り方も感じられる。尠くとも土地土地の人情を感じるにしても、一家の生活から沁み出してくるものから感じるのが、本統の物を的確に思ひ当て捜ぐることが出来るのだ。

誠の意嚮は物質的な固い気持から放れるだけでよい。四五年の生活的な埃や垢から立ち上るだけでも少しは気持の清浄と新鮮とを感じられるだらう。どういふ家庭でも三年目くらゐにその生活を新鮮な方に引寄せる必要がある。又どういふ家庭でも三年目くらゐにそれ自身に或転期を醱酵させることも有勝ちのことだ。倦怠を叩き破ることも左ういふ時に勇敢に進まなければ、その機会を外す怖れがある。自分の一家を挙げて流浪しようとする気持の根ざしも、その機会をうまく自分の気持に添はせる為に外ならない、——そして又新しい自分を親しみ合せることに喜びと努力とを感じたいのだ。

七　詩銭と稿料

自分は今までに詩や文を売って不安ながら今日の生活を支へてゐる。僅か一枚の詩稿でも需《もとめ》に応じて金に換へてゐるが、詩の稿料の場合はどうかすると微か乍ら感傷的な気持になり、成可く有用な家事につかふことにしてゐる。年少詩を志して上京した自分は、まだ此幼い王国に遊行した日の種種な憂苦を忘れることが出来なかつた。この私に何時も絶えず良心の刺戟があつたからであらう。

自分は三十歳まで詩銭や原稿料を取ることが出来なかつた。併も自分には其等の不平や呪詛の経験を持たなかつた。自分は父の遺産を僅かづつ取り出して暮してゐたからである。その頃の大抵の詩人は詩の稿料を取ることが出来なかつたのも殆ど当然だつた。自分は詩の稿料に相応の金を求めるのも、天下に恥ぢる事無き今日までの「我々」への感謝の気持があるからだ。曾て或日詩銭を得て一羽の鶯を飼うてゐたが、春暖の候に佐藤春夫が来てその話を聞いて、甚だ不機嫌な顔付をして恰も鶯を飼ふ自分が贅沢のやうな口調だつた。併し自分は間もなく彼が他の小鳥を飼養してゐるのを見て、夫子自ら弁無きことを思うた程であつた。四五年の後に彼が果してその小鳥が、偶々「鶯」だつた為に、自分に攻勢的態度を取つたのではないかと思ひ付いた。そのころ自分は既に「鶯」の境涯を卒業してゐたばかりでなく、凡ゆる小鳥を飼ふ気持の中に烈しい寂莫の情を感じ出してゐたからである。さういふ安価なその為に烈しい寂莫の想ひは到底自分には我慢のできる程度のものでは無かつた。

自分は三十歳後に小説を書いて漸《や》つと生計上の一人前の資格を得たが、同時に小説を書き出してから、その仕事から人間が次第に出来上つてゆくことを感じた。詩に遊ぶこと十五年だつたが小説を書いて二三年の間に、どれだけ自分は人になれたかも知れなかつた。作の上の苦衷は自ら自分を新しく組立てるに忙しい程だつた。自分が人前に立つことの出来る所以は、凡下の微笑裡に悠然と自分を畳み得ることも、小説を学んだための余光を浴びたからであらう。小説学の途に就かない前の自分は依然として草花詩人の群の中に、聞くに耐へない囈言《うはごと》を綴り乍ら或は一生を終つたかも知れなかつた。自分の如きは元より学園に友無く又その栄光をさへ負はないものであるが、それ故に「人に」ならうとする気持の烈しい中に立つたものかも知れない。さういふ意味で小説学は物質的といふより寧ろ「人に」なるための鞭や笞の熾烈さを、自分のごときぼんくらの脳漿にひびき立てて打ち卸されるものの一つであらう。

不思議なことには自分は未だに原稿料について、それを得ることに或謙遜を感じてゐる。これは狡猾な言葉で無い意味で自分の中にある或物質的センチメンタリズムである。それ故にこそ自分は時に原稿料のことにケチ臭く奮闘するのである。穏やかな交渉の中にそれらの取引を了することは、同時に仕事の幸福さを思ひ益益それに昂じてはならぬと思ふ程である。併乍《しかしなが》らそれらの期日の相違に反射される不愉快な気持で、残酷な文人墨客的平静の努力に敢て就かなければならぬことは何たる文人墨客的不幸さであらう。さういふ時に自分に取つて美しい謙遜の情は消え失せるのが常である。

八　第一流の打込み

心境小説に就て余り人人は最う云はないやうである。併も私自身にはどういふ意味にも心境小説の存在を捩ぢ上げ駆逐することができない、――心境小説はそれ自身どういふ非難の中に立ち竦み乍らも、益益自身を掘り下げ磨き上げ、次から次へと新鮮な彼自身の役目を発見することに拠つて、僕の場合には依然として存在するであらう。心境小説の病根は写真を引き伸したやうな日記的生活の腐肉を抉ることにより、漸く人人に飽かれもし没落もしたのであらう。

凡ゆる芸術は優秀な作家的心境を外にして立ち得るものではない。唯その心境にまで達し得ないもの、既に腐肉的心境の堕勢を綴ることによつて下り坂のものは、到底救ひ得ないものであらう。そして又没落したものは既にさういふ種類のものであつたらう。それらの心境の練磨や進歩や度外れの勇躍に対しては、我我は非難の剣を取つて袈裟がけに斬り下す必要はないやうである。唯、恐るべきことは書きよいために心境小説をかくことは飽迄我我の中から退治しなければならぬ。心境へ這入ることは容易なことであつて、同時にその縹渺を手摑みにすることはその道の達人でなければ、出来ない仕事である。我我にしろ彼らにせよ、危い日記的陥穽と写真引伸し的の境涯を完全に蹶散し蹈み破ることとの把握の大きさにより、私は私の心境的小説を示し又彼らにも承認させねばならぬ。写真引伸し的小説の壁を衝き抜けることは、云ふごとくして行はれざる至難の道であり、同時に我我の鳥渡した油断してゐる間に小説自身がそれを搬ぶからである。三四行ばかりの引伸し的描写自身の運びが恐ろしい日記的引伸しの機運を与へ、それの弛みが全篇に物憂い疲労を漂はすからだ。心境小説にはそれらの危険を油断なく虱潰しにしてゆくことによつて、光栄ある存在をその将来に於て益益物語るであらう。

或意味に於て心境小説は第一流の切迫的な打込みを要し、又第一流の新鮮な文章以前の文章の素朴を要するであらう。彼らに肝要なものは最早あらゆる芸術的要素の最高のもの、ありと凡ゆるうまさ、気高さ、その比類のない濁らぬ稟性から出発すべき条件を忘れてはならない。日記引伸し的作者の心境が既に我我のいふ心境のかたちさへ保つてゐない如く、我我の温順の情を有つてさへそれらを振顧る必要はない。我我の心境にある埃や瓦や石やブリキや当用日記や生活ボロが騒然と入り交つてゐても、それらの上になほ不断にきりつとしてゐるものや、真面目な一杯の力や、毎日幾らかづつ良くなるやうに心掛ける努力あつてこそ、我我の心境は人前に怖ぢず又彼らに匹敵し、次第に良くなつて行くであらう。

九　「巌《いはほ》」

自分は機会があつて昨年中に文学者に接見することが多かつた。そして島崎藤村氏にも或会合で度度お会ひした。自分は藤村氏の端正すぎる文芸的身構に或恐怖と誤解とを有つてゐたことを、即座に趁《お》ひ出すことが出来て仕合せだつた。凡ゆる老大家のもつところの又優れた人人のもつ「巖」を藤村氏は有つて居られた。秋聲、白鳥の二氏も亦その「巖」に手をかけられてゐるが、藤村氏には就中それが強く感じられた。自分のこの見方を朗らかに藤村氏に達し得たことは、私自身に快適な心持であつた。

自分も亦「巖」を恋してゐると云つたら人人は嗤ふだらう。自分はむしろ「巖」に圧迫されて呻吟することもよいが、自分の見た「巖」は瞬間的に何ともいへずよい気持であつた。自分の文学的小学時代に「島崎藤村」といふ名前は実に遥かに高い処にあつた。「春」や「破戒」を読んだ自分はまだ人生への方向さへ分らなかつた。しかも「島崎藤村」とは自分の生涯の中で、それと膝を交へて語ることの機会の無いことは覚悟してゐた。そして漸く昨今「島崎藤村」と膝を交へ、話すことができたのは、自分の年少にして熱烈な文学的希望めいたものを、何等の面倒や辞令無くして叶へられたと同様の喜ばしさだつた。誰かの言草ではないが、手におへねえ餓鬼の手柄だつた。自分は白皙童顔の「島崎藤村」を一瞥した時に、他の言葉は知らず直ちに「島崎藤村」を理解するに十分間を要しなかつた程だつた。十年間「島崎藤村」を読んだものとしては当然の事であらう。

自分は不惑の年になり色色の機会あるごとに、文壇の諸君子の風咳に接したい熱望をもつてゐる。その楽しい最初の十分間に自分は行き会ふだけのものを用意し、大抵人見知りや厭な気持にならずにゐたいものである。自分はかういふ用意のできる時を持つために話をしなかつた人人に、会うて又教へられるところを摂らねばならない。

十　作家生活の不安

晩近雑誌の廃刊や世上の不況から、作家は一荐りのやうな収入を得るに困難であり、同時にこれらの不景気は心ある文人をして昔の「破垣を結ぶ」気持の烈しさへ追ひ戻されたことは実際である。眼光自らその「時代」の落着いた美の中に住むことに慣れて、より良き作家はかういふ時に徐ろに立つであらう。

一円本流行はそれらの標的になるべき作家を網羅したものの、さういふ印税は作家を一年半位しか休息させないことを考へると、大して税務署まで騒ぐ必要はなからう。当然酬いらるべき作家の「もの」だつたものが、年月を経て作家の手に落ちて来たものに過ぎないであらう。何も改造社や新潮社春陽堂の仕事ばかりでなく、作家と和合半ばした共同事業のそれであると云つてもよい位、彼らに酬いらるべきものは酬いられたと云つてよいであらう。風雨の永い歳月の間に一年くらゐの休息は精神労役に近い仕事にたづさはる者には、当然酬いられてよいことであらう。自分はこれらの印税的現象は大して作家を楽にさせないと思うてゐる。不況の時代は一層その底を洗ふとしても、我我は既にその用意が出来てゐるとしか云へない。

我我は約《つつま》しやかな破垣を結ぶことにより、生活の幅をちぢめることにより、その底に物凄い昔の苦行的な自身に再会することにより、決して良くなつても萎え凋むことはなからう。円本に漏れるものは或者は猶十年後の円本を超越してまでも、一行二行の苦節を守ることに精神するであらう。我我は遂に百万の読者を失うても、我我の子女は静に夕方の涼しい蔭をつくる楡の木の下で、我我の「青い汗」を慈しみ読み耽るであらう。我我や我我の友は遂にさういふ誠の一人か二人かの読者を後代に選み出して、安らかに眠りに就くであらう。安んぜよ、我我と我我の友よ。

十一　一本の映画

自分は何時か生涯のうちに一本の映画を自分で監督し乍ら製作したい考へを持つてゐる。自分は最早文学の力を用ひず映画の表現により、総ゆる自分の自叙伝的なものの曾て自分に取つて失ふことの出来ない光景、過去の幽霊、または既に剝落されたその時代の経過的な文明、さういふ自己を表現することは最早文学に於て陳套であり、又敢て先人の道を踏むに耐へない思ひがするからである。

映画はあらゆる文学に清新な肉づけを為し、又映画自身のサイコロヂイを文学に寄与することに依つて、我我は我我の自叙伝的な受難と数奇と情熱とを完全に把握し描写することができるであらう。文章に表せない我我の情操的なエエテル、千九百十年代の浅草の靡乱した韻律、その瞬間的な経過、結局音楽的な表出による我我の悲哀化は美事に製作され完成されるであらう。我我はその影青き世界に充分に号泣もし又少しも妥協することなき命運への反逆、悪を蹶落すところのサルベーシヨン・ハンターズ風な立場を獲得することが出来るであらう。誠に自分は今は映画が単なる他山の石や形式ではなく、既に自分に役立つ芸術上の一様式だつたことを発見し、今後の自分が奈何に映画を自分の内外に生かすかと言ふことに就いて、自分は今日もこの選ばれた生涯の中に「一本の映画」を考へ耽つてゐる。

十二　フリイドリヒ・ニイチエ

自分は或不機嫌な朝に山の頂を彷徨してゐる風体の悪い男を一気に蹶落した。彼は殆ど抵抗することも無く千仞の谷間に逆さまに墜落して行つた。

自分は彼のゐた後を叮嚀に見廻つたけれど、鳶色の反古紙一枚残されてゐなかつた。自分は自分の疳癪を起したことをさへ遂に後悔した。余りに永い間擅《ほしいまま》に自分の中に巣喰ひ、余りに永い間自分に影響を残さうとしてゐた彼を、自分は谷の上から惨酷な目付で見下ろしてゐた。自分は寧ろ耶蘇に温かい愛情を感じた。縦令《たとひ》同じ嘘吐き同志であるにせよ、彼程完全に我我の中にその傲岸の泥足をもつて、猛猛しく居直つてゐた男はなかつた。爾《なんぢ》、フリイドリヒ・ニイチエ！

十三　東洋の真実

あらゆる西洋の作家はその晩年に至つて或宗教を完成し表現した。彼らは均しく宗教風な観念に美と愛とを感じてゐた。トルストイ、ドストエフスキイは云はずもあれ、ルッソオ、ストリンドベリイ、ヴエルレエヌ、――併乍ら東洋の諸詩人は宗教よりも一層手厚い真実を自然や人情の中に求めてゐた。芭蕉や元義、西行や蕪村、子規や龍之介、彼等は真実を捜ね求めるために、或は生涯妻を求めず、又永い間病褥にあり乍ら天地の幽遠に思を馳せることを怠らなかつた。

詩人芥川龍之介の求め喘いでゐたものも、真実以外の人生ではなかつた。また正宗白鳥があれ程永い間人間の荒涼の中にうろついてゐるのも、結局真実を的確に握り締める以外彼の誠の欲望は無かつた。西洋の諸詩人が均しく宗教の観念へ辷り込むのも、彼らの本質的な寧ろ血液的な伝統にまで逆流するに外ならない現象だつた。

チントレットやダ・ヴィンチ、ルウベンスやマンテニア、ミレーの昔から彼らの中に交流してゐる宗教だつた。

東洋の寂しい諦めは鳥羽僧正の戯画をして、七百年の昔の高雅な諷刺や嘲笑に変貌させ、芭蕉をして真実の中に微かな宗教の炎を仰がしめたことは事実であるが、それらは真実の掟以外、断じて宗教的な基督教的憂欝を帯びるものではなかつた。唯彼らには何か知ら仏教的な法悦の微風の中にゐることは否めなかつたが、併乍ら子規や龍之介の時代には――殊に龍之介は一切を自己の中に叩き込んでゐた。自己の中に整理されない人生をも彼は苦虫を嚙み潰して耐へてゐた。彼を喜ばしめたものは啻《ただ》に芸術の止むなき一途あるのみだつた。彼は最後まで正直な芸道の使徒でありペテロだつた。わが正宗白鳥は、最後まで下駄ばきのまま人生の殿堂に詣でいそしみ、露骨に真実を訪れることは昨日と何等の渝《かは》りは無かつた。彼白鳥の如く寂しくその道を丹念に歩き求める人があらうか？　風流韻事を憎悪しながら何と彼は空寂な気持で押切る詩人だつたらうか？――

十四　ドラクロア

自分は烈しい寒さの中に窓外を過ぎる鉄の蹄の音を聞いてゐた。自分は書き物をしながら時時ちらりとそれらの馬上の者を見過してゐたが、自分は書き物に夢中となりそれらの者を折折忘れてゐた。彼らは自分を呼び出さうとするのか？――鉄の蹄の音は殆ど絶え間もなく石の上を敲いて過ぎてゐた。自分は其時初めて獅子の群を、若いドラクロアの姿を鬣《たてがみ》のかげに眼に入れたのだつた。青い獅子の上に跨る若いドラクロア、自分自身の中に既に失ひかけてゐるドラクロア風な情熱、自分はペンを擱いて窓外を四顧した。天気は既に暗澹たる雲の中に凄じく乱れかけてゐた。わがドラクロアはその雲間を目がけて馳り続けてゐるのであらう。鉄蹄に似た音は自分の机のほとりにまで入り乱れてゐた。自分は激しい身震ひを感じながら、ドラクロアの大冊を埃の中から引摺り出した。そして「青い獅子」を捜りはじめた。自分は永い間この獅子の姿を忘れてゐたからだつた。

十五　売文生活

自分が売文の嘆きを綴るのも亦久しいものである。自分は何時此嘆きから釈放されるかは疑問であるが、恐らく生涯同じい嘆息と喘ぎとを続け乍ら、些か壮烈な思ひがしないでもないやうである。燃え残りの熱情に鞭打つものの無惨さは、遂に心神の疲労以外何物も残さないであらう。人はみじめに最後まで生活するものであらば、自分もその惨めな一役の道化を演じてゐるに過ぎない。

芭蕉や万葉の諸詩人は決して売文の嘆きを繰り返してはゐない。或は芭蕉も拙劣な句撰の嘆きを同じうしたかも分らぬ。唯それはそれとして彼は彼の生活の内外に煩はされるところが無かつたかも知れぬ。彼の詩人としての潔癖と高踏風な布置は、その売文生活に触れた一句をさへ示してないやうである。併も彼程生活の中には入つてゐるものは稀であると言つてよい。唯彼は日常些細の嘆きを己の魂に錬り込んでゐたに過ぎないやうである。彼の嘆きは彼の詩の中にのみ喘いでゐたであらう。

彼は彼の生活的困窮をさへ彼の詩の中へ追ひ込み、しかも彼は莞爾たる温姿のうちに、事無きがごとく清風面を過ぎるが如き面持でゐたであらう。

併乍ら後代の蕪村には生活苦は犇犇《ひしひし》として逼《せま》つてゐたらしい。百年の後には自ら世相も又元禄の悠長を夢見られなかつたことは勿論であらうが、蕪村は自ら画と句との巻を作り之を売つてゐた。その詩句も生活苦に直面したものも少数ではない。芭蕉がその魂魄の中に溶解しつくした生活苦すら、天明の時代には許されなかつたのであらう。

自分の売文の嗟嘆はこれらの諸詩人に較べては、或は贅沢の沙汰かも知れぬ。時勢は既に売文の嘆きをすら嘆かして置かないやうになるかも知れぬ。併も今は自分に残るものは此嘆き以外の物ではないのである。古来の支那の諸詩人は皆同じく斗酒の中に酔吟を擅にした。併し彼らも亦生活苦の域を脱する事ができなかつた。ヴエルレエヌも亦一章の詩を書肆に売つてゐたことは、彼の売文的嗟嘆に拠らずとも容易に想像することが出来よう。最早我我に一途あるものはあらゆる疲弊尽したる売文の徒も、猶あらゆる惨忍なる編輯者とともにその喝采の惨憺たる光栄の道を進まねばならぬ。又あらゆる我我廃馬的心神に甦る「天馬」の美しい脚なみを調練せねばならぬ。斯くて我我の嘆きは次第に消失するであらう。

十六　ミケランゼロ

自分らは何時も目に見えぬ無数の悪魔と戦うてゐる。此悪魔の中には借金取も恋敵も又生活苦も雑つてゐる。夜半に目覚めて描くところはミケランゼロの壁画と変りのない地獄の中に、常に顚倒してゐる自身の呻吟のみである。悪魔は外に低迷してゐるものでなく、遂に無惨にも「我」の中で暴風のやうに荒れ狂うてゐた。

悪魔は百本の足を持つて自分を趁《お》うてゐる。夢の中で犬に嚙付かれたやうに悪魔はもはや自分を離れようとはしない。自分は彼と追ひくらをしながら暮してゐるやうなものである。ミケランゼロは又その荘厳なる貧窮の中に自分の錯覚するところのものを日夜夢見たであらうか。自分も亦地獄篇の中に喘ぐところの現世の我である。

十七　時なき人

この頃自分はよく「時」に関係のない清爽な人間にたびたび出会し、その人と話を交す気持になることがある。その人は自分の記憶の中にももう無くなつてゐる人だが、無くなつてゐるといふ事実が一層記憶に新しかつた。自分はかつて「時」の人であつた彼が「時」の境域を拒絶してから、一倍彼を熱慕するに耐へなかつた。「時」の人だつた彼へ書くその追憶文を自分は諸所から求められた。しかし時を拒んだ彼へ送る追憶の文は墓下にある彼を騒騒しくするために、自分は一切書かなかつた。しかし自分は殆ど毎日気持の中で追悼文を書いてゐたといつてよい。精神で書き疲れてゐた自分は彼への活字の文は書かなかつた。

自分は常に一介の売文の徒だつた。時を拒んだ人へは、自分はその業を休んで謹んでゐたのである。正直な靴屋は昔その童話の国の同じ兄弟の死に遭うては、王者の靴をさへ縫はなかつた。今人である自分が時なき人への恭慎の情を護るためには、その文をも暫く封ずべきであつた。尠くとも性利発ならざる自分の信ずるところは、その愚直なる一途の謹慎あるのみであつた。

時なき人は現世の自分の前に無言のまま佇んで、「時」を持つ自分を愍《あはれ》むに近かつた。自分もその「時」の煩しさ辛さを感じながらも、仕方なしに彼の前に躊躇しながら佇んでゐた。時なき人は何時かは鞭を持つて自分を打つであらう。打て、然して君のなほ自分に教へんとするところを示せよ。

十八　雲

自分は今年信州の高原に夏百日を送り、秋風を肌身に感じながら毎日雲の去来を見て暮した。朝に湧き夕に散る片雲の去来は、容易に自分達人類の滅びた後にもなほその悪魔の如き形相を示すことを歇《や》めないであらう。彼はまさに「時」なき不断なる悪魔だつた。

自分は彼を数へるに数十の悪鬼の姿を想像し、又あらゆる知己朋有の面相を思ひ描いて見た。彼は優しい或女の顔をさへ浮ばせて見せた。あらゆる宮殿や高雅なる園庭をも、遥か下界の椅子の上に臥てゐる自分にひろげて見せた。自分の妻子や朋友の凡てがなくなつても、彼、漠漠たる片雲のみがこの世を領してゐることは疑へなかつた。彼は自分の死滅の静寂さへも浮べてゐたからである。自分がかう考へてゐる中にも、山上の密雲はぎらぎら底光りを潜ませ、悠悠と或は奇峰や深淵や断続を続けながら迫つてゐた。それを見てゐると自分は何か恐怖以上の恐怖を感じるのが常だつた。

彼は時をも又何者をも持たなかつた。唯、その物凄い千古の形相は百万の悪魔を日夜に駈り立てて静かに仰臥してゐる自分を脅かした。自分はこの密雲のぎつしりした息苦しさを双肩に感じてゐた。

十九　彼

悪魔も持たない如く神も亦「時」を持ち合はさないであらう「時」を持つものは

我我人間の外には無いのかも知れぬ。

二十　或平凡

「時」の無い国に曾て「時」を経験した人人が、山吹や蓮の茎をお互の手に持ち合ひ乍ら坐つてゐた。自分は彼らに退屈かどうか、愉楽はあるかどうかを尋ねて見ようと心がけてゐたが、自分のこの考へは直ぐ彼らに見破られてしまふ不安の方が先立つので、黙つて眺めてゐた。彼らは物憂く動いてゐたが、孰《いづ》れもその動作に超時間的なゆつたりしたものを顕してゐた。

自分は味気なく笑ひかけて見たが、彼らは決して笑はうとはしなかつた。曾て笑つた人も笑はなかつた。彼らは皆一様に真面目な顔付をしてゐて、笑ふまいといふ努力などしてゐないやうであつた。

自分は何時の間にか、これらの山吹の枝や蓮の茎を手に持つところの、彼等の中の一人に姿や形相を変へて、石の壇の上のやうなところに腰かけてゐた。自分は実際をかしくも又味気ないこともなかつた。昏昏としてゐる半睡のやうな状態が永く続いてゐるだけだつた。自分は他のものと話をしたい欲望も起らなければ、他の者の存在意識が少しも自分に影響しない不思議さが打ちつづくだけだつた。

自分はその時やつと気付いたことは物を食ひたい欲望の喪失されてゐる、干乾びた状態だつた。その状態に気づいた時、自分は絶望的にさへ嘆息した。しかしもう自分は遅いやうに思はれた。もう自分はとうに山吹の枝を持ち、彼等の中に坐つてゐたから、——彼らの如く何も興味のない顔付で、苦り切ることもできず又燥《はしや》ぐこともできない、例の真面目過ぎる状態に圧せられてゐた。

月光的文献

一　喫煙と死

毎月十五日に我我は小さい会合を催した。そして殆ど終夜喫煙を擅《ほしいまま》にするのだつたが、これはパイプの会と名付けられてゐた。会員には資格はないが一本のパイプを携へることが条件だつた。薔薇の根でつくつたパイプさへ携《も》てば、そして会員の内の誰かの懇切な紹介さへあればいいのであつた。パイプの会であるから珍しい煙草を試煙することは言ふまでもないが、会員は既にマイ・ミクスチユアの濃厚な直ぐ舌の上に重い気分を感じさせるのに飽いて、寧ろクレブン・ミクスチユアを常用する程になつてゐた。

彼らは啻《ただ》に喫煙するばかりではなく、料理をも併せて註文する関係上、上野の或大きな西洋料理店の階上か、或はオオケストラの聞える階下の特別なボックスを選ぶのだつた。ボックスは奇体に急行列車のやうに駢《なら》んで、オオケストラの起ると同時に恰も疾走してゐる感じを持つてゐた。併乍《しかしなが》らこれは大抵会員が酒に酔うてゐる為に、さういふ感じを与へられるのかも知れなかつた。ともかく可成りハイカラな此会合には主として或同人雑誌の関係者が多かつた。大学生、大学助手、詩を書く男、小説家といふ順序だつた。彼らは酒飲むものがそれに心を傾けるやうに、喫煙によつてそれぞれの心を傾けてゐた。

その晩は十五日のせゐか混んでゐて、我我会員の席が漸《や》つと取れたくらゐだつた。勿論音楽は夕方から引切りなしに続いて、街路の電車道では諸の車が動いてゐたことは言ふまでもない、それが女達のゐる控部屋の鏡に映つて、この西洋料理店全体がメリイ・ゴオラウンドのやうに動いてゐた。先にも言つた様に我我は酔うてゐたし音楽は夕方から歇む間もなく続いてゐたし、それに我我は二時間以上も喫煙してゐたから、階上で客同士の喧嘩のあつたことも、すぐ屋後の洗濯屋に小火のあつたことも知らなかつた。我我は我我同士のパイプの壺が段段に熱してくることや、酔と喫煙との過度からお互同士の顔が縦に長く伸びて見える事、舌の尖端に花火のやうな刺激のある痛みなどをそろそろ感じる頃であつた。我我のボックスから勘定場のすぐ前の椅子に、我我に背後を見せてゐる一人の青年が、酒場の方に向ひながら静かに茶を喫んでゐるのを見た。その後頭から頸、頸からの線が猫背になつてゐるところは我我に親しい友達の誰かによく似てゐた。併し我我はすぐ想ひ出せなかつた。我我同士はその誰かに肖《に》てゐるといふ考へを皆口へ出しては云はずに、皆の気持の中で感じ合うてゐた。

夜が更けるとメリイ・ゴオラウンドのやうな料理店のボックスの中では、六人の会員は音楽のまにまに映画観賞家の特異な或感覚に依つて、悲劇中の女主人公を物色するのであつた。彼女らは客の間を縫ひながら又引き返しては、注文書に料理の名前を書き入れる為に鉛筆を走らせてゐた。

常夜パイプの会員は十二時七分前までメリイ・ゴオラウンドに坐つてゐたから、都合夕方から六時間喫煙してゐた訳だつた。が、彼らの中の最年長者である籾山が顧みた時には酒場の鏡に向ひ背後を見せて坐つてゐた男は、とうにその姿を消してゐた。

二　月と歴史に就て

千九百十二年六月下浣の月のある晩、自分は何の為か塔の七階目から一度市街の燈火を眺め、更に十二階目から家根の上を見下ろしてゐた。曾て斯様に彼は彼の住む都会を見下ろした経験を持たなかつた。彼の視界はフイリスチアン・ロップスの画面と同様な、奇異な蝙蝠の暗い翼の羽ばたく音を幾度となく耳に入れた。其他の光景は何の誇張もなくロップスの神秘と悪戯との世界であつた。

暗い屋根裏に銭を算へる老婆や、女の裸の足を嚙る男の数珠つなぎになつてゐるのや、また八度目のお化粧を仕直す女、煙草を拾うて喫む男が義眼を落した騒ぎや、小路の奥の下水に陥ち込んでそれきりで絶命したのや、其他様様の出来事が此千九百十二年代の公園を中心として起つたのである。つづめて云へば千九百十二年代の此公園はロップスとゴヤとを捏き交ぜ、フックスとモールの写真版の複製で一杯だつた。その証拠には美しい池の水は夜は石油のやうな虹色をぎらつかせ、それに映るものは可憐な玉乗少女であつた。その可憐な少女を描くことは当時の新しい画家の好題目だつたに違ひない、――自分ら千九百十二年代の詩人の多くは概ね此痴情ある風景の中で擅《ほしいまま》に飲食し生長した。あらゆる悪徳をも見遁さなかつた。最も美しい彼女らの中の一人が彼らの上に乗りかかり呶鳴るのであつた。

「ああ此文なしの畜生。」

塔の上で自分らの発見した「思想」は、遂に神を呪はないところの正しい生活を欲望してゐた。痴情ある風景から田舎の風景の新鮮を思惟するところと一般であつた。そして今日の自分は凡人の一売文者であり、何れの悪徳にも超然とするところの一紳士の仮面をかむつてゐた。しかも今はその塔の上に再び登り彼の生活を俯仰することができなくなつたのである。千九百十二年代の病欝なる月光が再び我我の上に無いやうに、その公園すら昔日の「歴史」の中に編纂されるだけだつた。

三　月から分れたる者

月から分れて出て来た男は、やはり同様の女と冷たいアスパラガスの料理を食べてゐたが、彼女の指はアスパラガスと同様に白い冷たいものだつた。

四　月光的詩人

若し月光的詩人といふ言葉があれば、ボオドレエルやヴエルレエヌはより多き生彩ある月光的詩人であらう。ボオドレエルには病欝な黄ろい月光を、ヴエルレエヌには明鏡的な同時に詠嘆的な都会的古典趣味を各各感じるであらう。近代にはアポリネエルやコクトオや、或はポール・モオランの諸短篇にも各各月光的なる詩人の精神を閃かしてゐる。その外グウルモンにせよ、フランシス・ジアムにせよ、レニヱにせよ、新古典へ送り込まれた彼等の孰《いづ》れも、月光的精神以外の詩人ではない。大摑みに云へば西欧の諸詩人は月か星かの匂ひを含まない詩は稀だと云つてよい。彼らは月光をも溶解して製《つく》られた舶来の石鹸のやうに、時に我我の心腸を洗滌して呉れると云つてよいのである。

今の詩壇でこれらの詩人と比較して匂高い昨日の石鹸に数へらるべきものは、約言すればその月光的精神を生かしてゐるものは僅に詩集「月に吠える」の著者である萩原朔太郎氏であらう。大正五年代以前に萩原氏が既に「月に吠える」と称する奇抜斬新の命題を撰んだことは、云ふまでもなく何等かの先覚的な使命を、当時にあつて上包を解かれざる新しい石鹸であつたことも実際であつた。当時新しがりの私でさえ此締りなき散文的な「月に吠える」を余りによき命題だとは思はなかつた。寧ろ彼が斯様に新しがる程効果のない題意を窺《ひそか》に萩原氏に伝へた程であつたが、彼は深く信拠するところがあつたのであらう、後になつても更めることがなかつた。

萩原氏が月光的詩人であるとすれば、ボオドレエル型の黄ろく歪んだ屋根の上の月光とでも云つた方が適当であらう。明明皓皓の月光でない限り物凄い利鎌《とがま》の如きものでもない。彼は病《やみ》しげで加之《しか》も片雲の間に漏れる黄ろい月光であると云つてよい。——併乍ら彼の詩の中で月光を唄つたものは殆ど稀だと云つてもよい程である。

五　活動写真の月

明治四十三四年といふ年代に自分は東京に出て、初めて活動写真を見物したものであつた。当時にあつては欧洲諸国の文明開化をもつてすら未だ活動写真といふものは、人生の数奇多様の生活を現すものではなく、奈何にして自然の美を会得せしむべきものであるかと云ふことに腐心してゐた。ロッキイ山脈や砂漠の映写は、我我を生きたる写真として感激させたことは云ふまでもない、——二十数年後に「カリガリ博士」や又五年の後に「サルベエシヨン・ハンターズ」が表れるなどといふことは、殆ど当時に於て夢にさへ見られなかつたことだつた。——

自分らは楽しい明治末期の活動小屋の中にゐて、奇異なる文字通りの活動写真を見物してゐたことを前以て述べた。しかも自分らはダンスといふものが西欧人の肢体によつて斯くも完全に、斯くも私どもの前に如実の如く踊り演じられることに、又なき好奇の眼を瞠《みは》つたことは新しい喜びでもあり驚きでもあつた。当時は月光の中から瞬きしてゐる間に、数人の女が羅布を纏ひながら、嫣然として我我の面前で踊り続けるのであつた。彼らは月光から分れて出たもののやうに美しい長い手足を素早い動作によつて左右にヘシ曲げ、或は飛上つたりするのであつた。月ばかりではなく花束や或は星の群からも、手品師の扇からも、卓の上の煙草入れからも、舞うてゐる胡蝶や小鳥の籠や手帕の皺《しゆはく》からも、殆ど総ゆる物体の化身のやうに彼女らは舞ひ出てくるのだつた。しかも夫等《それら》の花や月から女が出る前には、必ず一人の奇怪な悪魔が、絶えず画面の中を指揮し彷徨してゐるのだつた。

当時自分は映写中の一美人が嫣乎と微笑する時、何となくきまり悪い思ひをし、そして何となく羞恥の情や赧面の面持をしたことは、強ち年少な好色にのみ耽つてゐた訳ではなく、余りに我我の眼に近く物言ふごとく囁くごとく現れ踊つたからであつた。自分は永い間艶美で露骨な西洋人の微笑に悩まされてゐたのも、これらの映写中の美人が物言ふごとく迫つてゐたからである。

六　上田秋成

上田秋成もまた月光的詩人であらう。

「浅茅が宿」や「青頭巾」や「蛇性の婬」の物語には、軒漏る月かげでなければ、蔭をつくる物凄い月が射してゐる。或は彼らしく清閑の月がほのかに照してゐる。西行も月の大家であるとしたら亦芭蕉も月の大家でなければならぬ。亦秋成も大家の外のものではない。彼の文章の中に何か仄かな月のあかりが漂ひ、不断な「浅茅が宿」をあらはしてゐる。

初　秋

月あかき夜を誰かはめでざらん、ふん月望のこよひ、庵を出て、わづかに杖をひけば、鴨の河面なり、雨ふらぬほどなれば、月は流を尋ねやすむらん、音をしるべにとめくれば、むべも清しとて、人々手にむすび、かいそうぶりなどして遊ぶ、風高く吹き、雲消え、影さやかにて、何をか思ふくまのあるべき、――（藤簍冊子）

十日あまりの月は峰にかくれて、木のくれやみのあやふきに、夢路にやすらふがごとし。（雨月物語）

やよひの望の夜ごろ、かすみながらに、夕かけて月いと花やかにさしのぼりて、庭の梅が枝に先かかれる影の、花の色あらそふは、似て物もなくあはれ也。（つゝらふみ）

七　古い月

芭蕉は月光の大家であるよりも、月の大家とあると言つた方が適当である。月光は後代の新体詩人に冠すべきであるが、芭蕉は単に月の大家であらう。しかも芭蕉の月の句は彼の英才を以てしても、大して新しくはない、と言っても決して古くはない。その句の殆ど総てに前書があり、偶吟といふよりも紀行や題意に叶うて詠じたものが多いやうである。「三日月や蕣《むくげ》の夕べつぼむらん」旅中の吟「俤や姨ひとり泣く月の友」悼遠流天宥法印「其の玉を羽黒へかへせ法の月」燧山「義仲の寝覚の山か月悲し」稍晩年の作「秋もはやはらつく雨に月の形」等枚挙に暇がない。みな古風な、それ自身月の面影を持つてゐる。芭蕉は或は月の大家ではないかも知れぬ。彼はそれ以上の明明皓皓たる何者かであらう。或は蒼古二百年の古い月かも知れない。——

八　月光的感情に就て

私は所謂月光派の詩人でもなければ、又特に古い月を詠むところの俳人でもない。

併乍ら私の文学的生涯の過半には、いみじき月影は不断に射してゐたに違ひないやうである。今も私の喜怒哀楽の夕には或は月光以上の明りが射し込んでゐる。私は今は西行のやうに月見れば悲しむといふ古への思想を軽蔑してゐるものに近いかも知れない。——日本に於ける総ゆる和歌や発句道の精神はこの月に事寄せて哀歓の情を述べたものであつたが、私は却てこの古き歴史と文学の背景とをもつところの月光に、直ちに情を述べる文学に賛成することができないやうである。万葉集や元禄俳人の詩的精神、ボードレエルやヴエルレエヌの哀調を育て来たことを思へば、後代の月光も亦別様な文学の栄光を生みつけるであらう。併し月に事寄せる文学は今のところ行き尽いてゐることも実際である。殆ど洗ひつくしたと云つてよい。

高山樗牛が月夜の美感を書いたころは、今から二十年も昔であつた。空虚な文字ではあつたが当時にあつては私は愛読したものであつた。彼には彼の熱情に依って仄かに射すところの月光があつたことを私は記憶してゐる。徳富蘆花や尾崎紅葉もまた月光的新派の一旗幟を持つてゐた。尾崎紅葉は何かしら一月十七日の月光を自分に印象させたことは、未だに可笑しい記憶を残してゐる。

林泉雑稿

一　憂鬱なる庭

春になつてから庭を毀すことが最初の引越しの準備であるのに、一日づつ延期してゐるうちに芽生えが彼処此処に青い頭を擡げ、一日づつ叡山苔の緑が伸びて行き、飛石のまはりに美しい緑を埋めてしまうた。樹や飛石、石手洗なども国の庭へ搬ばねばならなかつたが、芽の出揃うた鮮かさにはどうしても壊す気にならなかつた。愛情といはうか、執着と言つたらいいのか、ともかく自分は一日づつ延期しながらも、早く庭の物の始末をつけたい気持を苛立たした。隅の方にある離亭も取毀して送らねばならなかつたが、大工や人夫の入乱れる有様、切角の芽先を踏みにじられることを思うて見ても、直ぐ取毀ちの仕事にかかる気を挫かれ勝ちだつた。国の方の庭にこの離亭を移すと、国の俳人が月に一回ある筈の運座の句会に此離亭をつかふことになつてゐた。大工等もその事で人を仲に入れて問合せて来たりしてゐるものの、気乗りのしない幾らか悒鬱《いふうつ》になつた自分は、春雨の美しく霽《あが》つた叡山苔の鮮かさに見惚れながら、すぐ運送の手順に取懸かれさうもなかつた。

自分は茲《ここ》二年ばかりの間に「庭」を考へることに、憂欝の情を取除けることができなかつた。或時は自分の生涯の行手を立塞がれるやうな気になり、或時はさういふ考へを持つときに、何か後戻りをする暗みの交つた気持を経験するのだ。愛する樹樹や、石のすべてが何か煩さく頭につき纏うて、夜眠つてゐても其眠りをさまたげられるやうで不快だつた。自分は心神の安逸を願ふときには努めて草木庭園のことを考へないやうにしてゐた。自分は頭の痛む午後や、変に昂奮してゐる時などに、石や草木の幻のやうなものに取つかれ、脳に描く空想を一層手強く締めつけられて来るのだつた。夢にうなされ昼は昼で疲れ、草木や石はそれぞれに何か宿命や因縁めいた姿で纏ひつき、鋭い尖つた枝枝が弱つた神経に障つてくることも珍しくなかつた。自分はかういふ境涯から離れたい為に、つとめて自然の中に、庭園のまはりに近寄らないやうにしてゐた。

併し自分のさういふ息苦しい思ひの中でも、習慣になつてゐるのか何時の間にか庭の中に出て、樹や石を愛し弄ぶの情を制することができなかつた。頭の痛むなかに伸びて尖端を触れて来る樹樹の姿は、一層親密な運命的な勢力を自分の肉体の中にも揮ひ、自分は傷ついた気持で殆ど引摺られるやうな状態で、これらの樹木や石に対ふより外はなかつた。かういふ珍しい気持はあり得るものであらうか。

二　「童子」の庭

　自分が此家に越してから八年ばかりになり、三人の愛児を得、その一人を最初に亡くしたのも此家だつた。自分の亡児を想ふの情は五篇の小説と一冊の詩集になるまで哀切を極めたものだつたが、併し誠の愛情には未だ触れるに遠いやうな心持だつた。自分は「童子」といふ小説の中に可憐な一人の童が、夕方打水をした門のあたりに佇んで、つくづく表札の文字を読むあたりから書き始め、時を経て、「後の日の童子」といふ作の中には、到底何物にも較べがたい自分の毎日の物思ひの中に、何時の間にか生きて一人の童子となつた彼を描いて、殆ど書き疲れ飽きることはなかつた。亡児の事を書くことはそれ自らが、愛情の外のもので無いため、書くことに依つて濃かな愛情のきめを感じるのだつた。

　自分は二十篇余りになる詩をつくり、寧ろ綿綿たる支那風な哀切を尽したのも、その亡児への心残りの切なることを示したものだつた。亡児と「庭」との関係の深さは「庭」へ抱いて立つた亡児の俤は何時の間にか竹の中や枇杷の下かげ、或は離亭の竹縁のあたりにも絶えず目に映り、自分を呼び、自分に笑ひかけ、自分に邪気なく話しかけ、最後に自分の心を掻きむしる悲哀を与へるものだつた。或日の自分は埒もなく畳を掻きながら死児を慕ふの情に堪へなかつたのである。

さういふ「庭」は自然に自分の考へをも育てる何者かであり、その何者かを自ら掃き清めることは喜びに違ひなかつた。自分はさまざまな樹木や色色な花の咲く下草、亡児の通ふ小さい径への心遣りをする為、冷たい動かぬ飛石を打ち、其処に自身で心を待設けるところの浅猿しい人生の「父親」の相貌を持つてゐた。単なる樹木は樹木でなく「子供」に関係した宿縁的なものだつた。庭を掃清めることは彼への心づくし、彼への供物、彼へのいとしい愛情、彼への清い現世的な徳と良心の現れだつた。自分は老いて用なき人のやうに庭に立ち、石を濡らし樹樹の虫を捕除いたりするのだつた。事実自分の妙に空想的になつた頭の内部には、それらの庭の光景は亡き愛児の逍《さま》よふ園生のやうに思はれ、杖を曳いた一人の童子を何時も描かない訳にはゆかなかつた。自分の悲むで鶴の如く叫ぶ詩の凡ては毎日その一二枚あてづつの原稿紙に書かれて行き、自分が初めて詩の中に分身を見、詩中に慟哭したのも稀な経験だつた。

その詩や小説の中にある自分の悲哀とても、本当の突き詰めた気持の中では到底さういふ芸術的な表現では決して満足されるものではなかつた。芸術の様式は遂に芸術以外のものでないところに、未練深い現世的な自分の愛慕が低迷してゐた。

自分が天上の星を見直し或は考へ直したのも、その悲哀の絶頂にゐた頃だつた。深い彎曲された層の中にある生涯的な悲哀は、毎日自分に思ふさま殆ど人間の悲哀性の隅へまで苦苦しく交渉し、「烟れる私」をつくり上げるのだつた。顔の色の益益悪くなつた自分は決して笑ふといふことを、何物かに掠め奪はれてゐたも同様の空しさで、自ら烟れる如き凄しい顔容をしてゐた。

三　季節の痴情

自分は決して値の高い植木や石を購うた訳ではなかつた。寧ろ若木を育てた位で、高価な大物は植ゑなかつた。些し許りの詩の稿料や他の小使銭を四季折折に使つた外は、殆ど余財を傾けることはしなかつた。貧しいその日暮しの中から集めたものだから、売ることになれば端銭にもならなかつた。と言つて此儘他人に譲り渡す気にもなれなかつた。何故かといへば自分の愛園だといふ名目にしては余りに貧しい木石の類だつた。せめて相応の石一つくらゐでもあればいいが、雑石をつかつた庭を他人に手渡すことは、末代までの名折であり、さういふ恥を残すよりも一草一石の端にまでも原形無きまでに取毀すことが、本統の自分の気持だつた。

若し愛してくれる人があれば、この儘譲り渡してもいいと考へたこともあるが、後に残ることを考へると憂欝になり、矢張り壊すことに心を決めるのだつた。それが自分の一つの徳義でもあり良心でもなければならなかつた。自分を訪ねたことのある人人の眼に残つてゐる小さな庭、庭らしい風致の中にある自分が、それ以上にその人人へ呼びかける必要はなかつた。潔く取毀つて又新しく移らなければならない――。

自分が此庭を考へたことの最も烈しかつたのは、震災後一年を故郷の山河に起居してゐる時であつたらう、その時は庭なぞいらない気持だつたが、安つぽい郷里の貸家には砂礫が土に雑つてゐて、何を植ゑても根をおろすことがなかつた。柔かい黒土のある東京の庭を思ひ出したのは寧ろ不思議な思ひ掛けない切ない気持だつた。自分は家の者に何かの序に季節ごとに庭の話を繰返しては話出し、殆ど見るに耐へない庭があれ程心に残つてゐることは、意想外な気持であつた。

帰京して見た昔の庭は庭のままだつたけれど、愛情は昔に倍してゐると言つてよかつた。彼等は穏かだつたし又静かさは一入深かつた。自分の最初に気のついたことは庭の全面に漂ふ憂愁の情だつた。主人なくして過した一年の間に、彼等は茫茫たる十年の歳月を負うてゐる荒涼を持つてゐた。それは人間的な愛情だと言つてもい位の静かな重い荒れ様だつた。自分が彼らの間に立つたときに自分を締めつけるものの多くを感じ、囁くものの哀切を経験するのだつた。自分は僅かな一草の芽生えの中にも自分が六七年近く愛した情痴を感じた。全く庭を愛することも、文に淫することも凡て情痴に近いものだつた。さう言つても解り兼ねるかも知れぬが、実際人間同士の情痴以上の、重いものに心を圧せられることは愛する女以上の痴情に似たものだつた。自分が彼等の世界に住むことに頭を痛め心を暗くしたのも、それらが最早苦痛に近い楽しみであることも、やはり清浄であるために憂欝になる情痴の表れに違ひなかつた。

四　田端の里

　自分は殆ど庭の中に隈なきまでに飛石を打ち、矢竹を植ゑ、小さい池を掘り、郷里の磧にある石を搬び、庭は漸く形をつくつて行つたが、間もなく郷里にも庭をつくりかけた関係上、郷里の方にも庭木を送らなければならなかつた。さまざまな煩雑さに疲れた自分は一層此庭を壊し、庭のない貸家に引移りたい望みを持つやうになつてゐた。何故かといへば慾に庭のある家に居ればそれに頭をつかふことは当然なことであるから、一層庭のないところに行けば諦めもするし、樹や石を弄ぶことも自然なくなるであらう、さういふ考へで何処かに荷物の全部を預け一家こぞつて旅行に出る計画をたてたのであつた。併し自分の執着はすぐに庭を毀す決心はしてゐても実行は益益遅れがちになつてゐた。

　自分が此田端に移つてから既う十年になるが、「江戸砂子」にある生薑《しやうが》の名所である田端の村里は文字通りの田舎めいた青青しい生薑の畑と畑の続いた土地だつた。根津の町へ出て藍染川となる上流は田端の下台にあつたが、音無瀬川と呼ばれてゐた。名に負ふ煤と芥の淀み合ふ音の無い小川であつたが、それでも今の谷田橋附近は大根や生薑の洗ひ場になつてゐて女等の脛も見られる「江戸砂子」の風俗と彿とを昔懐かしく残してゐた。今の神明町車庫前あたりから上富士への坂の中途迄、秋風の頃はざわめく黍畑や里芋の畑の段段の勾配をつくり、森や林も処処に円い丘をつくつて見えてゐた。小川や清水の湧く涼しい林もあつたが、今は待合や小料理屋が町家を形づくり、昔の武蔵野の風情は殆ど何処にも跡をとどめてゐなかつた。

それでも音無瀬川の溝石の仄ぐらい湿りには、晩春初秋の宵などに蛙の啼く声も聞かないではなかつたが、若い椎の植木畑や生薑の畑には昔のやうな蛍の飛び交ふ微な光りさえ見られなかつた。十年の間に変つたものは単にこれらの郊外的な風致や町の姿ばかりではなく、児を失ひ悲むだ自分には溝川のほとりを散歩しながらゐる姿は昔のやうだつたが、もう子供が二人も生長してゐた。

植木屋の多い田端の地主らも時勢と金利の関係から、植木屋は売減らしにして何時の間にか貸家を建て、新建の小路をつくり、殆ど空地は見られない程だつた。秋口には涼しい高い木に啼く虫の類も減つたばかりでなく春先の鶯が啼く朝なぞは年に一日か二日くらゐに過ぎなくなつた。以前は何処からともなく春を告げる鶯の声を聞くのは、毎朝の快いならひであつた。生温かい雨の霽《あが》つた朝の食卓についてゐて、鶯を聞かない朝はなかつた。それだのに今年は鶯を聞かなかつたといふ年も近年になつてから折折に聞くやうになつてゐた。

五記録

自分の家や庭の客となる人人は、矢竹の茂りと音とを賞めてくれたが矢竹は庭一面に這出して相応の風致を形作つてゐた。一年の間に主人を三人まで持つた秋といふ女中も、自分の家を出ると不幸続きの暮しをして今では行方が分らず、彼女が風呂敷に包んで買つて来た小さい沈丁花は、六年の間に自分の背丈を越えるまで伸びてゐた。次ぎに来た女中の里である茨城の草加在の珍しい木賊《とくさ》の株も、庭の一隅に固く組み合うて、年年殖えて美しくなる一方だつた。彼女は自家から暇を取るとカフエの女になり、これも亦行方が分らなかつた。

季節折折の子供の病気の時の看護の女、植木屋が入代つてゐたそれぞれの記憶、国の母や兄、老俳友などの泊つたことのある離亭、飼猫や飼鳥の山雀、或時は仕事に疲れて卒倒しかけたことのある庭の奥、さういふ小さな覚えは一つとして「庭」を離れたものではなかつた。「庭」は彼らしい人生観めいた記録的なものを持ち、それらが今庭を壊さうとしてゐる自分に小癪なほど叙情詩めいた詠嘆の心を移さうとするのだつた。殆ど隅隅にまで手の触れないところの無い庭土は、それに手をつけた日の記憶的な位置を今更らしく思ひ出させた。

この家に来て自分の仕事をした数は、文字通り枚挙に暇が無いくらゐだつた。詩集「高麗の花」や「田舎の花」「亡春詩集」を書き、「童子」「嘆き」「押し花」「人生」「我こと人のこと」「わが世」等で亡児に対する嘆きの限りを綴つたものである。その他数十篇の小説物語の類は自分でも覚えてゐない夥しい数だつた。どこの雑誌に出たかも分らず、それを捜し出すこともできないで散逸された小品随筆の類は、殆ど数限りのない位だつた。さういふ反古同様の仕事に注いだ自分の制作的な情熱を考へるだけでも、自分は何か目当てもなく茫然とし、その情熱の費消によつて十年は命を縮めてゐると言つてよかつた。それすら自分には何一つ残つてゐないことを考へると、情熱を売買した天寿の制裁の空恐ろしさを思はない訳にはゆかなかつた。

自分は第一流の文人である自信はあり実力もあるのだが、併し自分の書いたものが秋風の下に吹晒され、しかも残らないことを考へることは苦しかつた。自分にさへ其行衛《ゆくへ》の判らない原稿のことや雑誌のことを思ふだけでも陰鬱になり息窒る思ひだつた。その頃に書いたものの心の持ち方の低さ、気持の張りの足りなさを考へると訂正削除の朱筆は動かしてゐても、自分の文章や意嚮《いかう》の拙劣さを犇犇《ひしひし》と感じられるのであつた。或は却て原稿が散逸された方がよかつたかも知れない。悪文十年の罪を失した宜い機会であるかも知れぬ。唯自分はそれらに注いだ取り返しのつかぬ情熱の濫費だけは何と言つても一生の過失だつた。どういふ時にもよい仕事をすることは、永い安心を形づけるものであり、朝朝の寝ざめを清くするものであるが、いい加減な仕事をした者の末路は自分で気の付く時は、もう遅いに違ひない、併しその遅い時期に踏止まることも亦肝要なことに違ひなかつた。

六　別れ

自分は或日、まる一日外出をする機会があり、その間に植木屋に命じて樹木の幾株かを荷造りさせて、国へ送るのであつたが、幸ひ自分の帰宅したのは夜に入つてからだつたから、其樹木を抜いた跡は見ないで済んだのである。次の日にも外出の折を見て飛石を抜き又次の日にも石を搬ばせるやうに命じて置いて何時も夜になつてから帰宅するのだつた。雨戸を開けることがないので、庭の模様は分らなかつた。寝床で想像する淋しい庭のありさまは誰かを怨みたい気持だつた。

築庭造園は財を滅ぼし、人心に曲折ある皺を畳み込み、極度に清潔を愛する者になることは事実である。自然に叛逆することは、自然を模倣すると同様な叛逆だつた。彼は「庭」を造らうとしながら実は「自然」を造らうとするものらしかつた。そこに何か突詰めると浅ましい人間風な考へがないでもなかつた。それだから面白いといふ築庭的な標準は、自分には既う亡びかかつてゐる考へであつた。それなら自分は後の半生を何に費したらいいだらうか？――自分の如きものの才能は何に向つて努力すべきだらうか、かういふ消極的な問題を自分の中に持出して、自分は荒れた破壊された庭の中を歩いて見たが、何か永い間に疲れたものが抜け切つたやうな、それこそ精神的な或平和をさへ感じるのであつた。その感じは自分を一層孤独な立場に勇敢に押出してくれ何よりも平穏と濶達とを与へて呉れた。小さな風流的な跼蹐《きよくせき》から立ち上つた自分の行手は、寧ろ広広とした光景の中に数奇ある人生的な庭園を展いて見せてゐた。自分はその庭園を見ることに泉のごとき勇敢を感じた。自分はそれ故今は眼の前で此小さな「庭」の壊されることを希望し、過去の庭園に静かに手を伸べてその姿に別れを告げるのであつた。

七　曇天的な思想

何時か自分は「過去の庭園」を物してから、庭を壊し離亭を取毀したが、いまは一草一木も無くなり、明るい空地になつて了うた。自分の気持は爽快になり頭は軽くなつた。矢竹も掘り尽したが筍が処処に余勢を示し、垣根に添うて残つてゐる。自分は庭を壊して見て埋られた飛石は勿論、凡そ石といふ石の数の多いのに驚いた位である。雑石をあしらひ急仕立に自分の気持を紛らはしたその折折の、自分の気持の低さには熟熟《つくづく》呆れるばかりだつた。庭などといふものは決して間に合せの石や樹を植ゑて置くものではない。それは必ず棄てなければならぬ時期があるからである。周到な注意と懇切な愛好の下に、生涯それらの木石に心を寄せるほどのものを選ぶべきであつて、いい加減な選択は厳格に退けるべきであつた。

　自分は庭を壊しても決して淋しい思ひはしないばかりか、何か前途に最《も》つと好い庭がありさうに思へるからである。庭はそれ自身が東洋の建築としつくり色を融け合せて生きてゐるもので、決して庭だけで生きてゐるものではない、東洋の寂しい建築と其精神とに彼は其姿を背景とせねばならぬ。建築の淋しい哀愁を劬《いたは》るものは、女人のやうに優雅な、しかも健康な「庭」でなければならぬ。誠に美しい庭に立つことは我我の愛する女人と半夜を物語ることと、どれだけも隔たつてゐるものではない。

　自分は梅雨曇りが広がつてゐる中に、毎日のやうに其美しい曇天を眺入つてゐた。その中に壊された庭を少時思ふに適した。折折の低い雲、蒼い空をも眺め、どうやら自分がこれから後にめぐり会ふべき、石や木、庭のありさまなども好き想像のうちに描くことができた。そして自分は半年ばかり極端に質素な、往昔の文人が試みた旅行のやうなものを実行するために、家具を友人の家に預け、永年の埃や垢を洗はうとするのである。文人の栄華の醒めた不況の時に昔の生活を抛《なげう》つことは、自分の好みにもあひ、今はその「時」を得てゐるからである。それ故自分は曇天の中に美しさを知ることも、人一倍の熱情を感じるからである。

自分のやうな人間は何かしら「心」で翻弄《いぢ》る物の要る種類の人間である。詩や詩情をいぢることにも倦きてゐないが、同様に恋愛にも未だ飽きてゐない。恋愛的な雰囲気は決して女人の間にばかりあるものではなく、それの正確な精神は凡ゆるものの美しさを詳かに眺め取入れることであらう、曇天も陶器も又女人もその内の重なるものであらう。

荒土になつた庭の上に、杏の実が、今年もあかあかと梅雨曇りの中に熟れてゐる。此の杏は家に附いてゐる樹であるが、毎年春は支那風な花を見せ、何時も今頃の季節には美しい実を見せてゐた。今日も机の上から見る朱と黄とを交ぜた杏の実は、堪へがたい程美しい。自分も家の者もこれを取らうとはせず、此儘次ぎに越して来る人の眼を楽しますであらう。

杏は国の方にも今頃は熟れて輝いてゐるが、東京では滅多に見られない。何時か小石川の或裏町で見かけたことがあるが、その美しさ豊さは莫大な印象だつた。子供の時にその種子を石で磨つて穴を開け、笛のやうに吹いたことを覚えてゐる。「杏の笛」と言ふと幼い詩情を感じることが夥しい。今も郷里の童子はその「杏の笛」を吹くことを忘れないであらう。

矢竹は国の庭へも送つたが、根は庭ぢうに這ひ乱れてゐた。森川町の秋聲氏からの使ひにも数株を分けたが、使ひの植木屋はかういふ美しい竹は植木屋も持つてゐないと褒めてゐた。自分もさういふ褒言葉を喜ぶものである。初め辻堂の中村氏に約束をしたが、辻堂までの車を仕立てることは困難だつた。中村氏の庭を訪れた秋聲氏との間に竹の話が出たものらしかつた。

自分は初め此矢竹を青山といふ禅客から譲り受けたものである。今度は色色手分けして頒けたが、雨が多く分け切れなかつた。関口町の佐藤君からの植木屋も、漸《や》つと今朝になつて分けた竹を掘りに来た。ともあれ自分は後二日で半年の旅行に出るのだが、あとを乱したくないので土の穴や掘り返しを埋めさせてゐて、微妙な哀愁を感じた。多くの秋と冬の夜、これらの竹の葉擦れの音を聴いたが、春の深いころと晩秋の頃とが一番葉ずれの音がよかつた。皮を剥いで膏《あぶら》で拭いた幹は青く沈んだ好い色をしてゐた。芥川君は此竹のある方を何時も「窓の穴」と言つてゐた。同君の庭にも竹があつたが二三日続いて庭を掃いて見て、気持がよかつたといふ話も耳に残つてゐる。――

震災の時にも上野あたりからの灰が吹かれて、葉の上に白く埃をためたが、さういふ思ひ出も却却《なかなか》忘れられなかつた。自分は毎年筍が出ると、古竹を粗い簾に編ませ、それを煤の垂れる軒に吊るして置いたが、野趣があつて粗雑な感じではあつたが好きだつた。

八寿齢

　この春母の危篤の報を得て遥遥と帰国して行つたが、母は七十八の高齢の中で死生の間を往来してゐた。自分は母が二三日のうちに絶命するであらうと思ひ、人として数奇な彼女の生涯と運命とに就て、絶えず頭をつかひ兎も角も死ぬことを気の毒に思ひ、自分も出来るだけの薬餌の秘術を尽すやうに努力するのであつた。彼女を支配した運命はその晩年に物質的な苦衷を与へず、自足と平安とをのみ温かに恵んでゐた。自分は父の死の前後が斯様に平安で無かつたことを考へ、いぢらしい父への思ひ遣りを切ない気持で顧みない訳に行かなかつた。

　四五日の後に母は急性肺炎の症状から完全に救はれ、運命の惰勢は再び母を安逸な生活の中に取残すもののやうだつた。彼女は粥を啜り魚の肉を食べ溌溂として余生を盛り返して来た。自分は七十八年も生延びた彼女の止みがたい生活力が、その余勢の上で舞ひ澄む独楽のやうに停ることを知らないのを恐ろしく思うた。血色を取り戻した一老母の戦ひは遂に現世的生活へまで再び呼戻され、暴威を揮ふ時は揮ふ苛酷な運命さへ、母の前ではその暗澹たる翼ををさめてゐると自分は思うたが、さういふ母を見ることは別な意味で壮烈な気がしないでもなかつた。

母を囲繞する人人及び古い昔の彼女の知合の悉くは、母が今度死ぬであらう予測と天与の寿齢とに、寧ろその長命と平安とを祝福して、自分に一一その由を伝へて挨拶を交すのであつた。自分も母の寿命の終るの近きを思ひ、働く能力を欠いた人間は決して六十以上は生きる必要の無いといふ、漠然とした通俗的な概念を得たのだつた。六十以上生きるといふことは死を期待され、死を祝福されるのみで、死を激しく傷み悲しまれることは尠いことらしかつた。ことに田舎の人人の率直な言葉は一つとして死を哀傷する情を披瀝せずに、不足のない死を、或は死そのものに利子的な計算を敢てすることにより、恰も当然訪れるべき死の遅きを皮肉るやうなものだつた。

母は自分に決して今度は生き延びたくなかつた事、唯ひたすらにお詣りがしたかつた事、再た御身らに厄介になることが心苦しい事などを、取尽した静かな生活の中から物語るのであつた。自分は何よりも運命がまだ彼女を犯さなかつたことに就て、ひそかに運命の力が近代に至つて次第に稀薄になつてゐるやうに思はれてならなかつた。そして病室の窓の外にある執拗な一塊の残雪は、北に面した杏の古い根にしがみつき、世は春であるのに凝り固り却却消えようとしなかつた。残雪と運命、さういふ昔の文章世界の寄稿家の物するやうなことを考へ、我が尊敬すべき運命への超越者、自分の母親を熟熟見守るのだつた。

九　邦楽座

久振りで仕事も一先片づいて、冬がこひを施した樹樹の菰を解いて見たが、彼らは藁の温さの中に既に春の支度を終へてゐた。何か酸味を帯びた匂が自ら立つ埃とともに、自分の胸を妙に悩ましく圧してゐた。自分は少時日の当る土の上に踞んでゐたが、昨日邦楽座の玄関の段の上から辷れ落ち、背中を打つた重い痛みが斯ういふ明るい日ざしの中で余計に感じられた。

何時か雨上りの電車道で転んで危く轢かれようとしたが、さういふ不慮の出来事の起るときは、頭がひどく疲れてゐる時に違ひなかつた。健全だと思うてゐる頭脳も刺戟のある映画見物の後には、毎時も烈しい疲労を心身に感じてゐた。目まぐるしい電車道に立竦んで、少時頭の働きを待つやうな状態になる時は、頭脳の働きよりも車や往来の烈しさが迅速に感じられるのだつた。或晩自動車から下り立つた自分は初めて帽子を冠つてゐないことを知り、自動車を見返るともう明るい街巷の中に紛れ込んでゐた。自分は帽子を冠らないで歩く、無態な頭に何か締りの無いことを感じた。——昨日も邦楽座で危く頭を打てば或はそれきり脳貧血を起したかも知れなかつた。人間の命を落すやうなことがどれだけ自然に何等の注意力の無い時に起り、それが却つて偶然に救はれてゐることがあるかも知れなかつた。

庭の中は眩しい春の日当りで一杯になり、竹の葉の上にあぶらを注いだやうな一面の光だつた。自分は自然の美しさを感じ、その自然がもう自分の心身にカッチリと嵌つてゐる人生的な或事件でさへあるやうな気がし、自ら感情的な此事件を懐しむの情に耐へなかつた。かういふ物の考へ方をする自分には、最早花や樹の美しさよりも自分の考へに思ひ耽る美しさが、どれだけ事件的なことを搬ぶかも知れなかつた。自分は身に沁みて人の死を感じ、その死を自ら企てた人のことも斯ういふ春光の下で余計に沁沁感じられた。現世の美しさを深く感じることは死ぬことに於て、一層美しく見えることに違ひなかつた。現世に執着するほど死にたくなる念ひを深めることは、よき魂をもつた人間の最後の希望にちがひない――生活、金、死、女、そして目前に迫る何かの芽生えの状態に、折折気を取られながら殊勝に少時静かにしてゐたが、昨日の背中のいたみは鈍重に徐ろに自分に影響してゐた。女達の華かに立つた光つた階段から墜ちた自分は、単に階段から落ちたばかりではなかつた。或はその時に当然不幸な運命の逆襲に遭ふべき自分が、その又運命の端に繋がつて怪我をしなかつたのかも知れなかつた。邦楽座の大玄関から自分は死の何丁目かへ送られる筈はないと思うたものの、自分は常に新鮮な運命に立向ふ用意をせねばならないと考へるのだつた。それは自分ばかりではない、凡ゆる人間がいつもその準備に就かなければならない事だつた。何時どういふ不安と不詳事が待ち構へてゐるかも分らないからだ。誰がその不慮事の前に立ち得ることができよう。――

十　短冊揮毫

自分のところへも毎月短冊や色紙の揮毫を迫る人が多く、気の進まぬ時は一方ならぬ憂欝をすら感じてゐる。平常何も知らぬ人に自分の悪筆を献上することは、最早自分には神経的に嫌厭を感じてゐる位である。千葉県の某と云ふ人なぞは先に短冊を送り到けて置いて、毎月揮毫の督促を根気よく殆ど一年間続けて行うてゐた。その最後に短冊返送を迫ることは勿論、或は謝儀を送るとか云ひ子供でも宥め賺《すか》すやうであつた。併し自分は怒りを噛み潰してゐた。かうなると脅迫的なものに近いやうである。

自分は短冊色紙の送り付けは其儘即座に返還してゐる。今後奈何なる意味に於ても揮毫はしないことにした。その為自分のやうな悪筆の品定めされる後代の憂を除きたいと考へてゐる。併乍ら自ら進んで書きたい時があれば、悪筆を天下に揮ふことの自信も無いではない。欲しきは私に取つて何事も勇躍だけである。

十一　「自叙伝」

自分は此頃もう一度今のうちに書いて置きたいと考へ、自叙伝小説を書き始めた。自分は処女作で自叙伝を書いて制作的に苦苦しく失敗した。それは言ふまでもなく詩的雑念の支配を受け、センチメンタリズムの洗礼を受けたからである。自分は嘘を交ぜた、いい加減の美しさで捏ねた餅菓子のやうなものを造り上げ、それで自分は自叙伝を完成した如き気持でゐたが、此頃の自分にはその嘘が苛責的に影響し、苦痛の感情を伴うて来たのである。自分は暇を見て書き直した上、少しも文学的乃至詩的移入のない自伝の制作に従はなければならず、事実その仕事に打込んでゐた。

自叙伝は作家の最初に書くものでなければ、相応の仕事をした後期の仕事でなければならない。その仕事は何処までも成年後の彼の見た「生ひ立ちの記」でなければならず、峻烈な自分自身への批評に代るべきものでもあらう。

十二　「大槻伝蔵」の上演

帝国ホテルで自分の作「大槻伝蔵」の道化座の公演を見て色色感心した。僕の戯作は幸か不幸か未だ公演されたことはなかつた。又自作が劇評家等の筆端に触れたことも極めて尠いことだつた。自分はこれらの戯作が作集や叢書にさへ未だ談判を受けたことすら無いのを、大した不名誉に思つてゐないものである。それに拠つて自信を逆捩ぢにする程穉拙《ちせつ》の心を有たない僕は、今度自作の公演を見に行く気持の張方は、少少悲観的でもあり又真向からの自信では可成余裕を持つてゐた。「大槻伝蔵」は自作の中では唯一つの時代劇でもあり、或程度までの用意はしてある作品である。その公演を見て「大槻伝蔵」が歌舞伎や帝劇で上演されないことを不思議に思ふ位、成功してゐた。道化座は無名の劇団であり大槻伝蔵を演じた市川米左衛門氏は、その道の通でない自分には新しい名前である。玄人らしいところはあつたが自分には好印象を与へた。自作の場合大抵役者を貶すことがその批評の眼目であり条件である世の中で、自分は或程度までの満足を以て見物した。かういふ自分を素人として笑ふものがあれば、それは物の素直さをわきまへない人人であらう。――自分は此劇を見物してゐる間、絶えず漫然として劇を書いてゐた自分が振顧みられた。必然性無き会話の受け渡しも目前で諷刺された位だ。自分は一層努めねばならぬ事、気持の張方を少しも弛めてはならぬ事を忠告されたやうなものであつた。これは自作が最初に上演されたためであらう。

十三　茶摘

自分の家の庭は広くはなかつたが、茶畠が少し残つてゐて季節には茶摘みもしたものだつた。李《すもも》の樹の下に蓆を敷いて母は煙草盆を持出し、まだ小さかつた妹は茶を用意したりした。自分も茶摘みの手伝ひをしたが、一時間も同じい事を繰返す仕事には直ぐ退屈をし、風のある日は摘んだ茶の新葉が吹かれてよい匂ひがした。

茶の根には古い去年の茶の実がこぼれ、僅な枯葉の間に蕗の芽が扭れて出てゐた。

母は退屈しないで丹念に摘んでゐたが、自分の摘む芽の中に古葉さへ雑つてゐて、台所でそれを蒸しては莚の上でしごいてゐる姉から小言が出た。台所は湯気で一杯だつた。姉と雇の婆さんとが忙しく立働いてゐた。自分は茶といふものに恐怖を感じる程、摘むことに飽飽してしまつた。かういふ時に必ず誰か近くの母の友達が表から声をかけ、母はうつ向いたまま返事をしてゐる記憶があつた。又定つて強い風が出るやうな日が多かつた。

蒸された茶は餅のやうな柔らかい凝固になり、揉まれると鮮かな青い色を沁み出してゐた。その莚を乾かしたあと、四五日といふものは矢張り茶の芽の匂ひがし、その匂ひは庭へ出ると直ぐに感じられた。二番茶を摘むころは日の当りが暑かつた。じりじりと汗を搔く母を見ることは、気苦労できらひだつた。

十四　朝飯

或初夏に伊豆の下田の旅籠屋に泊つて、その庭に桃に交る僅な緑の芽立を見たことが忘れられなかつた。それは優しい人情的と温かみのある緑だつた。自分は朝飯の時にその風景の何ものかを、その膳の向うについた春のおひたしと一緒に嚙み味うたやうな気がした。それに烟りながらに罩《こ》めてゐた雨は、此暖国にある早い些かの若緑の艶を深くしてゐた。自分が青い梅の実に朝焼けのやうに流れてゐる茜色を覗き見たのも、此旅籠屋で初めて発見したやうな気持だつた。何か棄石を取囲む鋭い尖つた芽の広がり、それらの葉が一様にとかげのやうな光を見せる日光の直射に、自分は眼に青い薄い膜のやうなものを絶えず感じるのだつた。

　自分は午後から晴れた庭土の上に、若木の緑をうつらうつら見惚れながら、さういふ風景に意識を集中され、余りに永い間茫然としてゐる自分の中に何か白痴めいたものを感じ出し、静かさが呼ぶ不安を一心に感じ恐いやうな気がした。余りに静かなときに人間は知らずに命を落すものかも知れないやうな気がした。さういふ不安は反対に益益自分を静かにし、自分にハガネのやうな鈍い光を感じさせてゐた。

十五　童話

自分は凡ゆる童話に偽瞞を感じてゐた。それ故、童話を書かうといふ気が起らず、また子供等に自ら童話を書きつづつて見せる気もなかつた。童話といふものは即座に作為され同時に亡びていいものかも知れなかつた。ストリンドベルヒも童話を書いてゐるが、自分には性質の上からも童話は書けさうもなかつた。

支那のお伽話も自分は大仕掛で好かなかつた。自分はどういふ話をしていいか、それらの話がどうしたら子供たちに喜び迎へられるかを考へると、しまひに憂欝になる外はなかつた。これは自分が作家であるための選択上の苦衷に違ひない。作家は最後まで子供への読物を選べないのが本当かも知れない。仮令《たとひ》選択はしても自分の物にして、子供等に薦めたかつた。いい加減な話を子供に説くことは何よりの偽瞞だつた。

自分は童話の国のことは知らないが、よい子供は自身彼のものであるべき童話を作るべきであり、我我の示す必要のないものであるかも知れなかつた。童話が作家の煙草銭だつた時代はもう過ぎたらうが、自分はさういふ作家が朗かな高い美しい気持で、童話を作つて書くことに尊敬を持つてゐる。さういふ作家の優しい愛情の中に我我は子女を連れ込みたい希望を持つが、さういふ作家は果して天下に幾人ゐるだらうか。さういふ秀れた作家を自分で見出すことができるだらうか。現世の卑俗な一作家たる自分にもその雅量を披瀝することができる作家を見ることがあらうか。――自分はそれを疑ひ、その疑ふことに依つて憂欝を感じてならないのだ。朗かであるべき童話の国に入るさへ、自分は並並ならぬ現世的な止み難い憂欝の情に先立たれてゐる。

十六　童　謡

自分の子供はやはり北原白秋、西條八十氏等の童謡を唄ひ、母親自身もそれを教へてゐるが、自分は童謡を書いた経験がないので黙つて聴いてゐる外はなかつた。両氏以外の「コドモノクニ」の童謡をも唄うてゐるのであるが、中には到底自分の如き詩人を以て任ずる家庭に、鳥渡《ちよつと》聞き遁しがたい劣つた作品もないでもなかつた。併しそれに交渉することは自分の敵てしない方針であつた。

自分の経験では北原氏西條氏、または稀に百田宗治氏等の童謡が娘によつて唄はれることに、その作家等に知遇を得てゐる関係上、決して悪い気持になることはなかつた。北原氏、百田氏などは時時子供等にも接する機会があるので、余計に親しさを彼女の方で持つらしかつた。ともあれ童謡の作家等に望みたいのは、かういふ子供の世界から見た童謡詩人の人格化が、我我の家庭にまで行き亘る関係もあり、大雑誌には少し位楽なものを書いても、子供雑誌の場合は充分によい作品を発表されるやうにされたい。自分も漫然として童話などを書き棄てた既往の悪業を思ひ返すと、それを読む小さい人人へ良くない事をしたやうに思はれてならない。何事も芸道の影響が子供へまで感化して行くことを考へると自分の如きは童話や童謡の清浄の世界へは、罪多く邪念深いために行けないやうな気がした。

十七　軽井沢

一　虫の声

今年くらゐ諸諸の虫の声を聴いたことがない。まだ宵の口の程に啼くのや、浅い夜半に啼くのや、真夜中に啼くのや夜明け方に啼き始めるのや様様な虫がある。宵の口は賑やかに烈しく浅い夜には稍《やや》落着いて低めに、真夜中には少少渋みのある嗄れた声がしてゐる。明け方には聴えるか聴えぬかくらゐに低く物佗しい。

それらの虫の声の変つてゐることは言ふまでもないが、毎年涼宵に聞く筈のこれらの虫の音が、年齢の落着きとともに我物になるほど身を以て聴き入れられるのは、聴き落さずに心も次第に落着いて用意されて来てゐるからであらう。我我は今日眺めたものは又明日どれほど新鮮に眺められるかも知れない。彼らは変らないが我我は日日に変つてゐるからであらう。来年は最つと今年よりも多く虫を聴くことができよう。

二　蛍

日が暮れてから散歩に出ようとすると、乾いた豆畑の畝の上に何やら光るものを見たが、隣の燈火が映る露ではないかとも思うた。よく見ると明滅する蛍火だつた。海抜二千七百尺の高原では蛍のからだは米粒くらゐな小ささだつた。光にも乏しく浅間の溶岩の砂利屑の乾いたのに、取縋つて光つてゐる有様は憐れ深かつた。

三　夜の道

今朝道端を歩きながら昼顔の花を久闊りで眺め、しまひに蹲んでじつくりと見恍れた。美しさ憐れさは無類にしをらしかつた。感傷的になつてゐる自分は此頃気持にのしかかるものを多分に感じてゐた。昨夜Sの書いたAの追悼文をよんで、暗い山間の道ばたを考へ乍ら反対の道を、愛宕山の中腹まで歩いた程だつた。

家へかへると、啼き出したきりぎりすは一夜毎に数をふやして、雨の中を通り抜ける程だつた。自分は懐中電燈できりぎりすの啼いてゐる豆の葉を照し、その青い翼をひろげて無心に啼き続けてゐる姿を見て故もなく感心した。

四　旅びと

あはれ、あはれ、旅びとは
いつかは心やすらはん。
垣ほを見れば「山吹や

笠にさすべき枝のなり。」

（芥川龍之介氏遺作）

旅びとにおくれる

旅びとはあはれあはれ
ひと声もなき
山ざとに「白桃や
蕾《つぼみ》うるめる枝の反り」

註。「山吹や」は芭蕉の句。「白桃や」は芥川君の句。これらは朗読風にくちずさまば一入《ひとしほ》あはれをおぼゆ。

五　命令者

雨上りの道路を自分は五つになる女の子供と一緒に散歩してゐた。彼女は洗はれて美しい砂の洲になつてゐる処を自分に踏んではならぬと厳然として命令するのだ。そして彼女自身もそこだけ歩かなかつた。彼女の美しいものを愛し保護する気持を自分は認め、愉快な畏敬の念をさへ抱くのだつた。併乍ら自転車や他の散歩する人人は、それらの白砂の宮殿の上に惜気もなく靴や下駄の跡を残して行くのだつた。併乍ら彼女は父親である自分にのみ苛酷な程、その命令を散歩の終へるまで自分に守らせるのであつた。自分はあらゆる柔順なる父親の如くその命令に唯唯として服してゐた。

六　山脈の骨格

軒も朽ち、板戸は風雨に曝されて年輪を露き出してゐる、峠の上の村落だつた。風雨も多年の間には煤のやうに黒ずむらしく、此村落は暗い夕立雲の下にあつた。石も人の顔も黒ずんで見えた。自分はとある石の上に腰をおろした。

信越の山脈が聳えて眼の前にある。――併し自分は茫乎とそれらを打眺めた。自分はこれらの山脈が自分の滅亡後に猶聳えてゐることを考へると平和な落着いた気持になれた。彼らの骨格が信じられるのだ。

詩に就て

詩壇の柱

或晩、本屋の店先で福士幸次郎氏の「太陽の子」を見て、直ちにこれを購ひ求めた。大正三年に出版された此詩集の中には、今のプロレタリア詩派の先駆的韻律と気魄とを同時に持合せ、激しい一ト筋の青年福士幸次郎の炎は全巻に余燼なく燃え上つてゐた。自分は手擦れのした此詩集の存在に対し友情の外の敬愛を感じた。今の高村光太郎君の粗大を最う一ト握り生活面で圧搾した彼の内容的な集中感は、見渡したところ到底天下に較べるものの無い位だつた。これらの詩が大正初年の作品であることと、そして何よりも彼の性根がその時代から今までへの二十年の歳月に、悠悠と働きかけてゐる健実な新味を思はざるを得なかつた。時時「童謡も書いて見る」フラスコ風の詩人、時時注文によつて詩物語をも案じて見る三流以下の詩人、又時時人生派風の嵐や海洋やケチ臭い生活詩を歌ふ詩人、さういふ詩人の中で清節をもつ此「太陽の子」に於ける行動と韻律を約束した二十年後の立派さは、自分の眼界に痩軀をもつて霜を衝くところの、詩人中の詩人、過去がもつ大なる柱石的な一奇峰を現出せしめた。縦令《たとひ》何人と雖《いへど》も此一つの柱、云ひやうのない気魄が全詩壇的な過去への大なる承認であることを知らねばならなかつた。

自分は数旬の後、大阪から来た或書店の書目の中に、彼が大正九年の版行である詩集「展望」を見て僅かに三十銭を投じて購求した。「感謝」の玲瓏、「記憶」の悒《いふ》鬱《うつ》、「友情」の美と韻律、「平原のかなたに」の思慕的な熱情、そして「昏睡」の中にある現世的ライオン、此詩は、（一人の男に知恵をあたへ、一人の男に黄金のかたなをあたへ……）の呼びかけから書き出して左の四行の適確な、驚くべき全詩情的な記録を絶した力勁さで終つてゐる。

この男に声をあたへ
この男をゆりさまし
この男に閃をあたへ
この男を立たしめよ！

そして又「夜曲」の美しい激越、調度と愛情。

「われは君のかつて見た海をわすれず、君の遊んだ浜を忘れず、その海によなくうつる星のごとく荒いうねりに影うつす星のごとく、われは君をば思ひだす……」

その他「幸福」の幽さ「泣けよ」の純朴、「船乗りのうた」「この残酷は何処から来る」それらの詩の内外にある健実な揺るがない確さは、もはや過去の詩壇に聳える奇峰的な壮大な畳み上げ、遥かに群がる諸詩人の上に光つてゐる。これらの韻律、行動、形態、表現の諸相は、今日の詩壇の最も柱石的なものであり、萩原朔太郎氏の「月に吠える」と相対ひ合うて、大なる詩歌の城をどつしりと上の方に乗せてゐる。風雲は彼らを訪れるであらうけれど彼らの抜くことのできない大なる柱は、益益その城を護るために、後代への重い役目を果すであらう。今日の詩壇に筆剣を磨くの徒は何人も彼のために一ト先づ挨拶を交し、自分のもつ敬愛を同感することに依つて、彼を知ることを得たのを喜ぶべきであらう。

詩歌の道

自分は若い時分から歌を詠まうといふ気持を持たなかつた。歌に対する才能の無いのも朧気ながら知つてゐた。併し他の歌人の詠草は努めて読んで自分の足しになるものは、自ら恍惚としてその道の「物の哀れ」を感じ味はひ、発句や詩の境致に窺へない或は相聞風な或は自然風物の詠草に、身を入れて読み耽ることは楽しかつた。良寛の閑境や元義の情熱、又は実朝の豪直なども、労作の暇暇の心を和め慰めてくれたけれど、依然作歌の衝動を感じたことは一度もなかつた。何処まで行つても自分の作為を動かすことはなかつた。

昨年の夏自分は眼を病み、殆どその眼に繃帯を施してゐた関係上、かういふ時に発句でも作らうと思うて見たが、何故か発句への気持が動かず、詩にも気持は働かうとしなかつた。眼を病むと気持の鬱屈することは並大抵ではなかつた。自分は或朝早く庭に小さな朝顔の花を見出し、それが土の上を這うて咲いてゐる有様に物哀れさを身と心に沁みて感じた。歌を作りたい気持に打込まうとしたのも、初めて経験する静かな又得難い衝動だつた。自分は斎藤茂吉氏の歌や島木赤彦氏の歌を読んで見て、自分も作歌の志を立てて見たが矢張り失敗して書けなかつた。自分はふと釈超空氏の歌をよんで暫らく茫然と見詰めてゐた。実際自分は近頃これほど鋭い唐突な驚きを感じたことは稀だつた。それほど釈氏の歌は咄嗟の間に自分に関係を生じて来てゐた。「赤光」以来歌に驚きを感じたことは、初めての経験だつた。自分は釈氏の境致には誰も手をつけてゐないことを知り、その茫茫たる道を釈氏が縦横に歩いてゐることに、ひそかに舌を巻いたのである。誰も知らぬ歌壇にこのやうな恐ろしい奴がのつそりと歩いてゐたことは、全く驚いて見るだけの「押」の強さをもつてゐた。自分は前田夕暮氏に会うた時の釈氏のことを尋ねたが、前田君も釈は怪物だといふ意味のことを言つてゐた。自分の考へが謬つてゐないことは兎も角、遠い文壇の彼方にぎらぎら光つてゐる眼光のあつたことは、自分を猛烈に打つて来るのだつた。自分はどういふ意味にも油断してはならぬと思ひ、兄だか弟だか分らぬ芸術の分野に伏兵をしなければならぬ自分のネヂの弛みを締め上げるのだつた。凡ゆる詩歌の分野的仕事の隠れてゐる位置、匿れてゐなければならぬ境涯、それでゐて到底五十年を予約する光芒の純粋さは、詩歌の大平原に朝日のごとく輝いてゐるものだつた。彼らの中に一生詩歌に埋もれてゐる人さへあり、それを矜持せずに微笑してゐる人もあつた。

自分は詩歌への精進はしてゐても、最う動かないものを動かさうとする詩歌の最後の中に絶叫してゐるものである。動かないものを動かすところへ行き着くことは、併し歓喜に違ひはないが進歩ではなかつた。化石と同様な惨めさと憂苦だつた。自分はその扉を蹴破らうとしながらゐて、自ら重石の下にゐるも同様の苦衷を嘗めてゐた。それは詩が誠の「意識」から抉り出されるものだつたからだ。自分は呼べども答へない詩歌の鉄の扉を、日夜蹴破り敲くものの惨苦を経験し、凡ゆる哄笑の中に仁王立ちに立ちあがり乍ら、身を以て打つかつてゐるやうなものだつた。

最早あらゆる詩歌はその本体を掻きさぐることではなく、本体自身が本体となる前の、文章が文章とならない以前、感情の動きが既に動きとならない前のものでなければならなかつた。自分の刻苦して打つかるものも自分の感情的な皺の多い時代には、その皺を剝ぎ起さなければならなかつた。その皺の下に未だある一滴の泉を自分は霊薬のやうに目にそそぎ込まなければならないのだ。

詩と発句とに就て

発句も詩も別に自分には渝《かは》りがない。渝りのあるのは詩の中にあるもので圧搾されたものが、発句の姿となり内容となるだけである。特に職業的俳人や即興的詩人の輩に依つて区別される発句や詩の単なる形式的識別は、自分には最早問題ではない、――自分の問題とするところはそれらの根本の厳格さを引き出すことにあるのだ。

発句といへばさびやしをりを云ふのは、仮令《たとひ》それらの言葉の存在があるとしても、直ちにそれに依つて片付けてしまふことは間違ひである。要は厳格な、高い、登り詰めてゐる気持をいふに過ぎぬ。我我は吾吾の最高峰を攀ぢ登つてしまうたところで、最う一度何物かを掻きさぐらねばならぬ。詩が感情的風景の域を脱してゐることは勿論、詩はそれらの上に立つ最早雲表的な気稟《きひん》の激しさから登り詰めた何物かであらう。――

遺伝的孤独

元禄の作者の中で特に選ばれた丈艸や凡兆は芭蕉と共に自分らを撃つのも、かれらの高峰が俗手の抵触外に立つてゐる為であらう。ホヰットマンやヴエルレエヌの詩風は詩風の一存在として、特に僕らの青春を襲うて共鳴してゐたのも、最早今日の僕らをしてたはいないものとして眺め飽きたのも、僕らの成人を意味する前に既に僕らが奈何に彼らよりも、より烈しい東洋風の孤独とともに在ることに耐へる、千古不抜の遺伝的詩人であつたかが想像されるであらう。

西洋人は遺伝的に孤独の外の人種であり、性情に孤独の巣をもたないやうである。稀れに露西亜人にある北方的憂欝の気質は、トルストイやドストエフスキイの器に盛られたとしても、東洋風な、淡りした孤独の城を建てることを知らない、――発句が幾たびか英訳されてゐながら、その十分の一すら味ひや甘みを伝へることのできぬのは、民族の遺伝的風習や生活様式の相違ばかりではない。「分りかねる」ものが未来永劫にまで「わかりかねる」ことであり、解らうとしてもその解るべき性質を根本から失うてゐるからに過ぎない。

悲壮なる人

詩が日本の青年の間に作為されたのは、正しい新人の努力に依つてその地盤を築き上げげたのは、今から二十年前であらう。河井酔茗や沢村胡夷《こい》、蒲原有明等もその記憶にあるところのものだが、寧ろ北原白秋三木露風の二つの存在は、新人詩壇の存在を固めるに力のあつたものであらう。三木露風のねらひどころの可成りに正確な、洞察の幽邃《いうすい》は空虚な詩壇を一層低迷ならしめたことは万死に値すべきであるが、併しあの時代に於て彼の詠嘆の矢弓はただちに騒騒しい混鬧《こんたう》に陥入らないで、一ト通りの静寂を覗き見ようとしてゐたのは並並でない努力であつた。白秋の邪宗門に於ける異国情調の比較的厳格な律調も、消化されて次の時代の格律となつたことも疑へないやうである。「思ひ出」の軽い調子が後期に悪影響を与へたことは云ふまでもない。

併乍ら白露二氏の時代から今日までの詩人中の詩人、新人中の新人として数へ上げることのできるのは、中野重治でもなければ千家元麿でもない。一人の剣の折れたる戦士萩原朔太郎であらう。時代の新勢は既に萩原を乗り越えてゐるに拘らず、彼はなほ昨日の新人の如き善良なる勇邁と、作詩的末期の余焔に捲かれ乍ら、悲壮なる戦闘の真中にゐるのは滑稽以上の厳粛さであり余りに悲壮以上の悲壮でなければならぬ。彼自らも猶悲壮淋漓たる中に、幾たびか胴震ひをして猶永く末期的余焔の渦中に立つであらう。

十年の前方

詩が今より最つと注意され愛読されるには、やはり十年の歳月を要するであらう。その十年の暁にもなほ不運であるべき詩人の嘆息は、その時に於てすら更に十年の年月を暁望するであらう。我我が詩を書き始めたころは依然十年の行手を眺めてゐた。その十年は今吾吾の存在や周囲の存在だつた。しかも我我や吾吾の若い同行の詩人たちは、詩に於て衣食することを拒絶されてゐることは勿論、詩中に呻吟することをも許されなかつた。

詩人は詩人である為の軽蔑、詩人でなければならぬ軽蔑の苦苦しい唾液を吐き出すまでに、可成な辛酸のあることは小説家が小説的唾液を吐き出すと一般であらう。しかも詩人は詩人である伝説的美名と、美名がもつ軽蔑とに悩まされ通してゐる。応需の尠い詩人の社会的進出は、小説家に及ばない如く他の何者にも及ばなかつた。併も彼らは風流才子でない如く甚だコセコセした虚名に憧れなければならぬ原因があるとしたら、それは詩人自身にではなく、彼の「十年」の年月が前方にあるからだと云つた方がよからう。彼ら詩人は絶えず十年を目ざして進んでゐる。これは小説家に於ける眼の前の生活にばかり拘泥してゐるのとは、少しく事変つてゐる。彼らが彼らの受ける軽蔑の前に、先づこの晴晴しい「十年」の前方を俯仰することに依つて、他の奈何なる芸術の上にも劣らない心魂を研ぎ澄すことを証拠立てるであらう。その一事のみに依つて彼らは漸く彼らの仕事に受ける軽蔑の蒼蠅を払ひ除けることができるであらう。

詩銭

千家元麿氏は或時、或本屋の門を通り過ぎ乍ら、不図嚢中空しきを知り、鉛筆で数章の詩を書いて金に換へたさうである。これは千家氏自身から直聞した話であるから嘘ではなからう。千家の詩風であつてこそ初めて此即興的場面が充されることを知り、僕なぞはかうゆくまいと思はれた。

詩を書かうといふ気持は、殆ど瞬間にして消失する再び補捉しがたい気持である。金に換へるために書くことは決して悪いことではない。僕などの詩を書きはじめた大正元年前後には、詩に稿料を払ふ雑誌社がなく、そのために現今の如く身を落して、詩人が雑稿を市に売ることを潔しとしなかつたやうである。尠くとも僕自身は詩を書く外、雑文は書かないで破垣茅屋に甘んじて暮した。その頃から見れば今は詩人の生活も物質的に恵まれてゐると言つてよい。

詩人にして小説を書くことは多少軽蔑されることらしい。詩人で生涯小説を書き通すことも、よくよくの面魂をもたなければならぬ。千家氏の如く書店の門前で平気で詩を書いて売ることは、その平然たる面魂の中に、押しの強さがある。自分は何故かその話を面白く想出した。

円本の詩集

円本の中に詩集がその一巻の役目を持ち、改造社、春陽堂も其書冊に加へてゐる。天下の詩人数十氏が年代的に後代に伝へらるべきものは、先づ此詩集位であらう。同時に凡ゆる円本中、窺かに其後代に於て古籍本としての市価が円本中の何物よりも以上に価高き古本の値を持つことは当然であらう。何故といへば小説本の紙価はその年代とともに低落するに先立ち、詩集類は歳月とともに其定価をセリ上げてゆくからである。萩原朔太郎の「月に吠える」や「青猫」福士幸次郎の「太陽の子」高村光太郎の「道程」日夏耿之介の「転身の頌」千家元麿の「虹」百田宗治の「ぬかるみの街道」北原白秋の「邪宗門」佐藤春夫の「殉情詩集」西條八十の「砂金」

堀口大學の「砂の枕」等は、最早その初版は定価の二倍以上に昇り、市上これを軽軽しく求められない。

以上の詩集はその詩人の出世作である所以もあるが、それを読む若い人人は次から次へと成長し、又次から次へと捜し求めるからである。詩歌に熱情を持つ青年は他の小説本の比ではない、彼等は一巻を求めるに東京中の古本屋を掻き廻すことは平気である。詩歌の士は誠に此心がけがなければならず、往昔の自分もまた此道を踏んで来たものである。円本の詩冊がかういふ気持ちを胎んでゐることはその編輯者と雖《いへど》も自覚しないであらう。かういふ不断な青年の背景をもつ詩集の書冊が、当然円本中に於ける重大な役目を持つてゐること、及び後年その紙価を上騰させることは瞭かなことである。

円本の使命はどうして之等の円本を後代に残すかといふ今は非営利な寧ろ芸術的熱情を感じる時である。相応営利的成果のあつた今日に於て、先づ此等の円本を後代の史家に残し、円本の軽蔑を剝奪すべき良き書物の塔をどうして残すかを考慮すべき時である。新人を加へ最善を尽し、少し位損をしても自ら元禄の井筒屋庄兵衛をも念頭に入れるの時である。円本時代に何人が円本以上の仕事をしたか、その仕事に芸術的な真摯な作用をもつ出版書肆がどれだけゐたか、さういふ決定を為すべき時である。自分は材料蒐集の上、これらの円本論とその時代を論じたいと思うてゐる。円本を検討することは時代の腸に手をさぐり入れることに均しいからである。

詩情

自分の詩を書いてゐた年少の時にすら、詩に遊ぶといふ気持よりも、むしろ詩の中にゐて年少の生活を見てゐたやうに思ふ。何か心に添はず友情に叛き兄姉に離れた時には、机に対ひ詩中の悲しみを自ら経験したやうに思うてゐる。徒らに花下に春秋の思ひを練るといふ気は無かつたらしい。仮令、春秋の念ひを遣るにしてもその折折の自分を基としてゐたやうである。

年少の悲しさはそれ自身成長の後には詩情に似たやうなものであるけれど、年少の時は詩情どころではない。世に容れられぬと一般な悲哀であるやうだ。自分は叙情風な昔の詩を読み返すと、それを書いた時の日光の色、樹の匂ひ、その時の心もちなぞが思ひ出されて来て、一枚の写真を眺め入るのと何の変化りはないやうである。自分は既に壮年の齢に行き着いてゐるけれど、詩情は昔に稀に立ち還つて自分に何か考へさせるやうである。尠くとも叙情の詩を書いた自分を不幸だとは思はない、あの頃は自分の生活の中でも一番楽しかつた頃ではないかとさへ思ふのである。考へることに濁りがなく憂愁はあつても素直な姿をもつてゐた。しかも青春の多くの時を詩に形をさめ、一巻として自分の年少時代を記念したことは決して不幸ではない。——振り顧《かへ》つて往時を思ふよすがともなる仕合《しあはせ》さへ感じるのである。

その頃の自分は東京の町町を歩くことを一種の旅行のやうに考へてゐた。実際、田舎に生れた自分には、海近い深川の土蔵のある町通りや、大川端の古風な昔の艶を拭き出した下町を見物して歩くことは、郊外から出掛けるだけでも鳥渡《ちよつと》した旅行に似た遠い感じであつた。土蔵と土蔵の間から隅田川を見、浅草公園では様様な見世物小屋に半日の心さむしい遊びをしたり、と或る店さきに眉目正しい、下町娘を見出したりして、ちよつとした旅愁を感じたものだつた。とり分けさういふ町を歩きながら雨に降られたりすると、国の町のやうに傘借りることもできないなぞが、一層他郷の感じを深めるのだつた。冷たい雨あしを眺め自分はよく浅草の知らぬ町家の軒下に佇んで、国の町でさういふ雨に降られた時のことを思ひ出して、漠然とした憂愁を感じたものであつた。この感じは東京に居馴れるに従つて次第に消えて行く感じであつたがまだ折折心を掠めて残つてゐた。

詩集と自費出版に就て

自分が初めて愛の詩集を出版したのは大正六年の冬だつた。当時も今も処女詩集は自費出版に定つてゐる。本屋などは相手にしてくれるものではない。そのかはり幾らかの文名を贏《か》ち得た後に更めて本屋が出してくれるものである。自分の愛の詩集も後に本屋から改めて発行した。同様「抒情小曲集」も自費で出したが今までにアルスや紅玉堂から度度版を重ねた。

自費出版はそれの償ひが精神的以外に酬いられるものではない。自費出版の意義はその詩人の大成した後日に初めて生じると云つてよいであらう。市井一介の詩人としての沈没する詩集は、本人には意味はあつても文壇的に意義をなさないとしたら、これはよく考へた後に出版すべきものであらう。当今の如く思いつきや当座の感興などから、簡単に出版されるべきものではなく、能くその詩人の全生涯の発足的な地盤を決定すべき、ゆるぎのない作品の堅実性を信憑してから、それの出版を見るべきものであらう。後代に伝はる如き作の集成を見ることは、ひとり作者の快適とするところばかりでなく、全文壇に美しい記録を残すものと言つてよい。小説集は二三年にしてその書物としての形や値を失ふことが多いが、詩集本は年経るごとに高金の値を生じてゆくのは、作者に誠の心があるからである。又、別の意味で小説集は他の刊行物として出版されるが、詩集の重版は少く、その元の版のまま稀本として伝はつて行くが為である。一朝にして亡びる詩集を出版するくらゐなら止めた方がよいといふのも此意味に徹するからだ。

過去の詩壇

当今では詩や小説ぐらゐ書けない青年は稀になつてゐる。全くのところ詩や小説の真似事くらゐ書けないやうな青年は、その青年たる常識を欠いてゐる程度にまで、文芸が一般に普及してゐる時代である。何も詩や小説を書くことが特殊な仕事ではなくなつてゐる。それ故これからは詩や小説を書いて世に問ふことの困難であることは勿論である。余程秀れた才能を持ち合せてゐるか、または異常な神経や心の持主に限り、世に問ふ所以のものを有つてゐると言へるであらう。

詩だけに就て言ふならば、その分野は既に唄ひつくされてゐると云つてもよい程である。千遍一律の詩には我我は疾くに飽きもし素読に耐へないものがある。詩を書かうとするならば余程の文学的教養の達人でなければ、余程生れながらの素直な人でなければならぬ。尋常一様の詩作程度では、その作を挙げて天下の詩情を動かすことはできないであらう。それほど詩作する人人が多く相応の腕のある人が揃つてゐる訳である。曾て萩原朔太郎君や千家元麿君の得たる詩境と声望をさへ、今後の詩人に於ては却却《なかなか》容易に得ることの出来ぬのは、彼ら程の才能を持つて出て来ても時勢は彼らの二倍くらゐの才能を求めてゐるから遂に彼らの地位を得られないのである。この過去の二作家の二倍以上の作家が出て来たら、完全に後継者を詩壇は得たるものと言つてよからう。既成や新進の争ひは俗悪なる文壇ばかりではなかつた。詩壇にもその声を聞くとき僕の思ふところは以上数言に尽きてゐる。——

敵国の人

萩原朔太郎君に

雑誌「椎の木」に僕の為に二十枚に近い論文を掲げ、君の知る僕を縦横に批評してくれたことは、僕と雖も絶えず微笑をもつて読むことが出来た。併し詩集「故郷図絵集」に論及した君は、不思議に僕の本統の姿を見失うてゐる。君が自ら敵国と為すところの僕の生活内容が、君のいふ老成の心境でもなければ風流韻事に淫する訳のものでもない。僕は僕らしく静かに生活して居れば僕らしい者の落着けることを信じるだけである。君が自ら僕を敵国と目ざすところは落着いて暮したい希望を捨てない僕を難ずるなら兎も角、徒に軽率な風流呼ばはりや老成じみた一介の日蔭者としての僕を論ずるならば、僕はそれを返上したいと思つてゐる。

「故郷図絵集」の本流はこの詩集以外には決して流れてゐない。君が諸作品の韻律や素朴に統一的な欠乏のあることを指摘し、「忘春詩集」に劣つても勝ることなきを言及してゐるが、この詩集の中にある僕らしい行き着き方を君は又幸にも見失うてゐる。君はこれらの詩が発句的要素から別れて出たものであることを指摘するのはよいが、何よりも「忘春詩集」以来かうならなければならぬ「彼」の素顔を何故に見なかつたかと云ふことである。自分は俳三昧や風流沙汰や老成心境から出発したのではなく、これらの道具立は不幸にも僕に加へられた迷惑な通り名に過ぎない。

僕は君の如き一代の風雲児を以て自称するものではなく、只孤独に耐へるだけの鍛へをあれ等の詩作の上に試みただけであり、夫等の試みは直ちに君には不幸にも老人臭く見えたのであらう。我我青年の末期にあるものは兎もすると老人臭くなるのは、事実それに近づきつつあるからでどうなるものではない。又努めて僕は書生流の詩域から脱したい願ひを持つてゐることは勿論である。

君のいふ如く僕を惨めな一個の庭いぢりとして生涯を送るもののやうに見るのは、君が僕を見失うてゐる初めではないかと思ふのだ。僕の生活苦やその種種な面は直に君を打たないであらう。

君は僕に二人とない益友ではあるが、然し君は僕を読み落し見詰めてゐては呉れないやうである。離れてゐて遠くから僕を見てゐる親切気はありながら、僕が仕事によりどれだけ昔の僕から今の僕へ進んでゐるかを見落してゐる。君に見て貰はなければならぬものを君さへ見失うてゐる。僕のいふ孤独の鍛へといふものも、君の誤解する風流韻事と称する間違ひも大概ここらあたりから別れて批評されたのであらう。

君が僕の発句を以て余技とし月並であり陳套であるといふのは、月並の蘊奥は何者であるか、何故に僕が蕉風の古調を自ら意識に入れながら模索してゐるかが能く解らないからである。

自分は発句を以て末技の詩作と思つたことがない。或意味で僕は僕の発句や短冊を市井に売つてまで衣食したい願ひを持つてゐるのは、売文の埃から遠退くことが出来るかと思ふからである。元禄天明の時代なら兎も角今日発句を売つて米塩の資を得ることは出来ない。僕は僕の本来のものを静かに心で育てる外に僕の発句は生きないと言つてよい位である。

僕は又永年の詩作の経験すら一句の発句に及ばないことを知つてゐる。或意味で発句を重んじる僕の凡てで無ければ全幅を刺繍すべき肝要なものだと云つてよい。何を苦しんで無意味な余技を弄する愚を学ばう。――僕の発句を月並だと断ずるのは新様破調を操らない為の君の非難であらうが、破調の発句が出駄羅目な容易に入り易い句境であり、古調は凡夫の末技から築き上げることの困難なのは、君と雖も一応は肯くであらう。

君の発句観は不幸にも僕の未だ能く知らないところである。又君の説く蕪村は決して元禄の諸家を理解したものではない。君が粉骨砕身流の蕪村道の達人であることも、まだ寡聞なる僕の知らぬところである。その上君が今の僕を絞め上げ止めを刺すことは、寧ろ君へのお気の毒な挨拶しか持合さぬ。君が天下の発句を論ずる前に先づ僕の止めを刺し、そして君の嫌ひな芭蕉流のさびやしをりを此世から退治すべきであらう。

僕の知る限りの芭蕉は一朝のさびや風流を説いた人ではない、芭蕉といふ能書的概念は漸く今日では、あらゆる新しい思想の向側にあるやうに思はれてゐる。併し真実の彼は元禄から今日へまでの新人中の新人だつた。彼の異国趣味や無抵抗主義は後代のトルストイの中にさへその面影を潜めてゐる。太平の元禄にあつて彼は社会主義者になる必要に迫られはしなかつたらうが、併し彼は何よりも近代に生を享けてゐたら、彼も亦敢然として古今の革命史に秋夜の短きを嘆じてゐたかも知れぬ。

文壇的雑草の栄光

詩が文壇の埒の外の雑草であるか否かは別として、詩は中央公論や改造や新潮には殆ど必要の無い一国の想華であることは、詩人であるが為聡明なる吾吾の知るところである。そして又曾てそれらの大雑誌に掲載された詩が、均しく全詩壇に後世的作品を示した例は殆ど皆無であつた。吾吾の詩が今までの城砦を築き上げる為に必要であり、我我をして忘恩せしめざるところのものは、片片たる三十二頁の同人雑誌の威力であり奮闘であつたことは、何と文壇外の美しい栄光だつたことであらう。

或営利雑誌は吾吾の詩に婦女子の写真を挿入れて之を掲載した。又或雑誌は出題の下に作詩せしめ且つそれに応じた低能な詩大家があつた。又或乳臭き雑誌は全詩壇の詩作人の詩を乞ひ、残酷に作詩人を数珠つなぎとして、天下に詩人愚を梟首として掲載した。自分は一々これを拒絶したが、遂に婦女子の写真入りの詩だけは掠め取られた。自分は詩人が軽蔑せらるべき多くのものを、文壇人が断乎として拒絶してゐる好例の対照を見聞してゐる。さういふところに雑草的卑屈と強制された遠慮とが、常識的な冷笑すべき習慣となる程度までに下つてゐるやうである。

ゴシップ的鼠輩の没落

ゴシップ的鼠輩の曲説はともあれ、僕自身が老成的壊血病詩人であることに於て、止むなき余命を詩壇に置いてゐる訳ではないのである。僕自身は今の僕自身を役立てる為のふくろ叩きを辞さない物好きの中に呼吸してゐるものである。凡ゆる作詩人も其中期の作品の中に悶えもし、又退屈も窺へないではないが、彼らのなかには猶ふくろ叩きや締めつけを辞さない者のある位は、又同時にゴシップ的鼠輩の没落した時に、その彼らの誤りであることに心づくであらう。

文芸時評

月評家を弔す

往昔の文壇的事故のうちで、凡ゆる月評家はその批評の目的を達することに於て軽蔑されてゐた。卑小、狭慮、仲間褒め、下賤、乳臭、それらの標語は月評家が四方から受ける非難の声であり、その流れ矢は或は彼等の致命傷となつて彼等の姿を一時没落させた位だつた。凡そ月評家たらんとするものは徐ろに殺気立たねばならず、殺気立つた後に凡ゆる辻斬野盗の類にまで成り下らねばならなかつた。事実彼等は辻斬試斬後掛け抜打ちの外、正面から鯉口を切つた訳ではなかつた。それ故か彼等は此卑しい月評家的糊口を以て、充分に完膚なきまでに軽蔑された。往昔の月評家は例令《たとひ》その動機が辻斬の党であつたにせよ、一脈の純粋さが無いではなかつた。しかも彼等はその目的を達することに於て敬遠され卑小視せられ、或者は悶悶たる客気を擁いて空しく陋巷に飢ゑねばならなかつた。

凡ゆる月評家達は或は勇敢に討死した。死屍の累累たる彼方に作家達は悠然として残存してゐるのも、彼等にはどうする事もできない存在だつた。彼等の野武士風な好みも其真向からの遣つけ主義もみな攻勢的殺気のわざだつた。斯くて若い文壇の野武士は次第に討死をした。凡ゆる卑しい汚名の月評の中にある一つの真実な確証さへも、冷笑の中に封じられて終つた。誰一人として月評家風の業蹟、その仕事の跡を想ふ者とては無かつた。事実彼等のその一行の文章の跡さへも書籍の上に偲ぶことが出来なかつた。名もない犠牲のあとは徒らに文芸の王城を取巻く雑草を肥すばかりだつた。

そして今自分の立つところの茫茫たる雑草の中から見る文芸的王城に、その一人づつの果し合ひから何物かを取らねばならない。彼等を読破することによつて自分から「批評」なるものを引摺り出さなければならない。一人づつの手腕と力量とを知らねばならない。降参する時は降参せねばならない。打込む隙は遁すことのできない果し合ひをせねばならない。凡ゆる末路悲しい月評家風な憎しみと不愉快な的にもなり、またそれ故の月評家風な討死をせねばならない。誰一人として回顧する者もない路傍の死屍となつた凡ゆる過去の月評家のやうに、自分もまた同じい命運の跡を残さねばならないであらう。彼等を葬ふところの自分の立場をも知らねばならず、――啾啾《しうしう》の声怨府のうめき声により、自分は彼らを弔はねばならぬ。そのやくざな碌でなしの墓碑の上にも一茎の春花を抛打つて遣らねばならぬ。斯くて名誉ある併し結局は討死をする此仕事に就くであらう。

二　肉体と作品

瀧井孝作氏の「父来たる」（改造四月号）の素材は、曾て彼の最も読者への親しみを繋いでゐる「父親」物の内の一篇である。かういふ素材と読者との感情的関係は、それだからと言つて身辺小説の非難の的にはならない。却つて隔れた親しみの密度を感じない素材よりも、我我はどれだけ此素材への親しみを感じるか分らない。身辺的な心境消息の本体は、凡ゆる小説の骨格を為すものであり、読者へ生みつける関係は到底出駄羅目な設計された人生の、放射線風な描写なぞの比較ではない。五年十年といふ風に作者にも重要な人生であり得るものは、五年後七年後の読者にも作者を知る為に重要な人生であつて、決して仮定された缶詰的人生の展開ではない。心境小説に非難の声の起つた昨今にこそ、心境小説への睨みを強調しそれを趁《お》ひ詰めることにより、心境小説経験者の最後の栄光を担ふべきであらう。

瀧井氏の描写の中の辿辿しさ、素朴さ、舌足らずの吃吃たる勢調、石屋が石の面を落す時の細かい用心を敢てする寧ろ木彫的な接触は、漸く志賀氏等の文体を突破し完全に「瀧井孝作」へ塡り込んでゐることは、一読者としての自分に小さい安心を与へた。彼の如き鈍重な肉体的なねばり気で押してゆく種類のものは、どういふ場合にも失敗することは尠いものである。何故かといへばその肉体的な圧力の手重さは、彼自身に問題を執るよりも今の新鋭であるための驕怠の輩に真似のできないことだからである。新進であるための恐るべき後の日の予測的な頽廃時期を知り、新進であるための忘失されやすい恭慎の心を約束する彼の立場は、又一文人としての持すべき真実な傲岸な態度を保つてゐた。尠くともそれは近時の新進気鋭の作家の中に稀に見ることであり、自分の快敵とする抑抑《そもそも》の所以であつた。

「父来たる」の描写力は一行あての叩き込みであり、田舎者の素朴さに溶かれた鋭い「気持」風な畳み込みの仕上げだつた。停車場で半日を待つ彼の気永さよりも、その気永さを押し伸べる彼も一種の「力の人」に外ならなかつた。「無限抱擁」の中にある鈍重な行為とその気質のネバリは、遂に一批評家の筆端をも煩はさなかつたが、特異な位置、特異な作品としての此一書物を自分は愛読した。何よりも彼が俳人としての文体にその描写の力を得てゐるといふことは、到底市井の一下馬評に過ぎない。

　彼の持つジワジワした味ひが年月とともに硬くなりはしないか、ジワジワがよい意味の皺になればよいが肉体的な皺になりはしないか、皺の中に垢がたまりはしないか、これらの不安はないでもないが、彼は体力的にこの皺をよく用ひ艶を含ませ「瀧井孝作」をこの種の固まつた一作家に膠着させてはならぬ。

三　芥川、志賀、里見氏等の断想

　芥川龍之介、志賀直哉、里見弴氏等は各名文家である。尠くとも芥川氏は凡ゆる大正時代の描写の最極北、描写的な文章上の最も著しい標本であつた。その気質の鋭さに依つて従来の文章的な皮の幾枚かを剝脱し、古い明治年代の文章の上に彼自身の「皮」を張り付け是を入念に研ぎ澄した人だつた。この年代に芥川氏ほどの「皮」を示した文学者は他にもあつたけれど、彼ほど丹念な磨きの中に精進する文学者は極めて稀だつた。彼にはいい加減の「加減」さへ分らぬ淫文家だつた。打込みは一字づつであり、一行づつの杜撰な打込ではなかつた。それ故か、彼は不思議にその文章上の苦吟に後代への「虹」を予感してゐたもののごとく、気質上の鋳刻的な薄命さは、顧みて又首肯けるところが無いでもなかつた。

芥川氏の生涯の敵は志賀直哉氏の外に、何人の光背も認めなかつた。志賀氏の中に抜身を提げて這入る芥川氏の引返しには、甚しい疲労の痕があり容顔蒼みを帯びる辟易があつた。彼の生涯の中に最も壮烈な精神的に戦ひを挑む時は、何時も志賀直哉氏を検討することだつた。生地で行き、ハダカ身で行く志賀氏は彼の持つ「皮」の下にもう一枚ある、薄い卵黄を保つ皮のやうなものを持つてゐた。芥川氏はそれの一瞥を経験するごとに彼自身の皮を磨くことを怠らなかつた。志賀氏は素手だつたけれど、芥川氏は何か手に持たなければ行けなかつた。彼等はその描写の上で斯の如く断然別れてゐた。そして彼は大正年間の描写風な文章の型を何人よりも的確に築き上げ、これを兼て彼自身が常に総身に負ひ乍ら感じてゐたものの一つである「後代」へその八巻の全集を叩きつけて去つたも同様であつた。

志賀直哉氏の文章の中にある「時代」はふしぎに芥川氏よりも、直接的な長命と新しさを共有してゐた。単なる新しさであるよりも以上に気持風だつた。気持の接触だつた。言葉よりも頭のヒラメキを感じ美に肉感があつた。かういふ文学は凡ゆる大正年代の「文学」に於て試みられた最初のもの、その文学的な耕土の掘返しの一人者だつた。その「気持」の掘下げは直ちに巧みに即刻に利用され踏台にされ、凡ゆる文学的な青年のもつ文章に作用された。その速度ある作用は彼自身さへ知らぬ間に、美事な次への文学的な下地への吸入を敢て為されてゐた。もうそれは志賀直哉氏のものであるよりも次の時代のものに違ひなかつた。自分は驚くべき大正年代の鏡のやうな縦断面に、云ふまでもなく、名文家志賀直哉氏を見ることは、余りに静かすぎる光景であつた。その静かさは芥川氏を囲繞するものと同様な静かさだつた。

里見弴氏も亦名文家に違ひない。芥川、志賀氏の正面的な少しもたぢろがないところの、ひた押しに迫るちからを里見氏は背負投げを食はして置いて、徐ろに彼はその巧みな余裕のある小手先を示しこれを彼の文章の上に試みてゐた。彼のすべり、彼のなめらかさ、そして彼の最も特異な体を開いて見せる小手先、就中、彼の進んで砕けた分りのよい、鮮かさ過るほがらかさを、釣の名人か何かのやうにその糸を縦横に投げ操つてゐた。芥川、志賀氏とは向きも姿も反対してゐたけれど、不思議な真実を磨きあげるための描写の中では、その蒼白い炎を上げてゐることも亦同様な或名人型を築き上げてゐた。

彼等は日本に於て特記すべき名文家であり、文章と気質と同様に秤られ沁み込みを見せてゐる作家だつた。人生観上の作家は他に求めねばならぬが、「描写」の上に充分な記録的存在としての三氏は、その三面相打つところの新しい「古今」を暗示してゐると言へるであらう。

四　詩人出身の小説家

今から七八年前に時の批評家だつた江口渙氏は、自分の或一作を批評して「彼は人間を書くことを知らない。」と云つたことがあつた。自分は小癪な気持を起して例に依つて聞き流してゐたが、事実彼の指摘する人間が書けてゐないことも、自分の胸に痞《つか》へないこともなかつた。彼のいふところは要するに詩人出の小説家が多く低迷する不用な輪廓描写や、下らない草花や風景的な文章を抉り立てるところにあつた。又同時に各新聞の文芸欄に陣取る月評家等は、言合したやうに自分の小説がいかに詩人的であるために下らないかを品騭《ひんしつ》し、隙もなく自分の行手をふさいでゐた。併し自分は凡ゆる雑誌に腕の限り書き続けてゐるより外に、自分の力量を示すことができないやうな時代苦を経験してゐた。自分は机にさへ対へば立ちどころに一篇の作を書くことができ、それを直ぐに叩きつけることに依つて些かも後悔を感じなかつた。此恐るべき文学的野性の中に荒唐な作をつづけた四五年の間、自分の詩は漸く衰弱し優雅な思ひは枯渇された。自分は豊かな肉を剥ぎ取られ骨だらけになつて残存してゐた。江口渙氏の所謂人間を書かずにゐて、詩的描写のいい加減な真向からの遣つけ仕事に親しんでゐたからだつた。

詩人出の作家の持つ病癖的な、胡魔化し小説といふより人生には不用な詩的描写は、自分だけには乱次《だらし》のないものだつた。同時に詩人出小説家の八方の口は開いてゐて、何処を向いても彼の「一篇」は作ることのできるよう、多くの不用の詩や言葉や語彙や感覚を持ち合してゐた。又それ故に詩人出の小説家が飽かれること、本物の人生の真中に行き着かないまでに没落するのも、おもに此詩人的な素質上の濫用に原因してゐた。凡ゆる詩人出の小説家が一家を為さない間に姿を匿し、或は滅亡するのも強ち詩人であるといふ境涯的な排斥ばかりではなかつた。詩的感情の利用から受ける軽蔑自身さへ、多くの文壇的な冷遇の所以を醸すものに近かつた。

島崎藤村、佐藤春夫の二氏位を残す外、詩人出に天下に地位を得てゐるものはなかつた。当然天下を二分する位に詩人出小説家の轡を駢《なら》ぶべき筈であるのに、殆ど寥寥二三氏を数へる位だつた。彼等がいかに多く詩人的であることに於て、奈何に小説家に不向きであるかが理解されるであらう。佐藤惣之助、千家元麿氏等の折折の労作すら、殆ど凡ゆる小説的な片影さへ残さずに沈湎《ちんめん》した。佐藤氏の「大調和」の二三の作すら決して感覚派の諸公に遅れるものではないが、作家運に恵まれない詩人出小説家の常として酬いられること皆無であつた。均しく彼等の素質的な江口渙氏の指摘する「人間」を書く事をしない為ではなからうか、さういふ江口渙氏の評的の確証はともあれ、凡ゆる批評は同時に五六年の後にも猶振返つて肯定すべきものは肯定すべきであつた。月評家の須臾《しゆゆ》にして消失すべき運命的な仕事さへ、後に其作家に思当る光茫を曳くものである事も忘れてはならない。——

詩人出小説家である島崎藤村氏の近作、（女性四月号）は、どういふ方向にあつて彼が百年の大家であるかといふことを示してゐるか？――「草の言葉」一篇は島崎氏の老いたる感傷の結晶であり、冬の日の植物の心を彼自身に引当て、静かに詩のごとく物語つたものに過ぎない。小品と銘を打たれてゐるが同時にこの老詩人の溜息を聞くやうなものである。島崎氏に於て初めてそれを公にし是を認められるであらうが、自分のごときさへ此種の文章を発表する気がしない。かういふ寂しい気持を盛るに何故に最つと島崎氏は人生的な織り込みを敢てしなかつたかを疑うてゐる。

五　時勢の窓

雑誌の廃刊と円本的堕落は新しく世に問はんとする作家に、その進路と行手を塞いで見せた。文壇への登竜門は大雑誌の光背に拠る事ではなく、小刻みな雑誌によつて少しづつの声名をつなぎ得ることに於て、漸くその名声を小出しに羅列することすら肝要な時勢であつた。それ故新進的な湧くが如き光彩を見ることは無いであらう。新感覚と称せられる作家等も少しづつ遅遅とした歩みにより、今日の横光利一氏、中河与一氏、片岡鉄兵氏等を為したる外、岸田國士、岡田三郎、犬養健、稲垣足穂氏等と雖も、往年の既成作家の如き喝采の中に現れたものでない、新進の道、つねにあるが如く又その道展けざるに似てゐるやうである。

文芸の事たるや寧ろ小刻みな声名による恭慎な進み方も、一挙にして表面に現れる事も其執《いづ》れも悪くはないが、唯時勢は既に既成作家にすら生活的にも危機を、新進には曾て無かつた程の苛酷な試練を与へてゐる。それ故に今後新しい作家が輩出しても、或は往昔の古文人のごとき生活の苦節を敢て偲ばなければならないかも知れない。既に我我既成の徒にはその用意が出来、陋居に破垣を敢て結んでも、説を大衆に求めることも亦自らの立場を危くするものではない。未だ現れぬ新進もまた新緑の窓辺に己れを鍛へるために飢渇位は、平然として併し心で喰ひ止めて行くべき時であらう。

六　斎藤茂吉氏の随筆

歌人斎藤茂吉氏は或は文壇外の人であるかも知れぬ。文壇の人であることは斎藤氏の場合何か知ら当つてゐない、と言つても矢張り文壇の人以外ではないやうである。彼は唯作品で戦ふ文壇人でないだけで結局文壇の人であるかも知れないのである。木下杢太郎氏とともに文壇の埃や塵の外に職を持つてゐること、折折の西洋紀行の文章を発表してゐることに於て、啻《ただ》に茂吉氏が歌人でないことだけは解るやうである。

昨春以来斎藤氏の滞欧紀行の数多い発表は、描写力の素直さや洞察の鋭どさに加へて、気質上の鈍重な併も明るい圧力を自分は感じ、さういふ描写の少ない文壇に稀に見るよい文章だと思うた。併も斎藤氏の描写力はいつも明るい一面と又曇天的な風景に接すると同様な鬱陶しさをも持つてゐた。鋭どさは折折文章の下地に網目のやうに針立つてゐたけれど、それは文章や描写の上の企図でさうなる職業的売文の徒の談《かた》る鋭どさではなかつた。気質と肉体とが行動するごとに感じる、自然な素直な鋭どさだつた。鈍重な人間のもつ深い鋭どさだつた。「西洋羇旅小品」（中央公論四月号）の一篇の中にも、歌人斎藤茂吉の吟懐は啻に斎藤茂吉の吟懐に止まらずに、その描写の底にある誠の相貌は、人生の本道へも交渉をもたらす手腕を美事に準備し且つ表現して余すところがなかつた。山河水色に対する氏の感情はもはやそれらを自然的な独立性のあるものとせずに、我我と同様な感情的な位置へまで呼込んでゐることは、彼が歌人として「赤光」以来の秀抜の偉才を示してゐるものであるが、しかし彼は山河の相貌に単に同化作用を起してゐるものでなく、実に彼は涙ある山嶽の姿に接触するまでの、それらの自然のもろさに抱かれてゐる気持を経験してゐる。かういふ感情の微妙以上の微妙さの中にある茂吉氏の描写は天下の文章に対うて挑戦せずに静に隔月位に発表され、識者にのみ愛読されてゐるばかりである。かういふ秀れた文人の位置に自分は感激の言葉無きを得ない。

歌人斎藤茂吉氏が大正三年代に出現したことは、当時の歌壇を粉砕し根本から建て直した。併しそれにも勝る彼の目立たぬ文章の上の仕事は文壇の外側を静に流れてはゐるが大河は自ら人の目にふれないでゐない、――それらの描写には左顧右眄が無く、意識的な調和や作法やうまさを練ることなく、鈍重に尖鋭な、細緻に粗大な、折折気質上の明るい悒《いぶ》せき哀傷を沁み亘らせてゐる。時にある会話のうまさと美しさ、それは生きてゐることばをそのまま両手にすくうて、そつと紙の上に置いたやうにまで自然な呼吸づかひを知つてゐる。不思議に文章に時代の匂や調べが査《しら》べられずに、十年後にも古くならないものを持つてゐる。歌人の臭みを帯びず、きざな気取りが無く、しかも彫刻的であることに於て原始的な鑿の冴えをもつてゐる。これを歌人の文章であるといふことに於て片付けることは、彼の何物をも知らぬ者であらう。事実に於て彼は歌人の境涯を抜け出てゐることは、描写の確実な独立性のある未来を証明してゐるからである。

七　労作の人

徳田秋聲氏の「日は照らせども」（文藝春秋四月号）を読んで、何よりも事件の経過の上に、作者として凡ゆる手腕を尽せるものであることを知つた。その複雑な事件的な人生を渋滞なく押し開き、それに解決を与へないでゐるところ、凡ゆる父親の平凡性を一歩も出ないでゐること、自ら処理し裁きを強調すること無きところ、尠くとも作品の上に何等の愚痴や口説きのあとがなく、白髪的な厳霜を偲ばせる一父親の面目の窺はれるのは、読者として自分の快く感じた所以だつた。

「日は照らせども」の人生にはその素材の上で、もはや批評的なものの挿入されない確実性を持つた作品である。かういふ人生の諸事件的な作品への斬り込みは、無理にその隙間へ鑿を入れてコヂ開けねばならぬ。さういふ俗流の批評は自分にはできない芸当である。このやうな作は若い人のためにどれだけ存在していいか分らぬ。この中に妙に人に教へる描写的な人生を物語り、且つ暗示してゐる。これは徳田氏の中に持つものの徳の一つの現れであらう。決して作品的な刺戟に拠るものでなく、或親切な作品はかういふ風に書くべきであるといふ約《つ》ましい指導が、作者も意識せずに読者はそれを何気なく独りで受入れ会得するやうである。作の一つも書かうと意図する者、作家たり得る者へも此感情が働き繋がつて行くのは、他の作家には全然無いと言つてよい。作家として彼がかういふ位置にあることは、いかに彼が人生への直面的な原稿紙と彼との間に、隙間の無いことを証明するものに外ならないであらう。そして彼が何よりも小説の先生であることを否めない。彼が益益小説の先生であり得ることにより彼の実直な人生記述者である符牒を一層重い位置に押上げるであらう。

昨年の文壇で最も活躍したのは、北村小松氏や片岡鉄兵氏、又かういふ僕自身でも無かつた。痩魂よく世評に耐へ信ずるままに生活し、又数多くの労作を為し得た徳田秋聲氏であつたらう。その人生に処するところの老骨は、彼が末期的の余燼の中に真率な正直過ぎる程の組立を敢てした。冷笑と漫罵の中に荒《すさ》まずに一層愛すべきものを愛し、いそしむべき作を怠らなかつたのは、何と言つても「厳霜」的であり、何処までも彼自身を以て遂に押し切つたことは美事な勇敢さであつた。数多くの作品の中にある尖りと不安とに震へてゐた愛情も、年を経て作に重要な美しさ素直さを発見されて行くであらう。例令、それが老境に点ぜられた一女性の兎角の事件であつたにせよ、包まず匿さず堂堂と寧ろ人間的なほどの発露を敢てしたことは、遂に彼の場合のみでなく一文学者としての最後の気魄を示したことは、人目を忍ぶ老醜的痴情の多き現世に、正直なほど壮烈なる人生の最後の炎を上げたことはその作品の上に秀作を求め得られた点に於ても、我我は徳田氏を先づ活躍した昨年の重なる人物としなければならぬ。

八　作家の死後に就て

近松秋江氏の「遺言」（中央公論）の中には、綿綿たる子孫に対する露骨な一文学者の「遺言」的なものが書かれてゐる。かういふ内容は近松秋江氏ばかりでなく、尠くとも子供を持つてゐる作家の陰気な午後の想念を悒《いぶ》せく曇らせて来るものである。此場合近松氏は最も己を語ることに情熱を多分に持つ饒舌家であり、その事に依つて他を憚るの人ではない。しかも憂慮や懸念の情が寧ろ叙情的な愚痴の形態を取つてゐるのは、その性質的なものの上に止むを得ないことであらうが、さういふ愚痴を愚痴ることによつて死後の「彼」自身を見ようとするのも、現世の苦労人秋江氏が未来へ働きかける物哀しげな感情の吐息であらう。併乍ら最も壮烈な生活者としての凡ゆる俤の中には、子供や遺族を思へば思ふ程押強く現世に坐り込むのが、老境の重厚な態度でなければならない、秋江氏には此境の物腰が坐り切らないで、語るに急ぐはその子を愛する感情を誇張してゐると言はれても、それが或程度までの本統であることをも首肯けよう。老境にあつて子を思ひ遺族への念ひを潜ませることは、常に鉄の如き意志が無ければならない。若し我我が老境に於て嘆き悲しみを敢てしなければならないとしたら、その鉄を打砕くの概がなければならないのは、文学的老境の大地盤のできた後に何の不思議があらう。

我我は作家の遺すべきものは改造社や春陽堂の印税の計算ではない。吾吾の遺さなければならないものは只一つよき作品の威光や信頼であり、そのよき作品が命令する現世的生活の物質充塡であるとしたら、最も壮烈なる作家は葬費をも用意しないで逝去すべき栄誉を担ふべきであらう、吾吾の死後の吾吾の遺族は改めて彼等の生活を敢て実行しなければならぬ。そのために彼等の必要とする養育費が、父親の作品の命令による当然の物質的な収入があれば兎も角、それらの収入が無かつたことは作家として後代へ伝へるものの無かつた所以である。吾吾の死後に敢て為される吾吾の子孫の軽蔑や冷笑こそ、或意味に於ける最も辛辣な批評たり得ることは否めない。一つの叙情、子孫への公開状であるところの「遺言」の本体も、結局は近松氏の大なる愚痴の中に、彼自身の心に養ひ得た永年の描出的遺言たるに止まつてゐるだらう、綿綿の情はよく人をとらへ得るが、吾吾の聞きたいのは鉄の自ら烈日の下に焼け伸びるごときを、「遺言」の壮烈な中に望みたいのである。しかも彼が彼の精神と肉体への衰弱期にあれほどまでに後慮の愁や心配りを敢てすることも、彼一人ではなく人の親の中にあるものであるが、同時にそのためにこそ腹の底に押し沈めて置くべき生涯の用意ではなかつたか？——何ごとも黙然として老の日を歩め、口を利かず敢然として御身の途を歩め、かういふ言葉こそ若し老の日にあらん時に僕たちの考へることである。

我我はどういふ意味にも吾吾の死後の安らかな遺族を想像することができず、又安らかな遺族を想像し得ても今日の我我には用が無い。吾吾の生きてゐる間にすら不幸な貧しい生活が、吾吾の死後に於て安らかであることは絶対にない。吾吾の遺族は我我と生活を倶にしたため、凡ゆる貧と戦ふくらゐの心の用意は既に覚悟しなければならない。吾吾の生きてゐる間にピアノを習つてゐた娘らも、或は燐寸の箱張りをしなければならないかも知れない。学校も中途で廃めなければならないかも知れない。さういふ窮乏の中にこそ吾吾の子供は生き育たねばならぬ。吾吾の妻はボロと垢とから立ち上り、これらの子供のために凡ゆる燐寸の箱張りや女工、派出婦にまで成下り働かねばならぬ。一文人の内妻の成下りは決して不名誉ではない。

敢然として一文人の妻として凡ゆる賤業に就くことは、銭余りて飽食するよりどれだけ文人風であるかも知れぬ。我我が吾吾の遺言を敢てすることは「用意はもうできてゐるか」と唯一言で済むだけである。この言葉こそ吾吾の全生涯へ雷鳴のごとく伝はるべきである。同時に派出婦とまでに成下つた吾吾の女らやその娘の生涯にも、依然たる此雷鳴のごとき声を常に落し記憶させねばならぬ。一文人はその一代で亡びてしまへばいいのだ。近松氏の「遺言」一篇に依つて自分は以上数行を考へ得たことを謝して置く。

九　「文芸趣味」の常識化

自分の文芸的な生ひ立ちの時代には、単なる文芸趣味といふだけでも極めて少数な仲間にのみ限られ、文芸的な人物といふ目標だけでも可成りに新しい異端者の様に思惟されてゐた。親兄姉は勿論の事、親戚の間柄にすら一種の左翼的な思想として吾吾の文芸趣味は危険視され嫌厭されてゐたものであつた。それらの頑迷さに最後まで戦うて来た吾吾の今日から見れば、凡ゆる文芸趣味の一般化は、常識としての文芸の存在を意味し、どういふ青年にもなほ文芸の理解に遅れた者が無く、社会的な日常応酬にも現代の文芸が挿話されるやうになつたのは、彼等青年の父や母の智識的成長を物語ると同時に、曾ての長髪的文芸趣味の頽廃と没落、文学者風の生活の放埒と衒気とから完全に脱却されたものであつた。今日の青年は詩や小説を書かないものは無く、また詩や小説を創作し得るといふことは、往昔の青年が歌俳諧を作り得ると同程度の、広汎な意味の常識たる以外に何等「芸術的」なる特種の人物でないことを証明するに外ならないものだつた。それ故文芸批評を以て青年間の日常生活の目標たり得ることは、何等の疑ひもなき一般的な文芸の普及を物語るものであつた。

文芸趣味を危険視したところの一つの封建、それらの成長が青年間に流布されることの憂慮を以て終始してゐた道学者及び吾吾の周囲は、今日の文学的な諸の表現に依るところの根本的な人間学の要素が茲《ここ》にあつたことに気付き、再び文芸趣味に鋒を向けることは無くなつた。そして青年の一般的な解釈による文芸趣味は、それ自身を吸入することによる離れた愛読者風の好尚と、又文芸を制作することに依る意欲的な好尚との、自ら二手に別れて文芸城を包囲してゐることも実際であつた。

文芸を文芸としての位置に客観的眺望を以てするものと、それを制作する側の位置とが凡ゆる青年間に識別され得たのも、文芸の何物であるかと云ふことの理解を必然に会得したからであらう。才能無くして文芸の使徒たることは往昔の青年の意企であり、今日に於ては最早問題にすらならない。

十　大センチメンタリズムと長篇小説

トルストイやドストエフスキイの長篇小説の中に洪水のごとく奔流して尽きなかつたもの、ニイチエやワグネルを包む重厚な城砦的な感情の圧力、凡ゆるベエトオベンの組織的な會ての表現の内で最も完全な表現だつたシンフオニイ、ミケランゼロ、ドラクロア、ゴヤ、それらは一つとして大センチメンタリズムの蘊奥を極めてゐないものはない。最も有害な碌で無しの紙屑センチメンタリズムもその人間の大成期に於て「落着」を表はすことは、猶俗流の間にさへ認められないこともない。

あらゆる長篇小説の軌道に必要なるものは、終始渝《かは》る無き熱情の発揚であり、大センチメンタリズムに磨きをかけることに依つて、その人生的な建築を為し遂げることができるであらう。大センチメンタリズムの影を見ること無き長篇読物は、その読物としての性質上、ただちに倦怠を腐醸することはいふまでもない。長篇小説の上の倦怠は罪悪以上の偽瞞であることを知らねばならぬ。彼等の読物としての用意と条件との過程に於て時代的であり、凡ゆる人生の相貌の横縦の幅や奥、そして最も約束されねばならぬことは、何よりも思想的な時代の潜在層が唯一とされることである。彼等はそれ自身で時代の新聞でなければならず、あらゆる反射鏡的な効果ある六百万人の抱擁をも為し得る、大通俗のハガネによつて切断されねばならぬ。「戦争と平和」「罪と罰」の存在、西鶴物の各物語の存在、ワグネルとベエトオベンの唱道、そして我我は、――我我作家はその生涯の内に三つ以上は決して書き得ない長篇に手を触れねばならないのだ。種種なデッサンを為し終へた後の我我が必然着手しなければならない仕事は組み建てられた塔を初めから遣り直すことである。その仕事への打込みは、我我を包囲する大センチメンタリズムに拠らなければならないのである。今日まで吾吾の日夜攻勢して来たところの凡ゆる弓矢の巷、あらゆる硝煙の的であつたところの一つしかない、今見紛らすと復永く打ち攻めることのできない大センチメンタリズムを攻め上げることにより、吾吾の長篇小説の軌道を朗らかに認識することができるであらう。

吾吾の為し得たところの凡ゆる作品的経験とその量積、自然に我我を押し上げたところの一つの人生的なクライマックス、聳える一つの塔、その塔にともしびを点すことにより、其窓窓を明るくすることに依つて、吾吾の長篇小説、生涯の仕事、吾吾の最後の情熱を盛り上げることができるであらう。吾吾のもう一度立ち上ることをも約束し、又吾吾の過去の或はやくざな仕事すら奈何に「今日」の我我を築き上げるために必要だつたかを人人は知り、人人はこれらの塔を初めて見上げて、絶えず人生への睨みを忘れなかつたところの我我及彼等を注目するであらう。

十一　政治的情熱

今度の選挙で自分も労農党のM氏に一票を投じた。政治に興味を持たない自分だつたが、何か旺んな情熱を感じ其情熱に触れることは好ましい愉快さであつた。尠くとも其時代的な炎を自分だけのものとして手強く感じることは、日頃の倦怠や文弱の暮しから見て勇ましいものに違ひなかつた。自分は此雑然たる喧騒の中に我我も待ち得、又同感し得る情熱のあることを不愉快に思はなかつた。

菊池寛、藤森成吉二氏の落選には、分けて菊池氏の落選の報を得たときは何か腹立たしかつた。彼だけは公平な眼を以て当選させねばならなかつた。自分は号外を見て暗い街巷に佇んで二重に腹立たしかつた。彼が蒼蠅的新聞記者から文壇の大御所などと謳はれることは取らないが、さういふ下馬評を外にし、勇敢な彼は、文壇的一城主を負うて立つ、他の城主等の持たぬ不断な「戦国時代」の地図を開いて見てゐる男に違ひなかつた。神経質ではあるが「粗大」を持つてゐることも事実だつた。かういふ意味では中村武羅夫氏もまた「粗大」な野性を持ち合してゐた。彼等の此「粗大」は谷崎潤一郎氏の作品の相貌に於ける「大谷崎」たる所以のものと自ら異つてゐるが、菊池中村二氏の有つ粗大さに、何時も社会的な時代相ともいふべき、何か文壇の流れを突き抜けたものを持ち合してゐた。と言つても彼等は同時に社会的事業に加はつてはゐないが、ともに文壇社会ともいふべき雰囲気の中に何時も何等かの「炎」を上げてゐることは疑へない事実だつた

ともあれ菊池氏の落選はその報を得てそれを知つた自分を極度に陰鬱にした。同じ文壇の空気を吸つてゐる同士のよしみは、平常彼と言葉を交す機会のないにも拘

らず、自ら異常な意識の下に潜り根強く働いてゐることを、自分自身のために発見もし喜びもした。藤森氏は郷里の闘争ではあり当選するものと思うてゐたが、自分はその不幸な報を得て意外な思ひをした。温恭なる彼のために自分も逆流する残念さを感じるのであつた。藤森氏が労働もされ其道につかれたことには、自分は別に説をもつてゐる者であるが、ともあれ、あれ程の労苦を思ふだけでも彼も疑ひなき当選者でなければならなかつた。この苦き経験は或はよき次の時代を形づくることを自分は信じて疑はない。

十二　大衆作品の本体

自分は大衆文芸といふものに未だどれだけも親愛の情を感じてゐない。一つには大正年間に発展した此新様式の作品が、自分を根本から動揺させ感激させないからである。自分を教育した今日までの諸種の純文芸作品は、人としての手ほどきから細かな其心持の構へにまで入り込んで、殆ど完全に自分の人間学を卒業させたと言つてよい。かういふ今の自分を建て直し牽制すべき新様式の陣容は、全きまでに自分を圧倒して来るところの、今までに無かつた素晴しさを持つものでなければならない。尠くとも自分を永く考へさせる凝視的な集中を此新様式の文芸の上に注ぎたい熱望を持たねばならぬ。

大衆文学は僕のごとき文芸の士の読物である限り、僕程度の読書力への刺戟と牽制である限り、又凡ゆる読書階級を抱擁する通俗の可能性を持つものであるとすれば、タテからも横からも隙間のない渾然たる新作品の発揚でなければならない。凡ゆる過去の純文芸の鋭どさ深さをもつ作者の用意があり、それらの純文芸的気質からも岐れて出た目覚ましい一つの進み方としての、これらの大衆作品の陣容が存在し得るとしたら、それは軈《やが》て僕を人にならしめた諸の小説中の人生への睨み方の訓育と同じい効果を、大衆自身の頭や心臓へ抛げつけるであらう。読み物は単に面白い範囲のものは絶対に作者側の良心から抹消さるべきことであり、読者側からは面白かつたといふ興味ではなく、面白くもありタメにもなつたといふ事実、その作品自らにあるよき営養ある人生学や人間学の諸相が、一作品の読後にすら影響するといふことが、大衆作品のよき標準であり目的であらねばならない。大衆作品の陰鬱な過去——中間読物時代から今日までへの脱却と進路には、まだ厳格な内容への検討が為されてゐないことは、漸く大衆的なといふ呼声の流行の鎮まりかけた今日に於て、辛辣にこれを解体し批判する必要があり、彼等がどの程度までの心臓的読物であり得たかに就て、大衆自身が旺盛な大俎を搬出するであらう。それは時を経て彼等自身の反省によつてのみ此新様式の存続を意味するであらう。

円本流行の今日の大衆階級の進み方は、トルストイやドストエフスキイ、イブセンやストリンドベリイの中にある大衆性、その莫大な通俗性を嗅ぎ出したことも事実である。尾崎紅葉、夏目漱石にある通俗への妥協、凡ゆる大作家の持つものが常に芸術的であり得ると同時に、又通俗的な透明な太い線を全作品の中に刺し貫いてゐることも事実である。

「レ・ミゼラブル」の大通俗の用意、「罪と罰」の伏線、「復活」の人間学初歩、これらは今日に於て殆ど何人もその大衆性のある作品であることを否む人はなからう。読書階級が進むことは奈何なる峻峯的作家をすら一先づ大衆自身の大群衆へまで引き下ろさねば承知しない。芥川龍之介、谷崎潤一郎すらも、大衆自身は敬意ある眼付をして「面白さ」の中へ引き込んで、今日に於ては既に消化してゐるではないか。吾吾のいふ大衆作品が生やさしい楽ないい加減な仕事ではなく、一時の流行的作為を弄するものではなく、純文芸の本流に交流すべきものであることは明白であらう。中間読物の成上りや純文芸の苦節に耐へなかつた輩が、此群衆的な大センチメンタリズムの本道を闊歩することは、軈て初めて自ら滑稽であつた彼自身の姿を見出すであらう。凡ゆる大衆作家は手厚い重みのある闊歩を純文芸の本道の上にまで踏みつけ得ることにより、光栄ある此新様式の中に文学としての古今に気脈を通じるであらう。今の混戦された中ではどの程度までの大衆作品であるかといふことを識別しがたいと言つてよい。

十三　稲垣足穂氏の耳に

稲垣足穂氏の近代文明に対する解説、及びそれらに根をもつ制作は一時のやうに自分にその「新鮮」さを感じさせなくなつたのは、氏がその特異な材料にのみ毎時も同じい開拓をしてゐる為ではなかつたか。自体最も危険である「新鮮」を目ざして進むことは、巧みな転期や速かに体をかはすことに於て、その「新鮮」を支持して行くものであるが、当然行くべき重厚さへも辿り着かずにゐるのはどうしたものであらう。

「黄漠奇聞」を書いた彼の文学は、凡ゆる感覚派の作品の上に輝いてもゐたし、またああいふ文学は三度出ることも尠いであらう。空想の建築的量積がどの程度まで歴史的考証に運命づけられてゐるか。人間の空想力が決してその作者が一代にのみ醸成されるものでなく、稲垣氏の祖先からそれらの空想が存在してゐたものであり、彼により初めて形を為したと言つてよいのである。さういふ「黄漠奇聞」の作者たる稲垣氏が性来の怠け癖から、楽な物ばかりを書くといふことは、我我読者から彼の「耳」に囁いて奮励を望まねばならぬ。彼の「耳」がそれを聞かない風をしたときに、自分は囁いた序に彼の「耳」に噛みついてやらねばならぬ。

十四　情熱と良心

我我作家に恐ろしいものは情熱の膠化《かうくわ》された時代、良心の燻ぶりかけ麻痺されかかつた時である。どういふ作品の劣性の中にも情熱が一すぢ起つてない時は跟《つ》いてゆけない。読むことも情熱の作用のない限り読めるものではない。吾吾の不断に鍛へかけるものは最う情熱を揺り動かすことより外に、その作者としての良心の打込みがないやうである。情熱の沈潜された時はそのままの「沈潜」で読めるものであるが、乾燥され膠化されることは作者の危機とまで言つてよい。我我にさういふ膠化した状態は何時でも来てゐるが、それを敲き破るか、そこでもう一度振ひ立つかしなければならぬ。殆ど目に止らぬ膠化状態にある自分を自覚することも作者の良心だ。自分で自分を胡魔化すことは止すがいい。いい加減なところで「済す」ことはもう止めるがいい。

十五　流行と不流行

最近作家生活の危機を暗示しそれに属する自分の道を瞭かにした。自分の如き思ひを摧《くだ》くの作家も自ら生活の内外を警戒したであらう。雑誌や単行本の不振と作家に作を求むる事尠き近時に於て、徐《おもむろ》に破顔一笑を以て是に当るは、文人の心漸く我我に宿つたも同様である。紅葉、露伴の昔、秋聲、白鳥の苦節の時代を思へば、今日吾吾の赤貧を以て文事に従ふは、寧ろ壮烈な誠の期臻《いた》れるものに違ひない。

由来文壇の流行と非流行の影響が作家の心境に及ぼす憂欝なる極印くらゐ、その作家を悒《いぶ》せく苛酷に取扱ふものはない。或は作家を再び立てない程度にまで卑屈にするものも、その作を求められる事無き懊悩の時期にあるのだ。作者はそのプロレタリアの徒であると否とに拘らず、作品を以て常に歇《や》むなき彼を示し、或は休息なき我を押し立てねばならない。それこそ苦痛に鞭打ち蒼白い嘆息の中からも、寧ろ戦慄すべき作家的炎を掻き立てねばならない。此作家的炎の中に弱り果てた彼や我を寧ろ宗教的な雰囲気の中にさへ押立ててジヤアナリズムの堕性と麻痺とによるものと対抗する外はない。絶対的なまで作品のみによる作家生活の本道は、この作品の苦節と打込み以外には立てないのである。今日の産業或は事業的不況に墜落した底の中でこそ、誠の作家は流行不流行に拘らず煮湯を飲み喘ぐのも亦面白い興味のあることであらう。

作家は作中にゐない時は気持の速度に平和はあつても、厳格な鉾先の鋭どさを失うてゐることは事実である。作家はその作を示さない時に進歩はあり得ても、それを釣り上げる鈎を失うてゐることは危険である。やはり作家は絶えず書き、書くこと同様な頭にヒラメキを起らせる機会を失うてはならない。求められる事により一層彼は彼の鍛へを彼自身に加へなければならない。今日に於て作を求められることは其物質的表現に拘らず、それは誠の彼を求められるものに違ひなからう。全く自分らは精神の砕片《かけら》を手渡してゐる自信を持ち得てゐるのである。精神の砕片、気持の中の雲霧、それらによりヘトヘトに疲れた大切なものを手渡しすることは、好況時代に於ける濫作時の彼や我の比較ではないであらう。

　凡ゆる編輯者は作家の中の鋭い星を射り当てるものでなければならない。作家の苦節に対する一つの友情でなければならず、彼等と吾吾のよき挨拶と情熱とによる朗かな提携以上のものでなければならぬ。編輯者は又惨酷な拒絶者であり得ても、同様に作家の雰囲気の熾烈さを掻き分け見立てるものでなければならぬ。よき編輯者によるよき作家のつどひの美しさ、彼等と我我はその喜びに昂奮するお互ひの気持を忘れてはならぬ。さういふ表顕が形づくる一つの雑誌は最早「雑誌」なるものを超えて、直接友情なるものをその読む人人に囁くであらう。「雑誌」が何よりも軽薄な雑誌の役目を果す前に、これらの後後までも読まれる永い読書の種子を撒いて置かねばならないのである。

　又凡ゆる編輯者は流行不流行に拘らず、文壇のすみずみに目を行き亘らし作家の精進と努力とに絶えず眼を放つてゐなければならない者である。作することによりよくなる作家を見失うてはならず、其作家に鍛へを呼び起すものも亦大なる編輯者でなければならぬ。編輯者は同時に批評家の位置にも亦作家同様の実力をも抱擁し、作家に肉迫し作家も編輯者へ肉迫し圧倒しなければならぬ。自分はかういふ二つの迫力の世界に我我や彼等を置きたい希望に燃えてゐるものである。

十六　文藝家協会に望む

文藝家協会の事業は着着実行され成績を挙げてゐることは、殆ど何人と雖も肯定し得るところである。自分は先般来円本流行の折にも協会が干与し、其人名の遺漏を指摘するやうな立場に有り得たならば、作家を網羅する上に万万粗漏が無かつたらうにと思へる程である。

円本に於ける作家の選定は出版書肆の成算にあることは勿論であるが、同時に書肆は協会にも建議し、協会は協会の認めるところの有為の文人を推薦する権利を持たねばならぬ。書肆の意嚮《いかう》外の文人であつても協会の厳格なる推薦に拠る文人は、一層手強くその文人的に不滅な光栄ある作家でなければならぬ。さういふ意味に於ける作家をも書肆はこれを加へるところの、当然な雅量を自覚せねばならぬ。円本の如きは元元作家と書肆との美事な二面相打つことに依つて、その事業を完成すべき性質のものであり、決して書肆の独立的な事業ではない。これは強ち円本に限らず凡ゆる書物を出版する時に於て、著者と出版書肆の間によき感性上の融合があつて後に、世に問ひ其美や清さや値を品隲《ひんしつ》さるべきものである。円本の如き現象には最も親切であり事務的である協会が、自ら作家の間に甚しき遺漏を努めて避ける如きことをも、その事業の一項に加ふるべきである。上演料や著書其他と同じい結果を最近に協会が其成績の上に挙げられんことを希望する。一つには改造社あたりの文学全集が誠の全集だとするには、余りに巨鱗を逸してゐる恨があるのである。併しそれは単なる片片たる改造社の問題ではなく、以後協会の為によき指導をその杜撰な集篇の上に加へることを忘れてはならぬ。

一代の文人は大廈高楼の中に住むのはよい。又一代の文人は当然に其得べきものを得ずして赤貧に甘んじるのもよい。只さういふ現象が習慣的な世俗意識の中に加へられることは、各作家のために警戒すべきことであらう。同時に大廈高楼に住む文人も自ら警《いまし》めて此文芸的な温かい愛情からも、協会と相伍して今日の資本家に当るべきであらう。

十七　批評と神経

自分は十年間殆ど月評する立場にあつたことがなく、従つて他人の作品に自説を持ち出した機縁の無かつたものである。自分の考へを偽瞞無く人に伝へる困難は、概ね卑劣な場合を除く外はよく思はれる例しがない。他の作品に自分を食ひ入れることは神経の痛みを感じてならないものである。自分は他人の平穏な気持に交渉を求めることの影響を恐れてゐるものである。さういふ細心な神経の震へに触れる作品、神経が隈なく作品を網の手に掻き捜ることは、自分の批評の中では阻止しがたいものである。

月評も亦修養の一つでないことも無い。頭のハタラキを自然に試験されるところの、彼自身莫迦なら莫迦をこれ程叮嚀に告白する機会に立つてゐるものはないからである。彼等の多くは勇敢であるために倒れ、鯱のやうに尖り立つて没落した。自分は批評の眼目に於て既に殺気を感じてゐた。併も今は自分にあるものは殺気ではなかつた。朗かな正当な、顔を赧らめる必要なき自分を握ることができたのである。凡ゆる批評の静かさの中にゐてこそ、他人の作品の中へ入ることはできるが、文芸の値は騒騒しい殺気の中に品隲され得るものではない。静かな上にも静かな、呼吸の通ふ音すらも聴えないところで自分は詰め寄るより外はないのである。さういふ自分の批評の立場にあることを闡明《せんめい》にすることは、或は一つの徳望であるかも知れぬ。

十八　武者小路氏と「時代遅れ」

「殺される男」（中央公論）武者小路氏のこれまで見た多くの作品の中に脈打つ、思想的な問題を取扱つたものであり、自分は何度も見たやうな気がしたのは、恐らく彼の単純な同じい韻律を含む表現に拠つたためであらう。武者小路氏のかういふ表現の型は自分には頭に這入り過ぎ、這入り過ぎてゐるために再描写の感覚を強ひられるのである。その簡素な日常の言葉どほりの表現は、その内容の死に直面したものをありありと感じさせても、自分の心を二重三重に取囲み染染と沁み徹らせて来ない。死の問題にしても其作者の気持の真剣さはあつても、コナれるだけコナれてゐない。心にぴつたりと吸ひ付いて来ないのである。

武者小路氏の新しい文章や感激といふものも、其儘の新しさは持ち乍ら何か時代遅れの感じである。それは一つは時代の険悪さが灰汁のやうに押し寄せてゐるためであらう。今の世に彼の持つ清潔な、青年のままの考へを今までに大切に持ち越したやうな思想的な明快さは、もう今の青年の心には作用しなくなつてゐることは事実である。併乍ら今の青年の大背景の中にある巨石としての武者小路氏は、蘚苔をおびながらゐることも是亦事実である。自分は彼を時代遅れといふことを肯定するものだが、彼の中にある何か一本の道、孰方にしても人間がそれを辿るべき要素をもつ本道だけは、初めから時代遅れではあつたが、其十年前の時代遅れと今日のそれと尺度が同じいことを発見しなければならぬ。恐らくその一本の軌道だけは今後十年も適用し又時代遅れの相を帯びながらも、不思議な地位を保ち得るものであらう。それは彼の狙ひが的を外れてゐない、的確な一つものをねらうてゐるからである。神、運命、人間、さういふ彼の狙ひは十年をも打通して執拗に弓矢を番《つが》へてゐるからである。彼は最も古いものを模索し手摑みにしようとしてゐるのだ。彼が新しいといふことは彼への気の毒な誤謬だつた。

「殺される男」の中に自分は武者小路氏の「炎」を感じない。ラクに書いたとしか思はれない弛みを感じるのだ。或は彼の表現の流暢さは何時も其為に彼を為し彼を築き上げてゐるといへば云へるが、あの通りの流暢さの中にも自分に影響する鋭どさを欠いてゐる。或は上演の効果からいへば相応の成績を上げるかも知れぬが、併し我我看客は「言葉」だけを聞いて「心」を感じ得る事は出来ないであらう。何故と云へば彼は此一篇に於て運命へのどうどう廻り、それの輪廓を彼の流儀に依つて表現した単なる筋書に過ぎないからであつた。

十九　背景的な作者

谷崎潤一郎氏の「続蘿洞先生」は何時か「改造」に掲載された続編であり、相渝らず谷崎物である以上に何等の交渉を新時代に齎すものではない。さういふ意味でまた菊池寛氏の「半自叙伝」を品隲するのは妥当ではないが、併し此二作家が新時代と没交渉であるところは一致するやうである。谷崎氏はそのグロテスクな人を莫迦にするやうな時代の桁外れの大味で行き、菊池氏は飽迄真面目な一本気で生ひ立ちの記を綴る点に、対蹠的な作家の道のりを物語つてゐる。

「続蘿洞先生」の完璧は骨董的な時代味であり、過去の記録的な作品の延長である。同時に谷崎潤一郎といふ美名が正札を附けるところの、創作欄的な宣伝風な作品でなければならぬ。創作欄を何となく後援し装飾し宣伝するところの作品は、それは作家の現在よりも遐《はる》かに過去の作品の背景が物語る魅惑であり業蹟であらう。しかも谷崎氏は特に此一作を以て何等の彼自身の起直りや勉強のあとを暗示してゐない。彼は啻《ただ》に彼の図図しい猛猛しさで突立つてゐるだけである。その図図しいところのものは又どういふ時代にも跨ぎかける図図しさである。自分はかういふ作者をもつことは新時代にあつては、何よりも歴史的である点で認めたいものだと思うてゐる。彼はその一つ一つの作品よりも何時も「谷崎」を大きく纏め上げ、すぐ「谷崎」全体を感じさせるからである。

菊池氏の「半自叙伝」はまだ一回しか出てゐないが、創作欄の抱擁力を示す以外に充分な菊池寛氏の、一文人の中期の作品の叩き込みや起直りの精進を続けなければならぬ。第一回の作品速度には思ひ出風な韻律のままで書き出してゐるが、其処に気質的な作の炎を上げることは何よりも肝要とすべきであらう。凡ゆる自叙伝は作者の「眉と眉との間」がくらくらする程度の、その作品の炎の中に立たねばならぬ。自分も自叙伝を書き直してゐる時に菊池氏の作品に接したのであるが、決して楽な気持でスラスラとした味ひで行つてはならぬと思うてゐる。自分の経験では何かもう一度息づまる創作苦を再験しなければならぬのだ。

菊池氏は此作品で何等文壇に寄与する考へはないらしいが、自分は彼がさういふ自叙伝を書き出したことは見遁せない。過去の作品を完全に締め付けるものであり彼の中期の気持のスルドサとダレとの孰方かを示すべきものだからである。谷崎氏のごときは初めからの「あの調子」であるが、菊池氏は真面目な人であり其処に彼自身の立場があり、自分は今後に於てそれを見たいと思うてゐる。

彼等二作家の背景的な過去作品を引提げて立つことは、さういふ背景なき作家との比較では、残念乍ら彼等の手重さを感じなければならぬ。よき文人は皆過去の光背を以て立つところのものであり、それ故にこそ彼等が寸分隙間なく疲労なら疲労そのものにも鞭打たなければならぬのだ。

（昭和三年）

映画時評

一　エミール・ヤニングスの芸風

最近の映画界で特に私の記憶に新しい感銘となつて残つてゐるものは、エミール・ヤニングスの「最後の人」「ヴアリエテ」「肉体の道」及び最近封切になつた「タルチユフ」等の諸作品である。これらの諸作品はヤニングス物の特異な効果ある諸演技を物語るものである。

今仮にロナルド・コールマンやアドルフ・マンヂユウ等の流行俳優と彼とを、その芸風の幅や大きさや深さの点で比較することは、コールマンやマンヂユウの小ささを証拠立てる以外に、殆どヤニングスの敵国は全世界に一人として存在してゐないと云つてよい位である。殆ど古今独歩の大味であり映画界切つての怪物であることは、恐らくその演技や芸風の重厚なる新鮮と近代風なグロテスクの絶頂を極めてゐる点で、彼こそは或は映画記録中の最大の俳優として後代に其声名と演技の跡を残すであらう。とは云へ徒らに私はヤニングスを過賞するものではないが、当然非難さるべき彼の演技上の「癖」や其他の欠陥はあるにしても、兎も角も彼の足跡の大きさと押の強さでは、私をして如実の言葉を為さしむるだけのものを持つてゐる。何故と云へば彼の如き「面」と「技」とを同時に享有することは、稀有に近いことかも知れないからである。かういふ面と技との共有者は十年に一人の割合でさへ現れないやうである。卑しいロン・チエニイの面は啻《ただ》に彼の面としてのみの変化も変貌をも表情されてゐない。ヤニングスの面の変化は東洋風の百面相に近いものをもつてゐるからである。それらの面の持つリアリズムは同時にヤニングス物の奈何なる演技の困難をも刺し貫いてゐる。そして又ヤニングスはヤニングス風なリアリズムの徹底に彼だけの世界を持つてゐる点で、少しのセンチメンタリズムの破綻をも表してゐない。此の一点だけでも恐らく後人は問はず今までに無かつた人物である。

彼は多くの場合何時も演技の絶頂時に於て、硬直した立体的芸風の型を取つてゐる。そして些しの余裕をも持たないのは彼が演技に於ける情熱の病癖であり、其故に人気ある今日の彼を為さしめたものである。又それらの硬さはともすると彼の中にある烈しい通俗的効果を知らず識らずの内に危険な亜米利加風の落し穴に誘惑されるかも知れぬ。然乍ら猶私には此怪物的出現が今暫く好奇心を惹くに充分であり、多くの甘たるい亜米利加式新派悲劇の涎を拭く暇を与へて呉れるだけで満足するものである。

二　「最後の人」「ヴアリエテ」「肉体の道」「タルチユフ」

渡米前の作「最後の人」の老門番としてのヤニングスは、文字通り宮殿の如き大ホテルの玄関に立つ金モール厳しき老門番であつた。彼はその無邪気な金モールの制服を脱がねばならぬ時に遭り合ひ、彼が人としての最後の人生への未練を残すところは、ヤニングスの芸風の心理的素直さ、汕汕しささへ私に感ぜしめた。大ホテルの玄関前に盗んだ金ぴかの制服を着た老門番が、背伸びをしながら人生への涓滴《けんてき》的悦楽に酔ふ有様には、充分なヤニングスの明るい或一面の持味で表現されてゐた。

自分は半歳の後「ヴアリエテ」を見て、不思議な美と魅了をもつリア・デ・プテイを発見し、デユポンの手法を見、それにも拘らずヤニングスの曲芸団の「親方」には多少の失望を感じた。此画面ではヤニングスの硬直した力は生活の向側へ勢ひ余つて投げ出され、膠《にかは》のやうにからからからに乾燥してゐた。「睨み」のシインの如きは一枚の写真である外の何者でもなかつた。表情の科学化ともいふべき無意味さが繰り返されヤニングスの「病癖」が悪いチーズのやうに執拗に入念に固められてゐた。自分は当時一映画雑誌に「ヴアリヱテ」が失敗の作であることを指摘し今さらに自分の温かき「救ひを求むる人人」に接した幸福な日を思ひ返したくらゐであつた。一つはデュポンの監督の手法の手堅さがヤニングスに押され気味であり余りに固くなり過ぎた為であらう。吾が敬愛する無名の集団であつた「救ひを求むる人人」の人人は、私をして映画的人生が実人生と同程度までへ接近するの可能を、決して映画が映画としての「昨日」の物でない、「今日」の彼を暗示してゐたこと等を回顧する時、私は残念乍ら大ヤニングスの中に失はれてゐる素面《しらふ》の人生を思はずに居られぬ。若し素面の人生を「肉体の道」に求めるとすれば、稍《やや》それに近い好場面が無いでもないやうである。謹直平凡な一銀行員の平和な家庭生活が、その出張先に於て一淫婦の美貌に魅了される筋であるが、「面」の変化をもつヤニングスは茲《ここ》では一銀行員としての実直な心理解剖を試みてゐる。列車中の魅了されるシインや、淫婦の歓心を得ん為にその永年の間に蓄へた美事な髭をさへ理髪店で剃るところに、寧ろ鋭い皮肉が画面のみでなく看客の中へもその唾を飛ばしてゐる。ヴイクター・フレーミングの手法の極北であると云つてよい。此場面の嫌厭すべき効果は不愉快な感情を伴ふに拘らず、何か私共の心を打ち挫く力強いものを持つて肉迫してゐる。ヤニングスの好好爺たる温かい善良なる性質の表現も、看客に委ねられた残酷な心理的解剖の下によいシインを顕してゐる。

矢継早に自分はまた、「タルチユフ」を見たが、これはヤニングスの脂と癖との夥しく沁み出たものだつた。自分は悪魔の如きタルチユフの型の中に既に使ひ古された型を見出しヤニングス物として拙いものであり邪道と通俗に近い妥協性さへ発見した。自分のヤニングスに最も懸念を感じることは、彼は何時も芸術ではあるが大なる通俗味を多分に抱擁してゐることである。彼の人気のある所以は誰が見ても面白く解ることであり、その面白さは大なる通俗の上にあることである。彼の危なさの中に平然と行くところは彼の大きさの為であらうが、「時」は彼をして逆さま落しに通俗の凡化たらしめはしないか、と自分は「タルチユフ」を見乍ら懸念と憂慮とを併せて感じてゐた。併も悪僧「タルチユフ」は彼のお手の内のものだつた。最後に一偽善者としてのタルチユフの化の皮を自ら剝いだ時の、酒を飲み乍ら嗤笑《しせう》する彼の醜い下卑た色好きな笑ひ顔は、やはり誰の中にもある同様の卑しい笑ひ顔であつた。それから鶏の足をしやぶる口が左から右へ大歪みに曲り込むところも、彼の面目の中の著しい芸風の特徴的丹能であらう。リル・ダゴフアの奥方には彫刻的美はあるが動く美はない。手ざはりも冷たい感じをもつてゐるけれど、カール・フロイントの撮影はその自由な表現を縦横に試みてゐることを特記して置く。

三　ヤニングスと谷崎氏

私はエミール・ヤニングスを思ふたびに、何かしら谷崎潤一郎氏を想起するのは自分でも不思議とするところである。（これは谷崎君には迷惑かも知れない。）さういふ関連された気持は私だけに止まるものかも知れぬが、大きさは似てゐるやうな気がする。谷崎潤一郎氏は大谷崎である点、殆ど漠然たる直覚的思惟の下に此「大」を感ぜしめる点に於て、ヤニングス論を書く私に想起されるのは谷崎氏自身がその大きさを持つてゐるからであらう。これに深い穿鑿の必要はないのだ。今の文壇にこの「大」の字の附く人物は奈何なる作家に較べても先づ見つからない故もある。

四　ファンの感傷主義

自分は大正六七年代に既に映画批評の流行前に「映画雑感」を書いて、西洋女優が奈何に美しい肉体をもつてゐるか、その肉顔は吾吾の生活に何故に必要であるか、又彼女等の新派悲劇的要素の中に吾吾の悲哀が何故にその相談対手を求めるのか、我我は映画見物に行くそもそもの動機は何であるか、セネットガールの白い美しい足並揃へた悪巫山戯《わるふざけ》や舞踊は、何故に我我に取つて馬鹿馬鹿しい余計事では無かつたか？――あらゆる美と感傷の「壺」であるクローズアップの肉顔に、我我は何故に驚嘆の溜息をつかなければならなかつたか？――我我が映画見物の後、貧弱な家庭に於て何故に屢屢滑稽なる不機嫌を敢て経験しなければならなかつたか、さういふ諸の下卑た感傷主義はその十年の間に次第に滅び、それらの種種の問題を卒業した僕等は漸く一人前の今日のファンとして立つことができたのである。そして我我がファンとしての立場には、斯くて無用な末期的感傷主義の虜であることを拒絶することに拠つて真実の評価を為し得るものであらう。

併乍ら自分の如きは猶夥しいセンチメンタリズムの塵埃棄場を、人生には無用な自分に取つては可能な恋愛の吸収力を、日常親炙し乍ら自身にも覚つかない生活の諸諸の面や相を、極言すれば到底人力を以て済度することのできない多くの嫌厭すべき新派悲劇的の涎や泪を、曾て吾吾の中から追ひ出した感傷主義の余儀ない邂逅を経験することに依つて、我我フアンのどうにもならない立場があるのだ。我我フアンの立場に既にかういふ現世的欲求のあることは、同時に吾吾の映画がかういふ空気外の存在であつてはならぬことを条件とせねばならぬ。吾吾の現世的な枯槁《こかう》された惨めな心神的ボロを、吾吾の親切な映画的人生がつゝつましやかにかゞつてくれれば、吾吾のボロはもう少し温かく身に着くことになるであらう。

五　「暗黒街」とスタンバーグ

「暗黒街」を見た自分は期待的な圧迫も又窒息的な鼓動をも感ぜずに、スタンバーグの静かな緊密な、殆ど類ひ稀な簡潔な手法と、秩序ある明快な一個の脳髄の閃めきとを感じた。

「暗黒街」の人生を通じたスタンバーグは、「サルベエシヨン・ハンターズ」のテンポを一層引き締め、殆ど別人のやうな鋭利な速度を全巻の上に試乗した。微塵も無駄のない、空いてゐる一コマとてもない、緊張以上の緊張を全巻に醱酵させ、それでゐて息苦しいものを与へずに、最下級の圧迫をしごかずに、それらの瞬間と咄《とつ》嗟《さ》とを静かにきめ細かく織り込み受け渡し、且つ磨き上げてゐる。

或は「暗黒街」を見た人人は評的の標準のない、余りに漠然とした平凡な或想念に辿り着くであらうし、もつと面白くあるべきものを期待してゐたことに心附くであらう。今までの映画に教養されたファンはその絶頂的興趣の無いところの、さういふ映画的屑やボロを全然振ひ落したところの「暗黒街」には鳥渡《ちよつと》その批評の標的を失うたであらう。併し何気なく或チクチクしたメスのやうな痛みと、妙に光つたものと同時に感じ、そこにジヨセフ・フオン・スタンバーグが映画的埃をあびてゐない清らかな眼をもつて立つてゐることに気づいたであらう。彼はストロハイムやチヤツプリンのカツトを既にその頭脳の中で試みてゐる。「救ひを求むる人人」以来二度までも其製作的失敗の苦い経験をもつ彼は、殆ど出来得るだけのものをさらけ出したと言つてよいであらう。名監督であるよりも刻苦の人スタンバーグ、ちらちらする名監督的な冴えを随所にもつてゐながら、それらを完全に近いまでに出し切つた精進の人スタンバーグ、何処までも処女性の臆臆しさと、鋭どさと冴えと新鮮とを持つてゐるスタンバーグ、ジョーヂ・バンクロフトをあれまでに引き上げ、彼を指揮するに寸刻の隙も弛みをも見せず、あれ程までの鮮烈、新味ある円熟、圧力ある把握、大きさへまでに押出し、凡ゆる現実性の確証を表現させ得た素晴しい親切なメガホンと熱情あるタクト——曾てサルベーシヨン・ハンターズを叙情詩的な憧れへ呼びかけた彼は、最早一足飛びの本格映画の骨髄に切迫し、これを如実に健やかに表現した。彼とバンクロフトとによる連弾的な一台のピアノは、その最高音からピアニシモに至る魅惑の殆ど完全な渾一を、吾吾の手の痛くなるまでに拍手させたことは、スタンバーグとバンクロフトの一体的交響楽を意味するものに外ならないであらう。

「暗黒街」の全巻に流れてゐる流れの量は、殆ど合一され、ヤマとクライマックスを抹殺してゐる。彼は最後にブル・ウイードが逮捕されるところがさうだとすればさうかも知れぬが全巻の上に殆ど平面的なクライマックスの小出的調和を試みてゐることは見遁してはならない。

六　スタンバーグと志賀氏

自分は「暗黒街」を見ながら、スタンバーグの手法に何故か志賀直哉氏と共通のものを感じた。底光りと健実と少しの危気のないスタンバーグは、志賀氏のこつくりした新味のある文章に通じてゐる「頭のよさ」を見出した。宝石商店にブル・ウイードが首飾を盗んだ後に、歩道を馳け合ふ警官隊のヅボンが、飾り棚の鏡や硝子の小さいものまでに映り出されてゐる、その鋭い睨んだスタンバーグの手法は、或心理描写の上でさういふ鋭角さを取りあつかふ志賀氏の、布置の中の結構や用意や落着に髣髴してゐた。

ブルツクのロールス・ロイス、ブレントのフヱザースとの或気持の受け渡し、そこに立つスタンバーグの克明な心理描写、就中、たるみのない全篇へ流動してゐる気根は、志賀氏の何物かを自分に想起させた。その何物かは言ふまでもない志賀直哉氏の何物かである。同時にスタンバーグの刻苦はそれを描写的手法の上のものとして考へ見ることができれば、志賀氏を想起するのは強ち自分一人に限られてゐないのであらう。志賀氏がくろうとの作者であるやうに、スタンバーグも亦くろうと筋の彼でなければならないからである。

七　「暗黒街」のバンクロフト

「戦艦くろがね号」のジョージ・バンクロフトは、彼自身の強力な心臓の上に更にスタンバーグのタクトの振動を熟視してゐた。彼の全力的な、鈍重な図太い線、加《し》之《か》もそれは軟かい沁み込みと罅とを人の心に影響してゆくところの、得も云はれぬリアリズムへの微妙なそして確実な浸透、そしてかういふ彼の特質の上に静かな熱情あるスタンバーグのタクトが、正確な振子のやうに動いてゐる。

ブル・ウイードは猛猛しい豹のやうな野性と、豹のやうな優しい愛情と、時に人間的な哄笑とを持つて生れた、野卑を超越した悪漢である。彼が人生について解釈するところは少しの後悔を有たない「悪漢」意識を飽迄も強大に生活することによつて、その魂を磨く下層人的な或原始性を有つてゐる。加之もバンクロフトとブル・ウイードとの間に一枚の紙背すらない、ブル・ウイードを生活し経験しながら、ブル・ウイードの血液、肉体を有ち、その凡ゆる行為に何等の考察や反省すら有ち得ない野性にまで、一個の巨漢バンクロフトは行き着いてゐる。彼が酒場の階段を下りながら右の手を軽く振つて挨拶がはりにする時又街路へ出ながらの同様な身振り、舞踊会の夜にも又繰り返す同様な挙止、それらの野卑な挨拶の中にブル・ウイードの生活面が細かに描写され物語られてゐる。

自分はクライヴ・ブルックの「静かさ」を大ぶ前から睨んでゐた。「フラ」の中のクライヴ・ブルックはもう何時までも「フラ」の中の彼ではなかつた。バンクロフトの対手段として静かな位置を保留することになり、彼自身は磨かるべき泥の着いた珠玉であつた。入念な視線による一動作への連結、少し気取り過ぎてゐる所はないでもないが、酒場のブルックの沈着なタイムある動作は、自分に充分な彼の未来への感銘を与へた。

それにしても猶自分の眼底を去らないバンクロフトの哄笑、あらゆる人生への榴弾であり彼自身への後悔なき悪の意識化であり、同時に何とも云へない子供らしい無邪気な、罪のない誰も従かざるを得ない哄笑。——

八　映画批評の立場

映画に就ては自分のごときは何処までも素人であり、汚れたベンチに腰かける三等看客の一人に過ぎない。その素人であるための映画を理解しようとする熱烈さの中に、大衆的な血潮さへ流れてゐる。よき映画を見ることは其時代を経験する喜びであり、よき映画に接触することによつて直接自分の生活の更新的な分子さへ摂り入れねばならぬ。一口にいへば何事もその「心持」風な生活の上で、映画の中のよい心持、よい場面、よき人生の素直さがどれだけ溶解され、心持風な読物になつたか知れぬ。自分の性質が一個の性質として人生面への交渉を敢てする時に、映画人生の指導によつてどれだけ多くの複雑性ある準備を加へられたか分らぬ。そのため映画が娯楽的な視聴のみの効果ではなく、小説に於ける人間学的再経験と同様な有益さを与へられてゐる。それ故自分が映画的人生への最も高い意味のリアリズムの唱道を敢てしてゐるのも、此意味の外ではない。自分等の知り学ばうとするところは自分の心理的な経験外にある経験を敢てすることによつて、自分を増益しなければならぬからである。

自分は映画の機械的方面に就て何も知らない。併し自分もそれを知ることは近い中にあるだらう。自分は撮影と監督の位置は知つてゐる。しかもその撮影と監督の位置に立つたことはない。また映画の歴史的な現象を諳んじてゐる訳ではない。唯、何処までも素人としての熱烈さを有ち、素人としてもどれほど彼が映画を理解してゐるか、その理解は一文芸家の批評ばかりではなく、他の凡ゆる同じい素人階級の理解であるといふ点に力を置きたいのである。凡ゆる素人こそ其批評的なものの正確さを持たねばならぬのだ。

九　文芸映画の製作

文芸映画は一般に面白く無いとされてゐる。その作品が古今に通じた大作品であるといふことですら、既に自分には感銘の稀薄な映画を直覚し、求めて見る気になれない。例令《たとひ》それを見るにしても到底原作的な手厚い感じを受ける事は滅多にない。最近に於ける「ファウスト」の上映ですら、原作の重厚、壮麗なる憂欝、歴史的な詩情を欠いてゐる以外、カメラの美しさ巧緻さが持つ機械的な効果を学び得たのみであり、到底「ファウスト」の大詩情を映画化したものではなかつた。元より自分は初めからゲーテを見ることよりも、監督とカメラを見に行つたのであるから失望はしなかつたが、今更文芸作品を踏襲する映画がその目的に於て、又自らその出発点に於て文芸作品と全然別途にあるものであることを知つた。文芸作品の神経的なリリシズムを追従することは映画の進出を障害させるばかりでなく、監督の感情的自由を硬化させ約束的な拘泥と信屈を与へるのみだつた。さういふ事実は映画の本格的な精神に害があつても益されるところは無い。

「罪と罰」「カラマーゾフの兄弟」「レ・ミゼラブル」「復活」「ポンペイ最後の日」等の映画化は、その最も高い映画目的の外のものであり、第二義的作品だつたことは云ふまでもない。吾吾の感銘さへも原作を卒読した呼吸づまる霊魂と心理上の経験を、これらの映画の上に見ることのできなかつたのは、一つは「読んで知つてゐた」ことであり「見て面白くなかつた」事実であつた。読んだ時よりも見た時の方が、迥《はる》かに感銘の深かつたといふ経験は、文芸映画の場合に殆ど数へる位しかないであらう。

最近に上映された文芸風な接続をもつて相応の成績を上げたものは、「ウインダミヤ夫人の扇」「我若し王者なりせば」「椿姫」「カルメン」「ドン・フアン」「女優ナナ」等であらう。「ウインダミヤ夫人の扇」の成功の外は自分には感銘が浅かつた。しかも昨年度に於ける数十本の映画の中の、文芸作品で上映されたものは是等の代表的なものの外、今度の「フアウスト」の上映くらゐであらう。奈何に文芸映画の製作が其大衆的な産業方針と興行成績への危険性のあるものだかが、その製作数の少ない点に於ても明瞭に分ることである。作品の本筋と作者への芸術的良心への追従は、その監督の手腕を鈍らせるばかりでなく、放射線風な映画の大なる目的をも鈍らせるのだ。映画はシナリオによらなければならぬといふよりも、映画の人生を持つための天与の「速度」に拠らねばならぬ。

映画的人生の沁みこみと、文芸による沁みこみとの比較は、映画の沁みこみの脈搏的であるところの速度と同様にそれ自身に直接性を持つてゐる。文芸の沁みこみは寧ろ時間的な落着きをもつて読まれるのであるから、その速度の非機械的であることに於て既に反対してゐる。昨年中に我我に感銘を深くしたものの中で、一本の文芸映画すら無かつたが、「陽気な巴里子」「ヴアリエテ」「帝国ホテル」「カルメン」

「人罠」「ボー・ゼスト」「最後の人」「不良老年」「女心を誰か知る」等は映画脚本として書き下ろされたものであり、根本から映画の組織によつて書かれたものであつた。「暗黒街」もまたこれらの映画であるべき約束のものだつた。それらには何等の文芸的な接触もなく、その現実性は映画の中にある人生からの現実性だつた。若し文芸作品が映画に全部働きかけたら、映画は少しも進むことができないであらう。その意味に於ける文芸映画の製作は、一つに呪ふべき渋滞であらねばならない。あらゆる文芸映画を超越してこそまことの「映画」が存在し得るのである。

十　ドロレス・デル・リオの足

「カルメン」に於けるラオル・ウオルシユは、徹底的にドロレス・デル・リオを適役に配演させた。彼女の中にある肉体的なものの隅隅、性的な表現に基づく凡ての建築的な応用を、ラオル・ウオルシユの腕の限りに示したといふより、より以上にデル・リオはその真白な肩と胸と腕とに就て、就中足を以て美事に演技してゐた。

足は伸べられ歪められ馴らされ、折りまげられ、媚をつくり嬌態《しな》をうつし、うすい糊のやうな光をふくんで絶えず行動し、流れてちからない時は柔かい餅のやうになつて横つてゐた。そこに凡ゆる足が表現され且つ演技されてゐた。宿屋の食卓の上、街をゆく甃石の上、大雪のごとき大寝台の上、馬車の上、そして折折大胆な大腿の露はれる肉体の瞬間的な行動、自分はラケル・メレエよりもエロテイシズムを、或はラケル・メレエ以上のカルメンを見た。ジエラルデン・フアラーの膨張した足、ポーラ・ネグリの大建築的な直角な足、そして彼女らが演技したカルメンよりも、デル・リオのその眼付の中にあるモナ・リザ風な神秘めいた感情的な一つの古典的表情が「カルメン」に助成し成功してゐることを感じた。

凡ゆるカルメンが近代の神経と性格描写に基づくより外に、もうカルメンの存在はなかつた。カルメンの中にある劣等な美と熱情とは、凡ゆる新しい解釈によつて為されなければならない。又凡ゆるカルメンはオペラのカルメンでなく、凡ゆる街巷のカルメンでなければならない。野卑と淫売との凡ゆる近代的な多情の要素をもつカルメン、自分はそこまでカルメンを見ることの当然さを感じてゐる。そしてデル・リオのカルメン風なカルメンに妙技を終始し得たのは、何処までも惜気もない感情を搾り出したことにあつた。

ヴイクター・マクラグレンの闘牛士ルカも、その豪邁な頑固な性格がカルメンの媚態に拠つて綻れて行く経過を素直にあらはしてゐた。宿屋の場面に於て就中成功してゐた。ドン・アルヴアラードのドン・ホセの弱い線の中に、情熱的な屈辱は見ることはできるが、到底ドン・ホセの適役ではなかつた。情熱の闘士としての展開はかういふ弱い韻律によつて為されるものではない。——ともあれデル・リオのカルメンはその故意《わざ》とらしくない芸風によつて扮し得たことは特筆すべきことであらう。

十一　クララ・ボウ論

餅肌クララ・ボウ、
野卑の美、
白い蛙、
蛙の紋章、

肉体的ソプラノ、
クリイム・チーズの容積、
既に要求的な満喫、
裸の腕のマッス、
計算と性格、 悪巫山戯とコケット、
そして怜悧と悪こすい眼付、
ジョージ・バンクロフトを与へよ、
その巨大なる抱擁を抱へよ、
餅肌クララ・ボウ、
際物的なクララ・ボウ、
甃石の上をゆくペングイン鳥、
お腹はもう胎んでゐる、
世界ぢう捜しても分らない父親、
餅肌クララ・ボウ、
益益肥えるクララ・ボウ、
益益美しくなるクララ・ボウ、

蹶飛ばしたくなるクララ・ボウ、
文身をしたくなるクララ・ボウ、
餅肌クララ・ボウ、
蹶飛ばしたくなるクララ・ボウ、
間もなく剝製になるだらうクララ・ボウ。

十二　ブレノンとH・B・ワーナー

「ボー・ジエスト」の物語風なハーバート・ブレノンは、「ソレルと其の子」に極めて平凡な手法を試乗した。ファストシインに戦争の一シインを点出したのは第一の失敗だつた。あれはロンドンの電車から降りるあたりから展開さるべきだ。妻の出発とソレルの帰宅との同じい時刻、ロンドンの骨董屋の主人の死と彼の就職到着との同時刻、子供らを二人まで負傷させた手法の繰り返し、それらの運命的なるものの自然との交換が突然であり手法の冴えを感ぜしめない。全篇小説風な平かな筋と味ひを引き締めるちからが足りないのだ。本味で行くむら気と映画臭を抜けようとする努力はわかるが、さういふ素晴しい本味はもつと新しいスタンバーグ以上の監督が出現しなければ行き着けないところである。ブレノンでは行けない。彼ができ得る限りの静かな迫らない監督振りは目に見えるやうであるが、自分はその努力に注目はするけれど他の批評家のやうに断じて取らない。

　この種の父性愛を取り扱つた通俗的なセンチメンタリズムを抜け切らうとしたところにブレノンの意識的な集中は窺へるが、そのため弛んだ間の抜けた平均性のない場面的の出来と不出来とに終つてしまつた。ソレルがトランクを負うて階段を上るところも古い。唯、最後に妻のドラが息子を誘うて料理店にゐる場面は、今までに見なかつたよいシインだつた。これはブレノンが川岸で息子と散歩をしながら馬に乗らせるシインとともに、よい小説風な効果をもたらしてゐる。

　H・B・ワーナーのステイーヴン・ソレルはよく演技してゐた。久しく見なかつた快い渋好みの「面」をもつH・B・ワーナー、「面」そのものが既に哀愁をもつ彼にソレルが似合はないことは絶対になかつた。物静かな監督への理解、「面」が運ぶ本筋的な流暢な彼に、父親としてのゆつたりした本格的な相貌をもち、飲み込みの早い彼の芸風に失敗のあらう筈はなかつた。感激のために後向きになつて壁に対うて泣くところもよかつた。ブレノンの描写が持つ目立たない急所だつた。「ソレルと其の子」は原作も失敗の作である。寧ろ壮烈な落着いたよい名誉ある失敗である。かういふ名誉を負うて立つところの、彼ハーバート・ブレノンを見ることは自分には寧ろ温かい笑ひを漏らすことに近かつた。

十三　スタンバーグの「陽炎の夢」に就て

スタンバーグの「陽炎の夢」を見て、「救ひを求むる人人」「暗黒街」の同一作者と思はれない程、平凡な作だと思うたが、その手法上の辿辿しさに「救ひを求むる人人」の初初しさがあり、何か知ら「救ひを求むる人人」の素直さを髣髴させる優秀さがあつた。一つはスタンバーグに好意と真卒さを感じてゐる自分は、彼の署名が無かつたら或は見落すかも知れなかつた程、何の変化の無いざらにある映画のやうであつた。「救ひを求むる人人」が本格的な人生詩の肺腑を衝いたものとしたら、「陽炎の夢」は単なる草花詩のたはいない一篇であるかも知れなかつた。しかも此草花詩人風なスタンバーグに愛情をもつ自分は、当然辛辣であるべき批評的な眼目に於てすら、なほ一つの草花詩として「救ひを求むる人人」「暗黒街」の名監督的な冴えの陰に、微かに囁く抒情的な詩情を感ぜずに居られなかつた。「陽炎の夢」は彼として全きまでの失敗の作だつた。原作のアルデン・ブルックスの「逃亡」を彼自身映画化したことも、失敗の第一だつた。コンラッド・ネゲルもルネ・アドレも平常のやうに冴えた演技を窺せてゐなかつた。そしてスタンバーグ自身の緊張的な硬化性が自分に影響してゐた。「救ひを求むる人人」の古今に絶する作の完成後の彼として、又さういふ名篇と声望とを贏《か》ち得た彼として固くなることも否めなかつた。彼の此一篇を以て問はうとした真実な人生への欲求は、やはり彼の踏む人生以外のものではないが、どの役者も何かいぢけ何かおどおどしてゐた。スタンバーグの呼吸づかひは不幸にも彼自身の昂奮だけに停まり、彼ら俳優に感電的なリズムを刺し貫かなかつた。

併し自分は此映画に対する感情には初めから「信頼」と「好意」が優しく感じられてゐた。葬ひの場面の送葬者の列、人形と椅子、狂人扱ひにされたプラッドが少時動かないでゐた非映画なポーズ、ジプシイの馬車の毀れた板の隙間から、女の円い大腿が見える着換へを暗示させる一場面、ジプシイ女とプラッドとが草原の上で語り合ふ時の平凡な常態、――ラストの二人が肩を組んでうしろを見せる場面で、自分は映画的センチメンタリズムの刺戟と作用によつて、何とも言はれぬ「救ひを求むる人人」の最後の光景を呼び起すのだつた。僅かな一例ではあるが送葬の穴掘りの男が、長い弔辞朗読に苛苛してゐる様子が何等の動作や表情なしに、唯立つてゐるだけで表現されてゐた。さういふ失敗の中にある美事な部分的な冴えと完成とは、解体して見たら他の映画と較べものにならない程効果的なことは勿論である。

十四　一場面の「聖画」

「マザー・マクリー」は曾て同様の母性愛を説いた「オーバー・ゼ・ヒル」の如き効果を挙げてゐない。寧ろ通俗的悲劇愚に近い作品であらう。併し自分はそのベル・ベネットの母親が或富豪の床の上を拭いてゐて、不図赤児の泣声を聴いてそのドアの中へ這入り、床に坐り乍ら赤児を宥め賺す場面を見て、忽ちにしてマンテニア風な大なるクラシックを感じた。床拭きとして頬冠のやうな頭巾をかむつたベル・ベネットはもはや自分には単なる現世の一女優としてのベル・ベネットではなかつた。優しいマンテニアの画面に漲る恍惚、からだの白い柔しい聖画的な母性の接触、翼の生えた大なるクラシックの母親だつた。

ジョン・フオードの手法も寧ろ弛んだものだつたが、床拭きの一場面だけは奈何なる映画の中にもなかつた生新な好場面であつた。自分はかういふ聖画風な或は天上から辷り落ちた一頁、ジョン・フオードも予期しないであらう同時に生新で古風な一枚の生きてゐる絵画が、自分の胸を閉し頭にあるマンテニアを生してくれたことは喜ばしい限りだつた。ベル・ベネットの静かで豊かな稍《やや》間伸びのした演技も、手堅さの窺はれるフオードの手法と共に渾一した気持を自分に与へた。そして自分は凡ゆる映画を見ないで軽蔑してはならぬ事、かういふ一場面の「聖画」の現世に於て見られ得ることは、映画それ自身のもつ世界の微妙な作用でなければならなかつた。漫然と見過すことのできない一場面の、その驚くべき効果は或意味に於て不易の「古代」を形づくるに充分だつたからである。

十五　ポーラ・ネグリ

ポーラ・ネグリは幅と大きさに於てエミイル・ヤニングス風なものを、その演技や風貌の中に持つてゐる。何よりも大写しに効果のある肉体の量積、カメラに大胆な瞬きをしない瞳孔、冷たい風刺的な浮びやすい嘲笑、次第に蒼白になる表情の運動的なタイム、頬骨、割れてゐる巨大な真白な背中、それらの中に粗大な美しい建築的な堂堂たる容姿は鳥渡類《ちよつと》のない「典型的」な、エミイル・ヤニングス風なものの多くを持つてゐる。

グロリア・スワンソンの厭味のある誇張はネグリには洗はれてゐる。スワンソンの癖や垢は彼女自身を益益あくどくしてゐるが、ネグリにはさういふあくどさが無い。唯その肉体的容積が彼女を偶偶《たまたま》グロテスクな感じにはさせてゐるが、その諷刺ある冷笑をあれ程辛辣に現はし得る女優は当今少ないと言つていいであらう。その背中に至つては曾てのバムパイア女優ニタ・ナルデイを遥かに超えてゐる。しかもポーリン・フレデリックのやうなヒステリックの鋭角な線は未だ貫いてゐない、その点彼女はまだ「中年女」になり切つてゐないと云つてよい。

ネグリ物はネグリの演技的存在と同時に、どういふ主役にも余り失敗してゐない。ヤニングス物が度外れな失敗をしてゐないと同様な、濃厚な落着と危気のない芸風によつて固められ表現されてゐるからである。「帝国ホテル」のネグリの厚みや、「鉄条網」の彼女、そして「罪に立つ女」のネグリの位置は、モーリス・ステイラーの静かな常識的なまで正確なリアルな手腕で、彼女をおさへ、彼女の癖を消し試めさうとし、その生地の中のヤサシイものを、母の愛情へ呼び出す努力によつて表現されてゐる。病人の額へまで夫の目前で接吻させるステイラーは、監督的な位置をそれが当然であるところの手法を潔く試みてゐる。殺しの場もよい、それらのネグリは殆ど完全なままで在来の芸風の集中され、秀れた極地の表現であつた。彼女をここまで纏め（よい意味で）上げたものは、やはり彼女自身の力倆ではあるが、モーリス・ステイラーの中のものが彼女に働きかけたことは、云ふまでもないことである。凡ゆる監督の光輝ある位置も亦此最大を約束してゐるのだ。監督の握り方の厚みによつて為されるものそれ自身、役者に冴えて出る演技それ自身でもあるのだ。

十六　コンラット・ファイト

自分は「或男の過去」のジョージ・メルフオードに危気は感じなかつたが、定石的な監督の布置には不満足だつた。余りに楽楽とこなしもし、余りに作り物の感じだつた。

コンラット・ファイトの立体的なポーズには、熱情も苦心も窺へなかつたけれど、ファイト特有の妙に演技的であり乍ら決して左うでない自然性、自然性の演技的同化ともいふべきものが何時も乍ら感じられた。彼は棒のやうに突つ立ち乍ら、渋い軟味を流暢に曳いてゐた。それは永い間スクリイン生活をした人でなければ、持ち合はせない自然な軟味であつた。「カリガリ」以来、「プラーグの大学生」まで彼は依然として棒のやうに突つ立ち、すこし俯向きがちの背後姿を見せた人である。肩、背中、首すぢの歴史的な吾吾の記憶を辿るとしても、彼は依然たる「うしろ向き」のファイトであり、首を少し垂れた疲れを見せてゐるコンラットであつた。渋い芸風が彼の持味となつたのも当然であるかも知れない。

ヤニングスの豪邁はまだ渋さには達してゐないが、ファイトの一応「憂欝」なそれ自身から出発してゐる芸風は特に「巧まう」とせず、演技的に執拗ではなく、又「熱」を見せてゐないところの余りに沈着な、余りに有りのままな普段着の動作を生活するファイトであつた。「我若し王者なりせば」の惨忍な王に扮した時の物凄い彼の形相の中にも、依然として彼らしい沈着が、その焦燥の王者の中にあつた。しかもその時は彼は彼の立体的なポーズから離脱してゐた。

自分はファイトの「うまさ」を見ようとしてゐたが、どういふ点でファイトであり得るかに就て、自分は彼を刺し貫く眼光をもたねばならぬ努力を敢てしてゐた。併乍ら吾吾コンラット・ファイトはゆつくりと大胆に、しかも妙に子供らしい憶憶しさのある歩調でスクリインの中を歩いてゐた。彼は決して監督を軽蔑も圧倒もしなかつた。ゲルマン風な真面目な努力で押し通し、自分だけのものを自分らしく消化することによつて、すこし疲れた軟かい立体的なポーズを繰り返し、吾吾の歴史的な記憶の首すぢを少し垂れたファイトであつた。自分はもう彼のうしろ向きの姿以外に、彼を見る必要はなかつた。「プラーグの大学生」の中の彼、生活をしないスクリインの幽霊だつた彼は、すくなくとも「或男の過去」の中ではともあれ生活的なものを生活することに存在してゐた。それはどう云ふ意味にもコンラット・ファイトの顔さへ見れば、彼の温和しい象徴詩の分子を含む立体的な背後姿さへ見れば、我我は特に何事も言ひたくない妥協的な、彼自身への好意を支払ふことに拠つて批評の筆を擱くであらう。それほど彼はスクリインの中の人、スクリインの中で衰へと老と疲れとを感じ併せてゐる人、もはや彼を烈しく鞭打つ必要のない人、そのファイト風な顔さへ見せれば相応の効果を挙げることによつて、決して失敗を繰り返すことのない人であつた。彼自身古典的な演技記録の上の或標準であり、生きてゐる立体的なポーズの骨董品であつた。

十七　スタンバーグとチヤップリン

「サーカス」が上映されても些しの刺戟を感じなかつた自分は、第一週の公開の日には何故か見に行く気になれなかつた。自分には解り切る位解つてゐたからである。彼の演技の常套と惰勢、後へも先へも出られない行詰りで呼吸を窒めてゐる彼、自分の殻を生涯低迷することしか知らない彼、中途で芸術的な自覚と天才的煽動の綱渡りをして、マンマと彼自身の喜劇的生活を生活したまでの、演技的旧時代の英雄。

自分は「サーカス」を見て思はず笑はされ、他の看客も同じく雷の如く笑殺されてゐた。その間にチヤアリイ・チヤツプリンは二巻物時代の再描写を臆面もなく繰り返してゐた。彼独特のポーズへの興味は自分を倦怠させ、嫌厭の欠伸となり、寧ろ十年に近い今日迄最初の演技を打通した彼の自信に今更ながら驚き、それをそのまま受け容れてゐるお人善しな我我自身に不愉快を感じた。我我は笑へない生活をしてゐる者ではない。唯我我は笑ふ時を、笑ふやうな事情を、笑はなければ居られぬものを時時感じることは事実である。心から笑つて見たい願望は疲労した神経がこれを要求してゐる。我我はチヤアリイを見て笑ひ、「我」を離れて久振りで笑ひ、さうしてチヤアリイに別れて館を出たあとに、笑ひの滓の如きものすら頭に残らなかつた。「サーカス」の中の人生をかかる強い紘が、一本も頭に余韻をつたへなかつた。凡そチヤアリイほどの頭に残らないものの甚しいものはなかつた。映画的な新聞紙を演技する彼ではない。併しながら自分の頭の中には「ソレルと其の子」の如き失敗の作の中にあつたものすら感銘しなかつた。

「ゴールド・ラッシユ」や「キッド」の悌よりも一層古色蒼然たる「綟子の戻り」かけた彼、手法の困憊と疲労、疲労以上の絶望的な衰退期、——喝采と拍手との中に、彼自身の運命をも暗示する拍手が交つてゐることは、聡明であるべき彼の特に心付いてゐることであらう。

只彼の中に知りたいものは彼が在来の作品から、どれだけ身をかはしたかといふ事、どれだけの速度で転換期的な演技上の新鮮を表現し得たかといふ事である。チヤアリイ・チヤップリンは昔のままの彼であり、昔のままの気の好い子供対手のチヤップリンであり、遂に今日の吾吾の「失笑」を盛り返すだけのものは、どういふ意味にも彼は最早持合さなかつた。凡ゆる天才の常軌的な行動は彼の上にもその勢ひを揮ひ、今日の我我に通用する映画的なレッテルは最早我我には興味がなかつた。彼は「時代」をその演技の独特な世界に於て嚥み下してゐた。併し彼の嚥み込んだ「時代」の年号は正しく千九百二十年前後だつた。併乍ら此天才の莫大なる信憑に拠れば千九百二十年の年代と、千九百二十七年の年代との間に、何等の急速度な精神的な時代の変貌がなかつた。変貌ばかりではない、此時代に特に欠くことのできない「心理」すら彼が幾度となく再描写的の繰り返しに過ぎなかつた。これは他の俳優ならば兎も角、彼の場合見遁すことのできない偽瞞に近い狭い芸風であつた。

自分は曾て名俳優であるよりも、寧ろ名監督であることを何等かの機会を得て述べて置いたが、実際彼の俳優として演技の絶頂時である「ゴールド・ラッシユ」と「サーカス」と較べて見て、彼は再び新しく立つの彼でないことを手痛く感じた。比較的軽快とされた道化の行動さへも、今は到底莫迦莫迦しくて見るべくもない。それは持味とするには余りに常套的な持味である。仮に文芸作品に於て彼が踏襲するところの再描写が繰り返されるとしたら、殆ど再読するに堪へない悪趣味を強制するであらう。

自分は「サーカス」を見た後に、何となく「巴里の女性」を想起した。彼が監督の位置のみでなく自ら演技しなければ居れぬ気持は解るが、何故俳優の位置を放棄することに依つて彼の手腕の中にある「監督」的な、鮮明な脳髄を思ふさま振はないであらうか。それは永い間俳優としての彼の最も思ひ切りの悪い困難な放棄に違ひない。併し今日の「サーカス」一篇が「巴里の女性」への人生的な効果と表現美を挙げてゐないことは、誰しも気の付くことである。「喜劇」が彼の中に丸め込まれてゐる間、世界の喜劇が成長しないといふ訳ではないが、その渋滞した停止線を彼が持つてゐることは事実である。同時に凡ゆる喜劇は不用意な運命と機会との命令によつて生じ、最初からそれに目的されたものに誠の喜劇的条件は有り得ても、その喜劇の爛熟は有り得ないと同様である。自分は俳優としての彼に何等の将来を感じない。尠くとも永い間踏襲したあれらの悪趣味な娯楽の媚に甘えた彼から「飛出さない」限り、自分は遂に何等の期待をも感じ得ない。

自分はチヤアリイ・チヤツプリンとスタンバーグとの距離、時代、睨み、速度、構へ等に就て当然比較さるべきものを感じた。「救ひを求むる人人」一巻を携へて彼を訪ねたスタンバーグは、もはや無名の何処へ行つても買手の無かつた時代のスタンバーグではなかつた。チヤアリイは無名の彼を認め彼に力を尽した。彼の「救ひを求むる人人」を世に紹介したのもチヤアリイだつた。スタンバーグの手腕に驚嘆と讃同と激励とを与へたものもチヤアリイだつた。或はチヤアリイが居なかつたらスタンバーグの世に出ることは、今少し位は遅れてゐたであらう。スタンバーグに取つて大家であるチヤアリイの懇切さは、絶大な喜びであつたに違ひない。

併乍らスタンバーグは昨日のスタンバーグではなかつた。「暗黒街」を持つて立つた彼の周囲には敵手のないまでに鮮かな出現の地位を贏《か》ち得てゐた。彼の目的されたものの精神には妥協の過程を踏むことはなかつた。決して顧みることなき人生派の詩人の踏み出しを敢行し明日と其明後日へ働きかけてゐることは「暗黒街」を評価した折に述べたところであるが、チヤアリイは此間に造花に似た本物に近い一本のばらの花を、何時までも振り廻してゐるとしか思はれなかつた。回想と昨日の真実に跼蹐《きよくせき》してゐる彼の身悶えは、結局チヤアリイを疲労させ渋滞させ、出口のないところに趁《お》ひ詰めてゐた。彼が「サーカス」の鏡の間に追ひ込まれたのは、何と皮肉な彼自身への、出口のない昏惑と行詰りを意味し運命と自然との何と快い折檻であることか、——全く彼自身は鏡の間に於ける八方に映る彼を見きはめ、その幻影的な回想的な抒情詩への拒絶を以て立たなければならないのだ。

チヤアリイの神経は間伸びがしてゐる。スタンバーグは今の時代にピッタリと身を寄せ、身を寄せることに依つて全神経の鋭どさ新しさに立脚してゐる。併し何とチヤアリイは時代から離れた胡散な顔付をしてゐることだらう。彼は彼自身をさへ胡魔化してでもゐるやうな古色蒼然たる「サーカス」の中に、ハロルド・ロイドの調子を繰り返してゐる、自分は綱渡りの中にも彼自身の姿を見たに過ぎない。

ともあれ一代のチヤアリイ・チヤップリンと雖も、もう時代遅れであることは疑へない。これ以上彼と歩調尾を揃へる「時代」は世界中に滅びてもゐるし、彼自身の演技に於て既に亡びかかつてゐる。彼に望をかけることは最早監督としての彼の外の物ではない。「サーカス」の場面への検討と厳格な批評では、到底彼の未来を暗示し物語るものはない。自分は彼の「サーカス」を二年間の沈黙の後の作品などといふ、いい加減な胡魔化しと曖昧な常套的な手法でマヤかされることは、彼の為にもしないいつもりである。

ハロルド・ロイドやダグラスやデニーの喜劇的な世界に於て、チヤアリイが唯一の「蒼白さ」を持つてゐたことは曾て自分の説いたところである。彼が人生の中の「蒼白さ」を喜劇の中にこもらした事、決して喜劇が喜劇で停まらないところの、彼らしい悲喜劇的な人生構図も自分は認めるものである。過去に於る凡ゆる喜劇俳優の中に最も意識的な彼であり、最も徹底した喜劇が悲劇に代弁すべき程度にまでの高揚を敢て演技したものも彼である。併乍ら彼を説くことは何よりも未来を釈明することでなく、過去を計算するところの最早記録的な「数字」でしか無いのである。

十八　コールマンとマンジウ

アドルフ・マンジウは何時も短篇と小品の中に、彼一流の演技をこなしてゐる。

新しくも古くもない、気の利いた持味で充分に行動してゐる。「セレナーデ」の彼は最近にない好技の潤ひを出してゐた。

ハリー・ダラストの鮮かな韻律は、マンジウを随所に引締めてゐた。最初の貸間を見に行くところ、グレッチエンが夜の石段に腰かけてゐたところ、その以前の植木に水を遣つてゐるところもよかつた。――マンジウのフランツが夜遊びから更けて帰つて来て、唇をタオルで拭いて女の口紅がタオルに残るところも、強い韻律的な表現であつた。ともあれ妙に小品風な、或型を起すことに秀てゐる彼は、行くところに小さい締つた成功をしてゐた。ダラストの手際も纏つた冴えを見せてゐる。「婦人に給仕」程の冒険は無いが、文字通りの「セレナーデ」風な、纏つた作品である。

ロナルド・コールマンとマンジウとは好一対のスタイルを持ち、どちらも些かアメリカ臭を脱してゐる点が、自分に好ましさを与へてゐる。コールマンには妙な憂愁味があり、芸風は地味な行方をし、マンジウは派手で「派手の渋味」を出さうとしてゐる。彼等の孰方も渋味へ落着く俳優にちがひない、あれらの演技的極北は到底渋味以外に落着くところがないからである。彼はねらふこと無くして自然に渋味に辿り着くであらう。演技といふものは結局幅の問題ではなく、奥行の問題に過ぎない。マンジウの時には喜劇的なポーズの中には、西洋人のハイカラがあり贅沢があり、それらに向く「面」を持つてゐる。コールマンのハイカラと妙な高踏風なポーズには、弱い憂愁的な抒情詩が窺へないでもない。彼らは殆ど好みに合はないアメリカ物の俳優の中、僅に自分の好きな俳優である。

十九　大河内伝次郎氏の形相

或晩剣劇を看て初めて大河内伝次郎の物凄い形相を見て、静かな陋居にかへつた後にも、彼の形相が記憶力の減退と空想の衰弱した頭に百年の夢魔の如くに絡はり残つて安らかな夢さへ結べなかつた。しかも劇中牢舎の中で一武士が退屈の余りから考へついて、自分の肢体の陰影を操り乍ら犬や狐や狼の形をあらはしてゐる凄惨な光景が永い間自分を悩ました。

大河内物は其後二度ばかり見て、彼も阪東妻三郎の如く世に出るだけのものは、どういふ意味に於いても持つてゐることに感心した。悪どい峰のやうな形相も摸倣や熟練によつて表現されるものではない。彼もまた何百年かの祖先から約束され圧し出され、その昔から残つてゐた形相を偶然に持ち合してゐるからである。歌舞伎劇なぞのやうな生優しいものではなく、いつも形相の鋭どさが把握する力だけを手頼る剣劇では、僕等に於けるペンを把る右の手よりも大切であらう。此意味に於てロン・チエニイよりもその形相に於ては夥しい創造をもつてゐることを疑へぬ。阪東氏は余裕を置いてゐるが彼は絶えず一杯に当つてゐるやうである。尠くとも一杯の力で当る程度に見せるといふことが、それ自身形相から来る感じや幅が左う見せる為かも知れない。自分は余り旧劇以外のものは見てゐないが、旧劇による背景の築地や橋梁や往還や土手や白壁や寺院には、ふしぎに百年以上の或光景をさめ得てゐることは、不思議とすれば稀有のことである。「時代の摸倣」はその劇中人物よりも旧劇に取つては、就中肝要なことはその背景の重要なる表出であり、そのものによる時代の古色蒼然を髣髴することに於て、渾然たる成功を得るであらう。

二十　伊藤大輔氏の「高田の馬場」

伊藤大輔氏の「高田の馬場」は大河内伝次郎氏を生かしてゐる。神経的な鋭どさ尖りを持つ大河内氏の安兵衛は、最後の井戸水を浴びるところ、手紙を繙読するところ、飯を食ふところ、江戸市中を彷徨するところ等に最も適当な効果を挙げてゐた。伊藤氏の手法もかつちりと鍔鳴りを感じさせる程度の手堅さがあつた。

浪宅に於る同じい朝と夕方のシインの再描写に、或効果を予想してゐる伊藤氏は此点寧ろ愛すべき稚気があつた。あゝいふ場面の繰り返し、(多少ポーズとデテエルの変化は見たが〕は危険な失敗を見ることが多い。それを遣つて退けたのはいいが、失敗は立派な失敗だつた。もう一つお勘婆さんの馬場へ馳けつける大向を予期した手法も、むしろ無駄な挿話的な失敗だつた。安兵衛の長長しい駆つこも、効果の少ない徒労に近いものだつた。興行的方面の喝采からも、かういふ陳套な幾度か繰り返された場面は省略すべきであつた。浪士の江戸市中を彷徨するあたりに目立たない場面の変化を試みたところに、地味な鮮かさが印影されてゐた。それらのリズムの一見変化の無いやうに見える「変化」は、殊に矢場や矢場のある附近の光景に多かつた。伊藤氏の試乗的なものに絶えず努力の跡の窺はれるのは、何よりも自分を快適にした。

大河内伝次郎氏には度たび論及したが、何時かの「弥次喜多」何何いふ天下の愚を集めた映画の中に彼を見た時ほど、腹立しいことはなかつた。何故ああいふ映画に妥協するのか、自分は大河内氏の大成を信じなければならない、それ故ああいふ愚昧主義の安価な妥協に攻勢を取らなければならない、――いい加減な映画にいい加減な演技を揮ふことは、それだけの場面的な悪い馴致が恐ろしい、未来の演技的な高さへまで影響もし、又その妥協への卑俗性がダニのやうに憑き纏ふのだ。凡ゆる俳優の陥穽的惰勢は何時もここから呪はれて行くのである。大河内氏よ、伊藤氏とよりよく取組め。そして第一流から辷り落るな、決して妥協するなかれ、これは貴君を愛する一人の看客の声であることを忘れるな、貴君を愛することに於て熱情をもつものの声を、絶えず貴君は背後に感じ演技し行動しなければならない。

廿一　詩情と映画

映画に詩情のないものは稀である。だが映画に誠の詩情を見ることも極めて稀である。監督の詩情的な試乗は却て映画をだれたものにし、甘いものとする以外、余り成功した例しがないようである。

最近に自分は「最後の命令」「暗黒街」「ショウ・ダウン」等の諸作にその演技を揮うてゐるエヴリン・ブレントに、並並ならぬ牽引を感じ、人生詩の蘊奥を味ひ感じた。リリアン・ギッシユやメイ・マレーに堕落した美の常踏者であつた自分は、メイ・マッカーボーイの余韻ある美に心惹れた。それは品と雅とを兼ねた温和な美しさであつた。美の中にある詩情は勿論常識的ではあつたが、皮膚に音楽的な恍惚と滑かさとが現れてゐた。彼女に最も豊なものは「そよかぜ」の頬を過ぎる優しいタッチの美である。刺戟を含まず、自分等の心に柔らかくなよなよして来る感じであつた。決してリア・デ・プテイの如き鋭い肢体を摩擦される如き感覚ではない、リア・デ・プテイの特徴は彼女の中にはないが、彼女の呼吸づかひは文字通りの「花」を感ぜしめるやうである。

エヴリン・ブレントの美はマッカヴオイやリア・デ・プテイの如き表面的なものではない。彼女の美は直接自分らの心理的接触を敢てして来る、性格美であり個的な、類型のない冷かな美しさである。稀にはその美の中に酷《むご》たらしい冷却された失笑が苦汁のやうに滴つてゐる。「最後の命令」の中のスパイに扮した彼女が窓際から街路を見下すところがある。冷かな動かない表情が窓枠を其儘額椽に塡め込み、一枚の生きてゐる「写真」のやうに見せてゐた。自分は蒼白に近い彼女の冷酷な表情の中に、刺し貫いてゐる烈しい人生詩の美を感じた。それは自分等の心に疼いて来る美であり、蜂のやうに刺してくる美の針のやうなものである。「暗黒街」のブレントは辿辿しい初初しさがあり、「最後の命令」の中の女ほどコナれてゐなかつた。しかしスパイとしてのブレントは最早長足に進歩もし、突き込む気力を演技の端端に表してゐた。自分は何となくリア・デ・プテイを想起し、その白痴的な美を回顧しながら、ブレントの中にある氷のやうな美を手摑みにしながら、自分自身の飢ゑをしのいでゐたのである、全く自分は永い間ブレントのやうな美に飢ゑ餓ゑてゐた。ああいふ美は自分を烈しい矢のやうな鋭角さで影響して来るのであつた。

凡ゆる女優の美の中で最も恐るべきものは、派手な甘い常套的な美であつた。過去に於るアメリカ型の美は寧ろ低級な、性欲に擽りを与へる単なる標準美であるに過ぎなかつた。これらの美は映画の本質に融和すべきものではあつたが、何等の芸術的な一流の本質美を築き上げるものではなかつた。女優に於る美が映画を通俗と芸術との間に低迷させることは事実である。エヴリン・ブレントの通俗化はどういふ意味にも行はれることではない。冷厳の中に謎を含んだ人生詩の内容は、ブレントの表情の中に横溢してゐるばかりでなく、それらを統べてゐる寂莫の情は限りなく美しい。寂莫の情を囲繞するものはブレントの冷たいキビシサである。自分の心に疼いて来る美も、又かういふ美の外のものではない。スタンバーグが生かした詩的精神は決して失敗してゐない。立派な揺がない焦点に効果を上げてゐる。或意味に於て最近に詩情ある映画詩は、エヴリン・ブレントの中に僅かにあると言つてよい、恐らく今後に於るブレントの演技と芸風及びその性格的な把握は、益益鋭どい人生詩の真の姿や其接触を示すであらう、決して彼女ごときは輩出する女優の中に求められない「珍しい」女優であるに違ひない。

映画の中にある詩及び詩情は、寧ろ監督の意識的表現であるよりも、何よりも我我高級な達眼者流の看客が発見する「詩」でなければならない。我我が映画の中に見る詩は決していい加減な監督や女優の意図ではなく、吾吾の中にある詩や詩情が彼らの中のものを発見し、呼応もするのである。第一流の看客は同時に又監督級の立場、精神、考究、把握の諸式を持ち、そこに行ふ批判も自らその峻烈であるべき、当然の権利を持つ者をいふのであらう。

廿二　「十字路」

自分は武蔵野館に「在りし日」を見る為例によつて時間を聞き合せて出掛けたが、「十字路」は既に映写を終つたところであつた。自分に「十字路」を見る気持は些しも動いてゐなかつた。「十字路」ばかりではない。自分の信じることのできない作品は一切見ないことにしてゐたからである。

自分の近くの動坂松竹館に「十字路」が上映され、自分は散歩しながら何か「十字路」に気持が動いてゐた。客の少数い昼間の上映時間を聞き合せ、その翌日自分は「十字路」を見たのである。自分は眩しい午後三時過ぎの外光の中を自宅へ帰りながら、稀しく昂奮を感じ、その昂奮の中に自分が「十字路」を武蔵野で見なかつた頑固さと後悔を感じた。自分は日本の映画にもつと打込んだ素直さを持つべきであることを染染感じた。さういふ自分に「十字路」は徹頭徹尾苦しい作品であつた。衣笠貞之助氏の作に苦しむ気持が影響し、その影響はこれ程まで苦吟してゐる男がゐたかといふ、その良心が自分を感動させた。かういふ良心的な力一杯の作は自分には稀に見る感激であつた。

自分は衣笠貞之助氏の中にあるエロテシズムの不徹底も、リアリズムの非感情的であることも、演劇的であることによる非写実的な統一も感じてゐたが、彼の「心臓」は尠くとも全巻的に自分へも鼓動してゐた。此鼓動は到底日本で得られるものではない。伊藤大輔氏の或種の表現にはそれがあつたが、自分の見た衣笠氏の中のものは日本で初めてであつた。尠くとも彼の鼓動は自分につたはり自分はよき編輯者がよき作家を発見した時に感じる、その喜びさへ感じた。自分はストロハイムやスタンバーグをも、「十字路」に見ないことはなかつた。殊に「救ひを求むる人人」の影響も感じないではなかつた。併乍らそれは批評を目標とする自分の病癖だとしても、「十字路」は明瞭に凡ゆる現代の映画的なるものの上の第一流を勇敢に押切つてゐた。かういふ良心、苦吟状態を続けてゐるものは賤商の徒の夢にも知らぬところであつたらう。

誇張に過ぎた時代的な大味は兎もすると、厭味を交へてゐたが、千早晶子氏の姉と、矢場の女に扮する小川雪子氏との対照、十手を拾つた男の相馬一平氏の性格描写の中には、衣笠氏の試乗的な成功は疑ひなかつた。殊に千早晶子氏は自分は初めて見る人であるが、危ない初初しい、歯ぎれのよくない演技の中に「姉」を感じさせるものが充分にあつた。一場面に売られた女が一人坐つてゐるところがあり、すぐカツトしてあつたが印象はよかつた。矢場の光景はくどくどしく、失明昏倒の描写的な種種な手法ももつと簡潔を肝要とすべきであらう。矢場女の小川雪子氏のそれらしい嗤笑《しせう》も、充分な呼応を監督との間に共鳴してゐた。

テムポは甚しく不統一ではあつたが、これ程に仕上の利いたことは、夜の撮影ではあり苦衷は充分に外面ににじみ出てゐる。ともすると暗きに過ぎることは何か演劇的な構図へ吾吾の神経を誘はないでもなかつたが、苦しい作品として自分を感動させたことは稀しいことである。かういふ作の上で苦しむ人も今のところ日本に数ある訳ではない。

廿三　エキストラガールの魅惑

名もないエキストラガールは一秒間乃至五秒間位で、その画面から消えてしまふ。消えたが最後自分達が生涯の間に再び見る機会のない最早「過去」の娘達である。女給仕、女中、或群衆の中の一人、歩道の通行人としての凡ゆるエキストラガールの新鮮な美しさは、自分が既往に見た混沌たる映画的人生の中に、今も鮮かな驚く程の美しさを残してゐる。恰も自分等が電車や散歩の途中などで行き会うた美しい女人の感銘が、何時の間にか記憶の中に滅びてゐるに拘らず、或日の或感覚的想念の中に生生と考へ浮んでくるのと同様の感じである。

エキストラガールは布面の三秒間のために一週間もスタジオに通ふことは人人の知るところであるが、その三秒間のために彼女等の演技や芸術がないとは云へない。尠くとも自分のこれ迄に見た多くのエキストラガールは、全くその顔や動作には甚しい辿辿しい幼穉なところはあつたが、しかもその選抜された美しさは映画の上の

「作つた」美しさではなく、全くの美人の生地をそのままに顕した美しさであつた。街路を歩む彼女は通行人の消えやすい魅惑を持つてゐた。その「新鮮」さは却つてスターのそれには見難いが、女給仕や女中としての彼女等の一秒間の名もない演技に顕れてゐた。ドアから廊下へ消えて行く彼女のすがすがしい容姿は、それだけで私の覚えのアートペエパーの中に「魅惑」の一女性として残つてゐるのである。

エキストラガールは一の映画を刺繍する以外にも、効果を挙げてゐることを忘れてはならぬ。エキストラガールの選抜は最も重要な急所であり、その挿話的感銘は常に新しいフアンの心臓にほくろのやうに残つてゐる。四五年前に或競売台の上で女奴隷を売る場面を見たことがあつたが、その折の女奴隷に扮したエキストラガールは悉く乳房を露出し、有繋《さすが》に顔は見えぬやうに写されてゐた。自分は其時は何か知ら切なげな彼女等に同情した。人魚の真似をする場面には同情できないが、エキストラガールとしての最も苦痛以上な乳房の露出は、自分の最高級の徳にも影響をもたらしたことは事実であつた。

廿四　リア・デ・プテイ

　自分はキヤメラの中にひた押しに進む気持を感じる。あらゆる鋭角な、寸刻も惑はないキヤメラの中に犇犇《ひしひし》と抉り立てて行く気持の烈しさを感じる。自分はリア・デ・プテイの肉顔の中に白痴のやうな美しさを見た。彼女がアメリカ人でなかつた故かも知れない。「曲芸団」の親方に射竦められた時の肉顔の驚きの表情には、彼女自身もデユ・ポンも知らないでゐた「白痴」の美しさがあつた。処女の驚きは同時に「白痴」の驚きに外ならないものである。

　キヤメラマンの呼吸づかひ、速度以上の速度、すぐ消える音楽以上に迅い表情、捕捉しがたい夢、自分は自分の中にあるものと戦ひながら、「彼女」等を見、又経験するたびに殊にリア・デ・プテイの中にある「白痴」に喝采し拍手した。悪魔のごとく自分は喝采した。自分はカラマーゾフのミーチアの心理を一応経験した位だつた。

自分はあらゆる映画の好シーン、好き触覚に身を委ねるごとに、餓鬼のごとく正直に戦慄をし、又餓鬼のごとく貪り喰ふのが常であつた。同時にあらゆるファンの中にある「餓鬼の相」をも兼ねてゐた。リア・デ・プテイの表情にある「白痴」、それに相対ふ私自身の性情にある「白痴」、あらゆる女の所有《も》つものであり同時にあらゆる女の中に抹殺されようとしてゐる「白痴」、又あらゆるクララ・ボウ式女性の中にある「白痴的近代」、女が白痴の心性に陥没乃至その傾向をもつ時の魅惑、聡明と相隣り合ふ白痴の美しさ惑はしさは、不思議にリア・デ・プテイに対ふ私に快よき苦痛を与へたのである。

廿五　メイ・マツカヴオイの脂肪に就て

脂肪ある女の肉顔は大概の場合その色は白い。脂肪それ自身が皮膚に潤沢を与へ、顔の厚みと深みを組み立てるに力があるからである。勿論脂肪があつても色の黒い女はあるが、それは稀有のことで脂肪ある肉顔には快い微かな張のあるつやを持つてゐて、鼻なぞは寧ろなまなましい美しさに疼いてゐる。メイ・マッカヴォイの美はそれらの脂肪が適度に調和されてゐた。ウヰンダミヤ夫人としての彼女の容姿は、取りも直さず脂肪の音楽的交響を暗示するものであつた。ウヰンダミヤ夫人としての「脂肪」に品もあり或鋭い男を撥くものも同時に共有してゐた。ヴイルマ・バンキーの「脂肪」は彼女のそれよりも若いが、その「鼻」に働きかけてゐる微妙な美しい些細な脂肪の練り方は、その型のアメリカ風であるに拘らず、寧ろ英国風なスタイルに近い現代アメリカ型の絶頂を装ひ尽したものであり、メイ・マッカヴォイと双璧の「鼻」の美を所有してゐる。これらの比較ではペテイ・ブロンソンの子供らしい併し脂肪なき、かすかな貧弱な絶望的な「鼻」を思ひ併せる時、やはりウヰンダミヤ夫人として彼女は適当な配役的構図中の人物であらう。

映画中の女優の美は本来の肉顔の美に加へられた映画的人生の諸相からも、それからの境涯的美の変遷からも本物より以上に美しく吾吾の視神経を刺戟するのである。吾吾の萎びた紙屑的ロマンスが甦生するのも亦さういふ時である。画面に一肉顔としてのみ写るマッカヴォイの皮膚には、白粉をしのぐ脂肪のつやを自分等に感知せしめる。又彼女等の鼻のかげが頬の上にうつる或咄嗟の美しさは、その鼻を如実に写すところの脂肪それ自身の潤沢が左うさせることを見遁してはならない。我我が凡ゆる画面に立つ彼女等の二重美に刺戟されるのは、小説的女性美が人生の濾過的条件の下に説明される美であるやうに、映画的人生が溶解し又加へるところの彼女らの「二重美」であらう。エルンスト・ルビッチが彼女の中に高雅な脂肪を見遁さなかつたのは同時に彼自身の中にあるウヰンダミヤ夫人の空想を摂取したものに違ひなからう。ノーマ・タルマッヂは白い兎の図のやうな年増脂肪をもつてゐる。自分はポーリン・フレデリックに較べ年増の強烈さと反対の「静かな」脂肪を感じるのであるが、此二人の女性はアメリカの末期的脂肪を代表したものに外ならない。野卑と粗雑、チーズとベエコンの混血児であるクララ・ボウの肉顔には、脂肪の野蛮性、それ自身の活動や混乱、血液的モダンの初潮、同時に彼女の脂肪は月経と同様の働きを営むところのものであらう。彼女の脂肪がどういふ意味にもマッカヴオイのそれと同時代のものであることは考へられない。或はそこにクララ・ボウの立場があるとしなければならないが、ベエコン式脂肪はそれ自身破裂するか、若《も》しくは堕落するかの二つであらう。脂肪はそれ自身の静寂を営むことにより漸く「その人」をつくり上げてゆくからである。メイ・マッカヴオイの品と高雅、その輪廓正しく美しい鼻、それらに過度に行き亘つてゐるところの脂肪の微妙さは、同時に脂肪それ自身が営むところの美しさであらう。彼女やヴイルマ・バンキーの肉顔の輝く所

以のものは、自分の説く「脂肪」が第一義的女性美を輪廓づけ、肉づけることによ
り彼女らの美を釈く自説と一致するのである。

和歌

夜半の埃

窓

眼を病みてひねもす臥《こや》る我なれば自《おのづか》らにして眼閉ぢけり

夜半の埃

市中《まちなか》の夜半のほこりにうつしみの我はくらげを食ひにけるかも

湯鯉

伊豆のくに伊藤の港にじんならと言《い》へる魚ゐて熱き温泉《ゆ》に住む

故《ふる》葉《かしは》

夕餉前しまし読まなむ文ありて机によれば落着きにけり

乾干びし胡瓜の蔓に風立ちて裏山《やま》の明るみ目にしるきかな

葱畑の畦に溜りて降りやまぬ長雨《あめ》の光ぞ寒くなりけり

山家なる軒にうごかぬ白雲をまさしくは見る碓氷《うすひ》ねの上

雑草《あらくさ》の中の胡瓜のこぼれだね蔓引きければ胡瓜さがれり

荒松の音《と》にづる聴けば山中の道の途絶えつ帰り来にけり

古家の夜半の襖にかすかなる羽根搔きてゐるいなごを見たり

豆畑の豆の莢をばゆりゐしにつやつやし豆のまろび出にけり

庭

さ庭べにむら立つ竹のさむざむと光るを見れば月はありけり

屋根瓦

風落ちてしづくもあるか夕ばえの屋根の瓦にしまし残れり

どうだんの針なす枝を交しつる寒き庭面のみづたまり見ゆ

しぬ竹の庭べに坐り日のうつり冬めくとのみ我はおもはむ

ひもすがら文かく我は心尖り叫ばむとする憂ひなるらむ

吾が家の煤の垂れたる軒端には寒き風吹き止まざりにけり

微かなる夜半の遠啼く鶏《くだかけ》に耳かたむくる我とおもへや

玻璃戸越し黒き枝見ゆ斑ら葉となりつつ尖る枝見つ我は

真冬

うつしみの我のこもらふ北窓の氷はとけずかがよひにけり

銀座

埃立つ市のくらみにひとところ氷ひかりて更けにけるかも

立春

春されば丹の頰たたへつ古妻のその丹の頰はもにごりて居りけり

発句

少年発句集

ここに蒐めたるは概ね予が十六七歳のころより二十歳くらゐまでの詠草にして、そのころ投じたる加賀金沢の北国新聞より拾遺蒐集したるもののみ、その他多くあれど見るかげだになき句也、取すてて うらみなし。

丙寅正月八日

新年

雑煮

何の菜のつぼみなるらん雑煮汁

若菜

若菜籠ゆきしらじらと畳かな

左義長

くろこげの餅見失ふどんどかな

同じく

坂下の屋根明けてゆくどんどかな

買　初

買初めの紅鯛吊す炬燵かな

鍬　初

鍬はじめ椿を折てかへりけり

ゆずり葉

ゆずり葉の紅緒垂れし雪掻きにけり

若　水

若水やこぞの落葉の森閑と

お降り

お降りやおもとの雪の消ゆるほど

春

行　春

金魚売出でゝ春ゆく都かな

春の日

としよりの居眠りあさき春日かな

菜の花

からし菜の花はすこし哀しからん

つゝじ

曲水の噴水となるつゝじかな

春の霜

苗藁をほどく手荒れぬ別れ霜

うららか

うららかな砂中のぼうふ摘みにけり

涅槃会

おねはんの忘れ毬一つ日くれかな

帰る雁

屋根石の苔土掃くや帰る雁

森をぬく枯れし一木や囀りす

さへずり

春蟬や畑打ねむき午さがり

畑打

風のかげ夕方かけて読書かな

凧

同じく

凧の尾の色紙川に吹かれけり

つくし

瓦屑起せばほめく土筆かな

たんぽぽ

たんぽゝの灰あびしまま咲きにけり

同じく

行く春や蒲公英ひとり日に驕る

蕗の薹

日だまりの茶の木のしげり蕗の薹

夏

ひるがほ

昼顔や海水浴びに土手づたひ

芥子の花

しら芥子や施米の枡にほろと散る

花柘榴

塗り立てのペンキの塀や花ざくろ

鮓

鮓の石雨だれの穴あきにけり

避暑

避暑の宿うら戸に廻る波白し

蛍

竹の葉の昼の蛍を寂しめり

同じく

蛍くさき人の手をかぐ夕明り

秋

秋の水

秋水や蛇籠にふるふえびのひげ

冷か

ひやゝかや花屋掃く屑雨ざらし

冬近

固くなる目白の糞や冬近し

渡り鳥

茶どころの花つけにけり渡り鳥

落し水

田から田の段々水を落しけり

山茶花

庭石や山茶花こぼる冷かき

鬼　灯

ほゝづきや廓ちかき子の針子づれ

つゆくさ

露くさのしほれて久し虫の籠

栗

芝栗の芝もみいでて栗もなし

いなご

ちんば曳いて蝗は椽にのがれけり

冬

寒の水

寒の水寒餅ひたしたくはへぬ

氷

まんまるくなりたるまゝの氷なり

あられ

しんとする芝居さい中あられかな

同じく

水仙の芽の二三寸あられかな

しぐれ

鶏頭のくろずみて立つしぐれかな

雪

けぶり立つ雪ふり虫や雪ならん

冬の日

冬の日や餌にこぬ鯉の動かざる

霜

あさ霜の柳むし売呼びにけり

霜枯れ

霜枯れや時なしぐさのさゝみどり

冬がまへ

飛騨に向ふ檐みな深し冬がまへ

水　涕

水涕や仏具をみがくたなごころ

爐をひらく

柚のいろや日南いろづき爐をひらく

北窓閉す

豆柿の熟れる北窓とざしけり

榾

そのなかに芽を吹く榾《ほた》のまじりけり

焼　芋

焼芋の固きをつゝく火箸かな

さむさ

魚さげし女づれ見し寒さかな

干　菜

足袋と干菜とうつる障子かな

落　葉

坂下の屋根みな低き落葉かな

冬　木

目白籠吊せばしなる冬木かな

冬すみれ

石垣のあひまに冬のすみれかな

寒　菊

消炭に寒菊すこし枯れにけり

魚眠洞句集

軽井沢九月

青すゝき穂をぬく松のはやてかな

同じく

きりぎりすゆさまし冷えて枕もと

同じく

きりぎりす己が脛喰ふ夜寒かな

大宮

しくるゝや飴の匂へる宮の内

動坂

畳屋の薄刃をとげる夜寒かな

塀きはに萌黄のしるき小春かな

軽井沢

山ぜみの消えゆくところ幹白し

草　房

しの竹の夜さむに冴えて雨戸越し

草房十二月

障子張るやつや吹きいでし梅の枝

金　沢

西新井村平木二六の家

かげろふや手欄こぼれし橋ばかり

白鳥省吾を訪れて

青梅やとなりの松葉もさし交す

金沢四月尽

おそ春の雀のあたま焦げにけり

青梅や古下駄させる垣の枝

洞底別離

竹の子の皮むく我もしまらくぞ

（二年七月至三年七月）

人物と印象

徳田秋聲氏

雨戸を閉めても虫の音のするある晩、ホテルからの使だと言つて早寝の枕元に秋聲氏から手紙が来て、道が遠くなかつたら会ひたいとのことであつた。一度消息をした序でに涼しい山間に誘うて見たが、家族が海岸へ行つてゐるので行けないと言ふ返辞だつた。

自分は着換へを済すと懐中電燈を持つて、幾らか山のやうな位置にある自分の住居から、秋聲氏のゐられる万平ホテルへ出掛けた。旅行先で知友に会ふことは東京で話し合ふのと格別な懐しい気持になるものである。ホテルの入口で秋聲氏と順子さんとが歩いてゐるのに出会したが、秋聲氏はひどく疲れてゐる上、妙に落着かない風だつた。家族の心労で松本に一晩諏訪に二泊した帰途に立寄つたといふのだが、今夜ホテルで一泊したら直ぐ明朝発つと言ふのだつた。絶えず何か心に重りかかる憂慮で、明るい気持にならないらしかつた。自分は吉屋信子さんが来てゐることを言ひ、信子さんに電話をかけに順子さんが立つて行つた。信子さんが来てから少し賑やかになつたが、秋聲氏はここは落着かぬと言つて自分の居間へ自分等を案内した。自分はビールを飲みながらこの老大家の吃吃として話す声を耳に入れてゐた。その気難しげな様子は老大家以外のものではなかつた。

翌朝ホテルへ行くと食堂のレースの陰に順子さんと信子さんとが何か食べながら朝の食事の最中であつた。自分は秋聲氏の居間へはひらうとすると、秋聲氏はゐなくて上草履が居間に爪先を向けて、丁寧に取そろへられてあつた。見ると次の間に座布団を三枚並べ、その上に仰臥した秋聲氏はさも疲れた容子で、昏昏たる短い仮睡の夢を結んでゐた。縁側に明るい高原の日ざしがぎらついてゐたが、それにも拘らず老秋聲はうとうとと、しかし深い眠りから覚めさうもない様子だつた。自分はその居間を黙つて出て、先刻の食堂の前を通るとまだ彼女等は果物か何かを食べてゐた。

秋聲氏は女中が着物を畳んでゐたのを覚えてゐたが、自分には気付かなかつたらしかつた。そして秋聲氏の不機嫌はにつともしない渋面だつた。自分に対うてもやはり不機嫌な卒気ない調子であつた。自分も不機嫌な日を送つてゐるのだが、老秋聲の不機嫌は膠着し尽してゐるものらしかつた。自分は不機嫌も岩壁に近いのを見ると矢張り堂に入つてゐると思うた。自分は不機嫌であるための秋聲氏を心でにやりにやりと眺め入つてゐた。夏の間余り人に会はなかつた自分は、この老大家の不機嫌を備前焼か何かのやうな気持で見てゐた。どの程度までその不機嫌が嵩じても自分には応へなかつた。其度毎に自分は海千山千年の老大家の形相をその不機嫌の中から感じた。

婦人達は町を見物することや散歩することとやを奨めたが、秋聲氏はそれに一々反対をした。どれにも気が向かないらしく、依然何か一つ事に考へ耽つてゐるらしかつた。漸《やつ》と何か朝の軽い食事を済すと少し笑ひ出した。と言うより硬張つた顔が和らかくなつた程度である。自分は滅多に人を訪ねたことのないのも、他人の不機嫌を反射される苦痛を考へるからだつたが、不思議に秋聲氏にはそれを感じなかつた。婦人達がそれを建て直さうとする努力を見てゐるのが、むしろ気の毒だつた位である。

自分の国からの出身者はその文学的首途《かどで》の門を秋聲氏に出入してゐる者が多い。しかし自分は詩作人であつた為に秋聲氏を訪ねることがなかつた。秋聲氏は記憶されてゐるかどうかは知らないが、十三年前に自分に安野と言ふ友人がゐた。彼は秋聲氏を折折訪ねてその当時既に大家であつた秋聲氏の生活を自分によく報告してくれた。友人の言ふには秋聲氏はいつも書くに疲れてゐることなどを伝へたが、それから十三年の役にもなほ依然たる老大家であり書くに疲れてゐる筈の秋聲氏は、その以後に本来の諸作品を公にしたと言つてよい。十三年前に秋聲氏は今の自分ぐらゐの年齢であつたらう。そして今の僕の如き疲弊した凡下の作家ではなかつた。それにも拘らず秋聲氏は光彩なる人気の間に立ち、壮烈な戦ひをさへしてゐる。

寧ろ秋聲氏は、その老来に及んで、本物になり逞しくも勇敢になつてゐる。以前に自分は石の粉を吹く石工の丹念さをもつて比較したことがあるが、今もなほ秋聲氏は依然として石の粉を吹くつくばひ作りの工人であることに渝《かは》りはない。老眼鏡をかけ短か日の机に向うた彼は、その当時も指摘したやうに骨だらけになつても書き続けるであらう。壮烈と言ふこともこの「骨だらけ」の秋聲氏を外にした言葉ではない。彼は老将軍の如く城砦の中に皺枯れた声量と十三年来の戦法の奥義をもつてゐる。

秋聲氏は最後まで町やプールの見物を頑固に拒んだが、順子さんと信子さんとは出発前の一時間を停車場への途中、町家プールを見物するために出掛けた。「君は行かんのですか。」秋聲氏は僕も婦人達と出掛けるものと思つてゐたらしかつた。僕は頭を振つて見せた。出発の時間が迫り荷物の支度などもあつたが、さういふ事に気の付く方の自分は反って傍からつべこべいふ面倒を想像して黙つてゐた。しかし秋聲氏は時間が切迫しても物憂さうに依然として坐つてゐた。自分は支度したらどうですかと言ふと、まだ早いだらうと秋聲氏らしい、痾のある声で答へ、もぞくぞして居られた。白分はその物憂い何も面白くなささうな容子を、自分の五十の年輩に想ひ描いて見て、決して人事でないやうに思はれた。

停車場への途中故意と自動車を西洋別荘の小径にとり、町家を迂回して、町を見物せぬこの頑固な半翁に少しの説明を試みたが、秋聲氏は子供のやうに別荘地や町の様子を眺めてゐた。さうしてある西洋人の表札の名前を木陰に透して読んで、

「あれは君スペイン人の名前だね。」と言ふのだつた。

自分は今朝から変に不機嫌だつた自分自身に対うて、この瞬間から少しづつ気持のほぐれる事を感じた。成程この半翁は子供らしい気持をもつてゐると思うた。今は夏の中程だのに秋聲氏は冬帽をかむり、その鍔の一端が空に向け撥ねてゐるやうな冠り方をしてゐるのも、秋聲氏らしいある気性を見せてゐた。

自分は秋聲氏の気質の中にある一徹な頑固さが、北国人の持つ特質や頑固さであり、内側から溶けねば外側から解けることのないことを知つてゐた。この気質は自分も血統的に持合してゐるものらしいが、しかも秋聲氏は永年の文学的試練から積

まれた特異な気質も加へられてゐる。寧ろ自分は機嫌のよい秋聲氏を見るよりも、忌忌しげな不機嫌なこの人を見た方がよいと思ふのだつた。座布団の上に長長と朝の仮睡をしてゐた秋聲氏は、文字通り自分には昏昏として見え、永く忘られない記憶になつて残るだらう。

停車場に先着してゐた二人の婦人は、人込の中にも際立つて見えた。そして暑い日中を帰らねばならぬと言ひ出した秋聲氏をいとしく思ふのだつた。

正宗白鳥氏

自分は未だ正宗白鳥氏には四五度位しか会はない。それも自分から訪ねた訳ではなく旅行先で偶然に邂逅したに過ぎないのである。しかも自分の受けた印象は可成りに鮮かであると云つてよい。

自分は対等以上の人物には腑に落ちぬ話をその儘に打捨てる気はない。解るまで聞く気持でゐる。も一つ対等以上の人物には安心をもつて話しすることができ、心を落着けることが出来るやうである。正宗さんは素気ない質の人ではあらうが、素気なさの中に真実のこもつてゐないことはない。自分は正宗さんの話術の中にいつも漂うてゐる一脈の昂奮を覗き見て、却て自分の如き芸術に処するに冷然たるの輩よりも、迥《はる》かに熱情家であることを感じてゐる。いつも老書生の如き気概が欝然として面を圧してゐる。

　話術に少しも躊躇《ためら》つたところがなく、しかも聞き手には退屈を与へないのも素気ない人物のみが持つ徳の一つであらう。素気ない人物といふものは何か滑稽なものである。素気なさは荒い気質の人には尠いものらしく、正宗氏の気質も可成りに細かいらしく思はれるやうである。その文芸に親しまれるのも、それさへあれば、誰にも会はなくとも孤独でゐられる為であらう。その少しも弛みのない顔が一度笑ひかけると全《まる》で童顔の相貌になる。その童顔の中には冷やかな或にがりの表情が一筋鮮かに走つてゐる。古い能面に浸透したにがりに能く肖《に》てゐる。倭小でかつちりした肢質とそれらの面貌の好印象は、何よりも対手に微笑を用意させる程度の心安さを与へるのも、例の厳粛なる滑稽が風格に備つてゐる為であらう。

　自分は或日、未だ幼い女の子供を連れて散歩してゐて、正宗氏に会ひ喫茶店に這入つたが、正宗氏は最後まで子供へは一言の愛想も言はれなかつた。別れ際に微かに笑つて左様ならを交されただけであつた。自分にはその左様ならが頭に残つた。家へ帰ると子供は今日会うた伯父さんは自分に何も言はなかつたとふしぎさうに云つた。それは彼女に取つて不思議な無愛想だつたに違ひなかつた。そして彼女はさういふ伯父さんを物珍しく時時話し出し、今度会うたら何か言はれるだらうかなどと云ふのだつた。後に正宗氏は自分の子供のことに就て夫人に話されたさうだつたが、さういふ無愛想の中にも見ることは見てゐる人だつた。

正宗氏は活動や芝居や読書もされる勤勉家であると同様、文芸以外の人にも或興趣の眼を以て見てゐる人である。旅行先で自分なぞ見に行かない人形芝居なぞも見に行く人である。自分の鏡を疑ふことはないが何者をも先づ自分の鏡に映して見て、徐に何か言ふ人であらう。読書や芝居や活動をも見遁さないのは、何かあるか知らといふ田舎者のやうな気質の物珍しさを多分に持つてゐるからであらう。

高村光太郎氏

晩春のある日、萩原君と話にあきた後に、久しぶりで高村光太郎を訪ねようではないかといふ話になり、駒込の高村君のアトリエを敲いた。全く四五年振りであるといつてよい。

アトリエの入口には白い茨が青青と絡みついて、何となくアトリエも古びを帯びてゐて好ましかつた。高村君は相かはらず趣味の蒐集物の間に椅子を置いて話し出したが、口髭の間は白く染つて見える程、白髪が交つてゐて中々いいなと思うた。高村君とは十年くらゐの規則正しい手紙の交際を続けて来たが、別に高村君が陋居へ出向いてくることも無ければ、また出不精な私は三年に一度ぐらゐしか尋ねない。折折の手紙を通じての尋常一様の交際であつた。それでゐて時時妙な親密を感じることは、友人の尠い私であるから、さう感じるのであらう。

高村君は十年前に私と萩原とが出してゐた雑誌「感情」の誌代ををさめてゐてくれた人であつた。そのころの高村君は今よりも最つと表面に立つてゐて、青年の間に人気があつた。

あるひは自分もその人気に投じてゐた一人かも知れないが、爾来十年の私の頭にある長身高村光太郎は、そのさきよりも一層奥床しい人物であつた。裏側へのびてゆく奥の深い人である。小説を書いてゐたら別の意味の志賀君のやうな人になつてゐたらう。物を研め考へることは当今の文人の比ではない。話をしてゐても気取らず平明で、それでゐてある程度まで他人を容れない冴えをもつてゐる。曾て瀧田哲太郎氏が晩年に切抜帖を見せて、高村君が読売新聞に書かれた木版についての一文を私に賞揚したことがあつた。恐らく彼の文章を切抜帖にをさめてゐた一人は、あるひは天下の瀧田氏一人であつたかも知れない——。

今、話を交へてゐる高村君は、アトリエの古くなりさびのつくのと一緒に、少しの白髪を雑《まじ》へ、よい詩人の風貌を帯びてゐる。表面に立つことを避けた人に有りがちなひがみなぞなく、今目薬を点じたやうなすつきりと美しい眼をしてゐる。どこへ出しても一流である。自分は斯様な人を尊敬せずに居られない性分だ。世上に騒がれてゐるやうな人物が何だ。吃吃としてアトリエの中にこもり、青年の峠を通り抜けてゐる彼は全く羨ましいくらゐの出来であつた。

去夏細川候の観能の席上で、高村君が長髯童顔の父君と共に、袴を穿いて坐つてゐるのを見たが、全くよい息子の感じでちやんと板についてゐる趣を感じた。自分はその快い品のある父子を一幅の間に眺めたときも羨ましかつた。かれらは静かに夕食をとり、徐ろにささやき合うてゐるのをこの上なく美しく思うた。

自分は彫刻のことは解らない、しかし高村君の人がらが解り、詩が解り、彼の持してゐる平明さが解るだけで沢山だと思うてゐる。

「かうして高村君を君と訪ねてかへると一寸若くなつたやうな気がするね。」

自分は萩原にさう話しかけたが、萩原も笑ひながら、いろいろな意味でねと言つた。それからもう二年になるがまだ合はない。会ひたいと思うてゐる。

白鳥省吾氏

昔、白鳥省吾の故郷は伊達政宗の領地であつた。自分は伊達政宗といふ人物の文献に接したのは、纔《わず》かに幸田露伴の史実の文章だけである。伊達政宗も一と通りの野性の輩ではなく、徳川をして窺かに杞憂を懐かしむるものを有つてゐた。併乍ら吾が白鳥省吾は伊達政宗の後裔でもなければ系統を引いてゐる訳ではない、――昔を今に還して見るならば白鳥省吾も伊達の一家臣、千石ぐらゐの家禄を領してゐる頑固一徹の武士であつたらう。今で云へば彼に取つて朝飯前ぐらゐにしか思はれない早稲田大学の教授の程度であらう。彼が官途に近い縁を求めずして一市井の詩人として暮してゐることを思へば、何人も彼の性根が野にある人で、窺かに覇気を抱いてゐることに心づくであらう。覇気といふものは石炭箱を叩くことではない、彼の如く心からそれを抱くものにのみ燦として光を放つてゐるものである。

白鳥省吾は人気や流行を知らない。穏健ではあるが意地張りである。謙遜ではあるが卑屈な男ではない。――彼が大島か何かを着て悠然と坐つてゐるところは、大家の外のものではない。年来日夏耿之介との応酬には彼は彼らしい物静かな警部のやうな物言ひを続けてゐるのに、日夏耿之介は文芸講座の中にまで白鳥に当つてゐるのは、心ある者をして顰蹙せしめたことは実際である。自分は野の人、白鳥省吾のためには何時でも筆硯を持つて彼とともに行を同じうするものである。これは芸術上のことよりも寧ろ彼と趣味其他の何者も一致しないに拘らぬ友誼に外ならぬ。純真の人間に心を合すことは年来の自分の希望でもあつた。又、自分はあらゆる友誼のために戦ふことを辞さない。友誼に殉ずることを以て名誉とするものは、恐らく時代遅れの人間であるだらう。

白鳥省吾は野暮で、くそ真面目である。彼のごとくくそ真面目な人間はすくない。しかも其真面目は又何人をも持合さないところの真摯である。彼が農民文学のやうな提唱を敢て辞さない所以は、福士幸次郎の地方主義の主張と同様に又認めなければならぬ。彼がいい加減な人物ならば疾くに今の時代に合ふやうな芭蕉論でも書いてゐたらう。しかし吾が白鳥省吾はそんな薄情者ではない。十年一日のごとく、、そ真面目な白鳥省吾である。

自分は民衆派といふものに不尠軽蔑の念を感じてゐる。併し白鳥とそれは関係のないことである。もう一度云へば彼の詩は自分の好みの外のものである。彼と人生を談じるとき自ら民衆派にも苔が生えたと思ふ事さへある。さういふ意味で民衆派と彼とを引離すことができないかも知れない。彼の毒舌を聴聞するとき自分は白鳥省吾を愛するが恰も福士幸次郎を尊敬すると同様の愛情である。今の詩壇で大家の風格をもつてゐるものを数へるなれば多士済済であるが、吾が白鳥省吾のごとき己にも他人へも清節を持つてゐるものは極めて稀である。

佐藤春夫氏と谷崎潤一郎氏

自分の作家生活は六七年に過ぎないけれど、作を求められるときは何時も編輯者の心を読者の代表的なるものとまで言はないまでも、それらの整然たる気もちを感じるのであつた。第一に自分の作を求める下地の心に向ふとき、その人の心の向きを自分は鋭敏に感じるのであつた。瀧田氏はいつだつたか一度、自分の作の内容の陰惨を指摘してかういふものはどうかと言つたが、これも自分のものだと言つて無理に通さうとした。そのとき瀧田氏は不愉快な顔をした。自分も同様の表情をしたが、しかしそれは瀧田氏の言ふところが当つてゐたので、自分は数日の後に原稿を返して貰ひ、破いてしまつた。自分は当然自分の作の傾向が次第に自分の本道でないことを知つたのである。自分に好意をもつ人に作を求められることは、どうしてもよい物を書くやうになることである。作を求める人に徳があるとき、作者もその徳に酬いなければならぬ。この二つの心は作者と作を求める人の間に、いつも語るに言葉なくして行はれる徳ではないか?——

此間「大調和」の会で佐藤君が演説をしたが、その下地の心に自分は感激した。彼と平常話してゐるよりも、演説を聞くと一そう彼を解することが、できるのであつた。自分の小説を書き出したころは彼はもう年少で一家を為してゐた。いつか谷崎君も同席してゐた彼の書斎で、未だ二三の作を公けにした自分の前で、谷崎氏はこんなことを言つた。

「いや室生犀星は一杯の紅茶のごときものだよ。」

すると佐藤君は、

「いや寧ろココアぢゃないか？――」

と言ふ意味のことを言つた。自分は当時大名を馳せた谷崎君の言葉が一寸頭に残り、なるほど彼から見れば一杯の紅茶かなと思うた。唯これだけの言葉であつたが、少年の時分から谷崎氏を愛読してゐた自分は愉快に快い印象を受けた。

ともあれ残念乍ら年少である佐藤君は、一家の風格を持つてゐた。彼の話は聯絡を持つてゐるにくらべ、自分は断片的なことしか言へないところがあつた。彼は渾然たるものよりも半端ものを好み、自分はその反対であつた。彼はいつか自分に放浪者の魂を失ひかけてゐるといふ意味のことを言ひ、もう些かの非難を交へたやうな調子で云つたことがあつた。その時自分はそれをよしとしてゐた。佐藤君は相当余裕はありながらもその漂白の魂も少しは有つてゐる。

此間一年振りで会つた時は、どうも物忘れしてると頻りに言つてゐたが、茫茫とした顔付でゐながら演説は透明だつた。彼はボケたやうな顔をしながら、心に一滴の清水の新鮮をたたへてゐるやうな人であつた。彼の老いざることは、この一滴の何ものかの為であると言つてよい。

宮地嘉六氏

宮地君は見たとほりの宮地君であるかも知れません。謙抑な調子で対手をその謙抑一本調子で圧倒してしまふ宮地君かも知れないのです。あのやうな謙抑の情といふものは、僕には変態的な程にまで影響して来て、或る時は憂鬱にさへなる時が多いのです。つまり対手なぞの意志を認めない程度で謙抑であることは、それ自体で圧迫されることが多く、その圧迫的なるものを次ぎの瞬間でまた円め込まれてしまふのです。それ故宮地嘉六君のこれらの情念の発する時には、暫らく感情的な偽瞞を経験するやうな苦痛な状態に置かれることがあり、此恐るべき謙抑な彼の戦術を飛び越えることは何人もできない困難なことかも知れません。それは勿論宮地君の戦術でないことは解つてゐますが、自分にはやはり戦術としか見えないのです。実に戦慄すべき又人人から愛敬されるところの、彼、宮地嘉六君のものの中で一番自分の参つてゐるものであります。

最近銀座の通りで二度ばかり偶然に宮地君に会ひ、一度は散歩だけで別れ、二度目は茶を喫んで別れました。その折宮地君は家庭の事や、過去の事件的なことを話して呉れ、自分の考へてゐた女人の数がたつた二人きりであつたこと、孰れも宮地君の夫人だつたことを知り、小説で読み想像してゐた自分の数の謬りであることを知つたのです。自分のやうな考へを持つてゐる人は多いかも知れないが、自分の考への刺し貫くところでは、多くは宮地君が不幸な位置にあることを、それらの不幸自身も或は宮地氏自身の気質的宿命であることをも思はずに居られなかつたのです。徹底的に正直な気質にある純東洋風な義理人情の踏襲者である此人の過去には、搗《か》てて加へるところの苦労性があるため、それらの複雑な気質的な調和がいつも女人との間に介在してゐるのが当然かも知れません。宮地君は細かい口やかましい家庭の王者でもあることは、僕自身の小言幸兵衛である所以のものと何等渝《かは》るところが無いと思ひます。しかも僕はまだ宮地君の書斎を見たことが無いのです。何故か僕が訪ねようといふと、気欝な顔付でそれを好まないやうなところも無いでもありません。僕の家に見えたことも数へる位しか無く、坐ると直ぐに帰りさうにそはそはとしてゐますが、平常そはそはしてゐる人物が或特種な時間的に落着くときは落着くことを見越してゐる自分には、此人の落着いてゐる時を想像することができるのです。

最近銀座で会つたことを先刻話したのですが、その一度目にはどうしてもカフエへ這入らうとせずに、その事を最後まで固守して居られたが、僕には不思議な剛情だと思はれたのです。背丈の高い堂堂たる六尺近い風貌の中には、一緒に大通りを歩いてゐても僕のごとき倭漢と違ひ、何か頼母しい偉丈夫さを感じることが多いのです。何時でも機嫌のよささうな笑ひを含んで、昂然と上向き加減に歩いてゐる宮地君には、人生に憂ふることも無いやうに見えますが、その堂堂たる風貌には平常も何か一人で散歩してゐる時の淋しい感じを持つて居られるやうです。僕とはちがつて家庭の人達とも相伴れて夕食をたべに出掛けることのある人は、質には善良と正直さを豊富に持つて居られることが解るのです。その善良と正直さには何らの鋭い思想的なものの片影だに見せないでゐるところも、苦労人であるためのさういふ気質的な人がらがさう見せてゐるのかも知れません。

では僕に何故宮地嘉六氏に親しみを感じるのか、――さういふ問題は僕にも鳥渡分り兼ねるのです。宮地君の文人風な好みや慎しみの中にも、また窃かに水墨を擬して永日閑を楽しむの境涯にしても、僕の俗流的な心には大して影響してゐないのです。話しよいために話をする楽な友人といふことも、僕には大して問題にはなつてゐません。宮地嘉六といふ人がらの中に僕自身がどういふ調和を齅ぎ出さうとしてゐるかも、同じく問題にはなつてゐないのです。唯一つ問題なるものは「累」を書いた宮地嘉六氏が其作者として僕を彼の中に惹き付けてゐることです。僕の友人同士を繋ぎ得るものの中には、その人の仕事の或ものが影響して来ないかぎり、もう友人といふものの範疇を作る必要は見ないのです。絶対に作を徹し合つた友人以外に友誼は成立しない今の僕には、あの人の書いた、あの人の生涯の秀作だつた「累」が僕に結び付き呼び合うてゐることは当然なことであります。忽ち宮地嘉六君と親しく口を聞き合うたのは、僕の書いた「累」の批評がその機縁であり、その「累」を間に入れた僕らの友人的なかういふ相互批評を物色し問題化せられるところの間柄になつたのに違ひありません。

此間宮地君と話し合ふ時に、哀愁のない文学は文学ではないと、宮地君は僕に言はれました。平凡であるが僕には十分にいい言葉だと思うたのです。宮地君は時時批判的な秀でた座談をされ、余程評論家風な傾きと見識を持つてゐる人だと思ひました。彼はよく理解のある気持で今の文壇の何人をも受け容れ、それに対抗する時も天与の素直さを持つて向つてゐるやうです。あの人が怒りあの人が叫びあの人が戦ひを挑み、あの人が躍り出すことは鳥渡想像されないことです。併しあの人が割れ出しあの人が動きあの人が深くなり、あの人が何か書き出すことは予期されるのです。この儘ではいけないといふのがあの人の常にいふ言葉です。そして誰も皆そのやうに一応感奮して見るやうな言葉ですが、実際あの人はあのままではいけないかも知れません。「累」の後の宮地君はまだ何もしてゐないのです。あの人はあの人の質だけの一杯でまだ打つかることを考へてゐる人です。あの人の健康と骨格、堂堂たる風貌、そして自分でさへ抑制できない苛苛した何かしようと志す一面、何か仕ようとしながら生れつきから詩人でない一面、詩人であつたら胡魔化しの利く一面すらもないあの人は、いつも余りに正面的な、ゆとりのない人生に向き合うてゐるのです。才人でなく鈍重でもない宮地氏は、世の常人である考へを文学者であるための誇張を強調せずに、そのあるままの力で通して来たひとであり、これからもそれによつて進む人に違ひありません。

宮地氏に望むものは今少しく詩人風な、眼目による彼の世界の豊かさ広さ細さを望みたいのです。叙情はあり叙情の本体をかつちりと鍔元で受けてゐる人ではあるが、それをじりじりと対手へ押し戻すために耐へるところの、詩人的なものの本体をもう一度自分は見たいのです。彼は小説を書くだけの小説家でありましたといふことは、誠に電信棒を見上るやうな空虚なことに違ひないのです。又さういふ小説家程落莫とした感じをさせるものはありません。小説家は凡ゆる文芸の作家を表面的に代表したものであつたとしたら、彼は一ト通りの分野的作品への統一した彼自身の考へを持たなければならないのです。只何事も佗しい人生の記述者でのみあつたところの、いつも「灰色の机」を磨く宮地嘉六氏にも詩人風なものの幾面かがあれば、宮地氏の見るからに固さうなものが柔げられはしないかと思ふのです。

加能作次郎氏

大正文壇と云つても自分のことしか書けない。――しかも私自身の大正文壇は大正七年ころから始つてゐるのだから、それ以前のことは知らない。書き出すと多分小説的になるがそれでも想ひ出話であるから却て興味が深からうと思ふ。

大正六年の春だつたかに自分は当時「新潮」にゐた水守亀之助君あてに「海の散文詩」といふ十七枚の散文を頼まれないのに送つて「新潮」に載せて貰ふやうに手紙を添へて出したが、一週間ほど後に水守君から原稿を返送して来てどうも長くてこまると云ふ返辞であつた。自分は試作的に散文を書いた折であるから失望も大きかつた。なぜ自分は水守君に文章を送つたかと云へば、「新潮」の前に同君は中央文学の編輯をしてゐて、自分に詩の原稿を依頼されたから、その好意を自分は最う一度水守君に求めた訳であつた。自分は返された原稿を味気ない気持ちで眺めてゐたが、それは其儘本箱にしまひ込んで置いて、別の原稿を書きはじめたのである。「抒情詩時代」といふ変な題の小説と散文との中間的な小説だつた。今度も性懲もなく文章世界の加能作次郎氏へ送つて置き、一週間程して訪ね、恐る恐る先日の原稿はどうでせうとたづねた。あれは仲仲面白いので印刷に廻してある。小説としては疑問はあるが、散文として面白いものだと云つてくれたので、自分は内内興奮をしていい按配だと思うた。当時詩人といふ埒もない美名の下に逆境を嘆いてゐた自分は、加能氏の夢にも想像しないやうな心嬉しさに雀躍したくらゐであつた。さういふことが動機になり元気づいて自分は文章をかき始めたのであつた。加能氏があの時に断つてしまへば或は自分は余程平《へた》ばつたかも知れない。或は断られてゐたら最つと勉強したかも知れない。――ともあれ自分は今日はどうやら原稿に禄を食んで暮してゐる。そのためにも加能氏のあの時の温藉寛容を諒とせずに居られない自分は、人にも自分にも恩愛の道を守ることを喜ぶものである。恩愛の記述は感情的であるから人間は一定の年齢と地に達すると、何かさういふ感情を厭ふやうな気になるものであるが、自分は反対に強調したい願ひを有つてゐる。さういふことで人間が低められたりすることは無いからだ。

自分は中央公論に書くやうになつてから、水守氏が、自分の原稿を断られたことの正当を感じた。ああいふ粗雑な原稿をあの時に水守君から返されなかつたら、自分は安住をして碌なものしか書けなかつたであらう。詩の原稿をわざわざ求めてくれた水守君も、あの散文をつくづく読み眺めて、「これはどうも……」と思つたのは当り前の事であつた。その後水守君は茅屋を訪ねられ「新潮」への小説を依頼しに来られたが、自分は昔話のやうにこの話をしたかつたのだが、機会が無くて云へないで終つた。断る人にも断られた方でも、いまになると何と快い笑ひ話になつたことか？――

岸田劉生氏と佐藤惣之助氏

岸田劉生氏に初めて詩集「高麗の花」の装幀をして貰うて、その装画が自分の気もちに快い調和を与へてくれたのに尠からず喜びを感じた。童子が一枝の花を持つてゐる傍に、秋の果実の一鉢のある画趣であつた。自分は本が出来上ると新潮社に行きその原画を譲り受け、扉絵の花一輪を茶掛けに仕立てて、当時大学を出た高柳君に祝ひの意味で贈つた。「魚眠洞随筆」の装幀も劉生氏に工風して貰つたが、これも亦秀れた佳い出来であつた。自分は彼の画に派手な冴えを見遁さなかつたが、その派手な中に平常も一脈の憂鬱が罩《こ》められてあつた。自分の著書は平常も自分の気質に従うてじみな内容を盛つてゐるので、却て劉生氏の明快が内容を包んでくれるのに適当であつた。

その内、劉生氏は「童子愛魚之図」を送つて来てくれたので、自分はそれを表装して部屋にかけて置いて珍重した。魚を眺める童女の顔も、魚の泳ぐ有さまを写した鉢の姿もよかつた。芥川君がこの絵を見てから後に、魚の泳ぐ鉢のまはりに擬宝珠が生えてゐるやうな気がすると言つてゐた。私もさういふ蒼生の草を見るやうな気がしてゐた。自分はこの愛魚之図以後劉生氏を好くこと烈しかつた。画会に入会して二三友を語うたのも、自分の好愛からであつた。

自分は彼の芸術を云々するものではない。彼が自分に与へてゐる心を説けばいいのである。「歳寒三友」を入手したのは去年の春であつた。松竹梅の三樹交契の下に、三友の童子が点心菜果を前に置いて語る画面であつた。自分はこの絵の中にやはり派手と明快とを感じたにも拘らず、小さい寂漠の虫の這ふのを感じたのであつた。出来から云へば「愛魚之図」は最つと寂漠の情に富んでゐたらう。加之《しかのみならず》「歳寒三友」の明快は歳寒き二月の明快であつた。二月といふものを掘つて行くと「歳寒三友」の心が土の中にある、……自分の思索はかういふ風雅を踏まねばならない心であつた。

自分の劉生を見るのは、単に斯様に狭い見解であり劉生氏に取つて迷惑の事であるかも知れない。しかも自分は大方の批評が作者に迷惑の外の何者でないことを知つているものである。自分は「冬瓜の図」を見て厨房の夕を啼くこほろぎを感じたのも、また劉生氏の迷惑とするところかも知れぬ。併し自分はこほろぎの這ふことを以て喜びを感じたものである。

芸術は穏かさ静かさの外に、喜びを持ち運んでくれるものでなければならぬ。喜びのない芸術、喜びをささやかぬ芸術は自分の心の外のものである。彼が好んで描くところの果実の諸相は何時も子供らしい喜びをもつて素直に描かれてある。彼の蓮根と蕪の図には此喜びが邪気なく漂ひ賑うてゐる。これ等の大根蕪に眼を向けるのは、単なる彼が奇嬌のわざを衒ふためではない。彼のあはれを感じるのはそれらの疎菜の寂しさ豊かさであつたであらう。

劉生氏と初めて会つたのは去年の冬、詩を書く人人の或会合の席であつた。酒客である彼は市井の一画人としての悌を持つてゐるに拘らず、又隠栖の人たる風格を窺はせた。席に佐藤惣之助君が居合せ、彼の近業「酒はまだある」の随筆集を私は批評して一種の酒落本のおもかげのあることを話しすると、佐藤君はその酒落本の批評を劉生氏に伝へた。その時、劉生氏は酒落文と雖も一朝にして書けるものでない、単に酒落文として閑却してはならぬ意味を酔後であるとは言へ、佐藤君のために弁じたのである。

　その会合は殆ど岸田氏と初対面の人人が多かつた。交誼五年に亘る私でさへも初対面であつた。さういふ席上で古い友である佐藤のために弁じたことは、私に直ちに友情の根ざすところ深きを感じさせた。酒席であるに拘らず言葉を更めた彼の卒直さに自分は友情の美しさを感じた。しかし自分はその酒落本である所以を説明しなかつたが、端なく友情の何物かを感じた私は、劉生氏の第一印象に成果の暖かさを感じたのである。

　佐藤の「酒はまだある」の文章の姿の中に、意気や粋や洒落気が多かつた。無双な厳粛や、蒼古の感情にのみ心を走らせてゐる私には、彼の随筆にたるみを感じてならなかつた。佐藤といふ人がらはむきにならずに直ぐに悲しく外方を向いて、俗事焦慮の事件の埒外を行く人である。

　佐藤の随筆を方今の文壇にたづねて見れば、誠に特異な、珍らしい新姿を有つてゐると言つてよい。鏡花先生以外になほ惣之助があることを知ることは、私には楽しい心丈夫な友誼を感じるものである。彼は流行児でも時めいた随筆家でもない。しかし左ういふ地味な彼がひそかに稀らしい文章を抱いてゐるといふことは、世人の注意を惹かない程度のものであるとしたら、これほど私に楽しいことは無いのである。併し佐藤は或は別な考へを有つてゐるかも知れない。最つと表面に出なければならぬと思うてゐるかも知れぬ。私の信ずる佐藤惣之助氏はさういふことに頓着のない邪気ない魂を有つてゐるやうに思ふのである。彼は彼らしい無頓着さで珠を抱いてゐるのだ。「酒はまだある」は岸田氏が言ふやうに一がいに洒落本ではない。洒落本だと言つた私は私にそれが無かつた故、稀らしいものだつた為に左う言つたのであらう。岸田氏が彼のために弁じた所以のものは、彼の随筆を批評する時の唯一の真実でなければならぬ。しかもそれが単なる友情ばかりではなく、佐藤惣之助が一朝にして出来上つたものでなく、永年の心の鍛へが今やうやく彼の文章の上に艶を拭き込んで来たのである。

澄江堂雑記

芥川龍之介氏の人と作

一　彼、人

芥川龍之介か佐藤春夫の孰方かの砕けた評論めいた人物印象を大部のものに書いて貰へないだらうか、左ういふ中村武羅夫氏からの依頼を聞いて、自分は佐藤春夫は万年青年であるし今鳥渡《ちよつと》書く気がしないし適当とは思へない。芥川龍之介はまだ料理したことのない鯱のやうなもので、自分の俎に乗るかどうかは疑はしい。自分はむしろ秋聲先生に俎の上に乗つて戴かうと思ふのであるが、中村武羅夫は是非芥川龍之介論の方をと言ひ、自分もその気になり引受けたのである。

一体芥川龍之介論とは何の事だらう。自分は不意に演説を指摘されたやうにまごつく、――芥川龍之介といふ小説家を君は知つているかね、田端にゐるんだが会つたら面白いかも知れんよ、左う云うたのは今から十年前の萩原朔太郎であつた。此間詩集を送つたら手紙を呉れたが今度帰京したら会つて見たらどうかと、彼の故郷前橋で私の最も親懇な萩原の口から、印刷にならない芥川龍之介といふ名前を初めて聞いたのである。併し私は彼の前に当時の意気軒昂の概を示し鳥渡胸を反らし乍ら云つたものであつた。「小説家に態態こちらから訪ねて行くのも不見識ではないか、我我は左ういふことまでして交際をする必要がない。」萩原は当時既に谷崎潤一郎を知つてゐたし、何かの紛れにも能く此谷崎潤一郎といふ拓本のやうな名前の感じを、私の前に話してゐた矢先で少少私は胸くそもので小癪に障つてゐた。私はといへば交友に有名な男がなく其意味で萩原は既に一家の交詢的な周囲を有つて些か私に当つたものであつた。「一体小説家といふものは気に食はん」私はともすると議論めいて来る彼の鋒先を避け乍ら、小説家といふものを目の敵にしてゐたので、芥川龍之介なぞに会ふもんかと思ふのであつた。

自分が初めて芥川に会つたのは日夏耿之介の詩集の出版記念会であつた。円卓の向うに自分は紹介された芥川の顔を見ると、直ぐ此種の端正な顔貌に好意よりむしろ容貌自身から来る引身を、逆に何か苦手な気の合はない人間のやうな気がした。が、其帰り途に一緒に歩き乍ら色色の話をすると、楽な親しみ易い打解けたところのある、寧ろ砕けた人のやうに思はれた。その翌翌日だつたか彼の書斎を背景にしてゐる彼を見て、処狭いまでの書物の埋積や談論の自在な彼を打眺めて、戯談まじりの話をしながらも却て帰途にはそれにも拘らずひどく陰鬱な気持であつた。今から思ふと自分は彼に抵抗する精神的武器がなかつたらしく、それが自分にあれば彼に陰鬱に考へ込まなかつたであらう。何を言つても自分はまだ市井破垣を結ぶの一詩人であつた。しかも一詩人の威力を打通すだけのものが自分の胴中を貫いてゐなかつた。それに幸か不幸か芥川は余りにらくに自分の前であけすけに話してくれたのが、一際自分を陰気にしたのだらうと思うてゐる。人間は時に屢屢自分以下のものには楽に砕けることを愉快に念ふものだが、彼の砕け方はその気持の上で種類が違つてゐるやうだつた。対手を窮屈がらせない一種の座談に慣れることに拠つて、為されたそれのやうにも思はれた。当時の世間知らずであり文壇めくらであつた私が、彼と対座しただけで遺憾ながら彼を自分以上のものであると云ふ、心からの承認では無かつたとは云へ、徐ろにその朧気なものを感じたことは拒めなかつた。自分は春夫が最初谷崎潤一郎を嫉視した気持を、今から思へば多分に雑《まじ》へてゐたのである。有名に対抗する故なき嫉視と憤怒に似たものを白面一介の彼に感じたことは、私のこれまでの生涯に於て北原白秋と同様のものであつた。北原白秋に会つた最初は二十二歳だつただけに、羽根が立たぬやうな自分でもあつたからいいとしても、彼の場合には自分は最う二十九にもなつてゐたから、刺戟や圧迫などと云う生優しいものではなかつた。自らを鞭打つ激情に似たものを彼から感じたのだつた。自分は三四回目に会つた時は「幼年時代」といふ小説をひそかに家にゐて、彼にその話をして見てくれるかどうかといふ意味を、恰もお世辞に似た心からでない曖昧な気持で彼に述べたが、彼は一寸慌てたやうにいや僕の如きは何とか言ひ、すぐその話は素早くよそに逸れてしまつた。その時自分に応酬する彼が談偶偶《たまたま》小説に及んだことで、彼の面にかすかな迷惑らしいものが掠めたことを自分は感じた。(後に考へると彼の当惑らしい表情はだしぬけに云つた自分に感じたのは当然であつたが、その当惑の戸を敲きこはすことのできない自分だつたことにも気がついてゐた。人間は時に屢屢自分を叩き上げるために対手の当惑の戸を叩きこはさなければならぬものだ。自分はあの時この友の当惑を絞め上げて置いたら、彼とは別な意味で種種のものを摂取《とりい》れできたらうと思うた。)

その後自分は彼をたづねたが最初に受けた印象は渝《かは》らなかつた。その日の都合でいい加減なことを云ふ男でないことが判つた。唯、彼の物の云ひ方に或高びしやがあり、それが彼の場合非常に自然に受取れるのが不思議である。おもに批評的になる話題にそれがあつた。——ずつと後、震災後金沢へ来た時に或老俳人の前で、彼は北枝の句のことなぞを土地柄であるとは云へ話し出したりした。後で私の畏敬する老俳人は芥川といふ人物に感心して、金沢へ度度人も来たが、あれほど若くてしつかりしてゐる男は初めてだと感服してゐた。自分はその時も紹介甲斐のある点で、彼の人物を釈明する必要がなかつた。しかも老俳人はまだ彼の一作をも読破してゐなかつたのである。

自分に彼を紹介した萩原朔太郎が上京して田端に住むころには、却て芥川に萩原を紹介するやうな顚倒した位置と役目に私はゐた。萩原は芥川に会へば議論もするらしいが、私と萩原との趣味が一致しないやうに、芥川と私との生活振りは全然違つたものだつた。一緒に旅行してゐても私は晩は九時から十時に寝に就き、彼は夜中の二時三時といふのに煙草のけむりの中に起き上り何か書いてゐる。私が朝の散歩から戻つて来て仕事に取り掛る頃は、彼は漸《や》つとむづむづと床から起きるのであつた。彼は少く軟かい物を食ひ、私は多く固いものが好きだつた。彼は手当り次第に読み私は嫌ひな物は一切読まなかつた。彼は滅多に人見知りを露骨に色に現はさない東京人であるのに、私はがりがりした露はな田舎人の粗暴と人見知りとを持つてゐた。彼は話好きで夜更しを平気で遣り私はその反対の方の人間であつた。彼は芭蕉を五年もさきに読み上げ一と通り卒業してゐたが、私はやつと此二三年身を入れて読み出す位だつた。唯一つ陶器だけは一歩先きなくらゐで何事も私のよくつかふ文字であるが残念乍ら先きに歩いてゐた。全く残念乍ら！　人は芥川龍之介の有名に反感はもつとしても、彼の人物にはさういふものを持つことはできぬであらうと今でも思うてゐる。

二　文人

佐藤春夫は幾十編かの詩をその文学的青年時代に有つてゐる。この頃では古調を帯びてゐて春夫自身も意識しながらその古き調べの中に折折文筆の塵や埃を避けてゐる。龍之介も亦春夫の場合と同じく数十句の発句を窃かに筐底に秘蔵してゐる。龍之介の自ら元禄の古詞にならうてゐる所以のものは、単に古きしらべに従いてゐるのではなく、巍然《ぎぜん》たる元禄の流れを汲んでゐるのである。碧梧桐以後に幾度となく波瀾重畳した俳壇の諸公から見れば、彼の発句は一見陳套の嘲を買ふかも知れない。今更ら蕉風に低迷しなくともよいではないかと、彼等の内の精英は云ふかも知れぬ。併乍ら龍之介のねらひは元禄諸家の古調や丈草去来のさびしをりを学んでゐる訳では無い。ただ叮寧に蕉風のねらひを今人の彼が心に宿してゐるだけである。

彼は元禄人が引いた弓づるをその的を最つと強く引いてゐるに過ぎない。

今の文壇に文人の風格をもつてゐるものは永井荷風を別格としたら先づ漱石以来では芥川龍之介や志賀直哉であらう。そして又佐藤春夫もその俤を有つてゐる。併し芥川龍之介は何と言つても極めて自然な、ひとりでに文人の風格を築き上げてゐると言つてよい。彼が発句を詠み書画骨董の鑑識を有つてゐると言ふだけで文人だといふのではない。心から文人の好みを持つてゐるからである。気質が既に縹渺や古実や詩情を交ぜて宿してゐることだ。佐藤の文人的なものには新しさからあと戻りした気もちがあるとすれば、芥川はその古さの中に新しさを捜る鋭い爪を有つてゐると言つた方が適切であらう。芥川の爪は時に閑暇を得るときに木の肌や人事の縹茫の中に掻き立てられてゐる。鷲や鷹の爪でなく、黒鷹のやうな精悍さを有ち合つてゐるやうである。

佐藤の詩が無用の長物だと言ふ詩壇の新鋭があるとしたら、龍之介の発句もまた無用の長物であるといふ俳壇の古武士があるだらう。彼らを思ふとき此無用の長物をも併せ思はねばならぬとしたら、また彼等が均しく芸術の士として後世の筆端に煩はされるとしたら、先づ此無用の長物をも見遁さないであらう、彼等を見る上に之等の詩や発句は有益の文字であることを、後世の輩は感じるかも知れない。

夏目漱石は完全な渾一された好箇の文人であつた。あらゆる意味での文人の心意気や典型を有つてゐた。漱石を文人の外のものとして考へたくない程の、彼を論《あげつら》ふ上の必要の文人だつた。だが泡鳴を文人だといふことはできない。詩をも書いた彼を文人として曲指するに躊躇するのは、がらと質とに何か叛いた文人以外の気持が混つてゐるからであつた。漱石の文人的なるものの感化は、また金釦を胸に飾つてゐたころの芥川にあつたのは当然のことである。又或は進んで漱石の感化裡に飛び込んでゐたかも知れない。併し彼はそのままでは決して頂戴はしなかつた。彼は彼らしく修正し補足したにちがひない、——その証拠にはあれ程の大文人であつた漱石の発句は、折折光つたものを見せてはゐるものの、全幅に枯寂の俤を欠いてゐるばかりではなく、遺さなくともよい程の拙い句を残してゐることを考へると、漱石は悪い句も棄てなかつたらしく思はれる。或は句集編纂者がでたらめに蒐集したのかも知れないが、ともあれ彼ほどの大家の発句として残さずともよい句が可成りに多数に上つてゐるのは、漱石が棄てなかつたことに原因してゐる。あらゆる発句は棄てなければならない。心残りなく棄てなければならない、——その意味で吾が龍之介は棄てることの名人であつた。或は彼は発句を棄てることに於てより多く名人であつたかも知れなかつた。彼の潔癖ときづものを厭ふ気もちが左うさせたことは勿論であるが、何よりも彼は棄てることに於て元禄の芭蕉を学んだのかも知れぬ。紅葉の句の拙いことは鏡花にまで影響してゐることは、彼等には巍然たる山脈の光茫を握つてゐないからであつた。漱石は子規時代の何人も其様であつた如く、天明の豪邁な調子に乗り合うてゐた。子規が蕪村を出られず漱石が子規の間を彷徨してゐたことも為方のないことであつた。何故彼等が一足飛びに元禄の豊饒な畑に種子を拾ひ得なかつたかと言へば、彼等の時勢が天明調以外に芭蕉の光輝すら幽かに漏れる夜半の明りほどにも、頼りない仄かなものであるらしかつたからだ。その時勢は芭蕉すらも月並といふ言葉の中にあしらはれてゐた時勢だからである。

彼が何よりも元禄に心を向け其調べに従うたのは、古きに新しきを汲む心があつた為であらう。漱石に於ける蕪村を芭蕉に補足してゐる彼は、その潔癖と苦渋と洗練との砦の中で、迴《はる》かに元禄の城を打眺めてゐた。それがいかにも彼らしい好みで又それ以外に彼の心が向ふとは想像もされないことである。彼の謂ふところの発句もまた全幅の芸術上の精髄だといふのも、彼の苦渋があつた後に初めて言ひ得る言葉であらう。

併乍ら自分は全然彼の発句に異議なしに賛成するものではない。彼の好んでつかふ古調は時に発句に皮かぶりの古さをつけないことも無いではない。別離の句に、

「霜のふる夜を菅笠のゆくへ哉」の如き離愁は一応その気もちは分りながらも菅笠の如きは、余りに古きに従き過ぎ倣ひ過ぎるやうである。「しぐるゝや堀江の茶屋に客ひとり」の情景にしても、そのまま取入れられるにしても這入り過ぎてゐる調子ではないか。彼のねらふ縹渺は彼の凝りすぎる証拠には「尻立てゝ這ふ子思ふや雉子ぐるま*」の即吟を彼は随筆集に訂塗再考して「ひたすらに這ふ子おもふや笹ちまき」としてゐる。彼は三日後には原句を動かして打つて付け、付けては動かしてゐる。彼のいはゆるボオドレヱルの一行を認める所以は、彼の中では是認されなければならぬ一行でもあるのだ。併乍ら「尻立てゝ」の即情即景が「ひたすらに……」の後の句に添削され、原句の即情の境を離れてゐることは彼と雖も首肯するであらう。

蠟梅や枝まばらなる時雨ぞら
白桃や莟うるめる枝の反り
茶畠に入日しづもる在所かな
松風をうつつに聞くよ夏帽子

彼は一概に風流人でも俳人でもない。炉を去れば世上の埃や文壇諸公との応酬に遑《いとま》なき匆忙《そうぼう》の男である。文壇の垢や埃の中に或時は好んでお饒舌をする男である。

さういふ意味の文人臭を抜け上つた生の味の文人であらう。この意味で志賀直哉は最つと風流人であり文人の骨格をもつてゐるかも知れぬ。志賀の清澹《せいたん》は環境自身が補うてゐることも、ほぼ芥川と似てゐる。芥川が好んで曇天の美しさを見、枯れ葉の静かさを詠むところの境致は又彼が小説の中にある「或夕暮」「或薄曇り……」のと好んで書くのと孰れも渝らない。

彼が一句の発句にも芸術の大事を称ふることは、細微なるものは最大のものを意味する点でロダンの説と一致してゐる。彼が此処に心を止めることは詩情を解する所以を表してゐる。すくなくとも芭蕉の詩情を狙ふ彼は自ら好んで古調の沈潜の中にゐるのは、彼の彼らしく又動かない彼自身を知つてゐるものであらう。

＊尻立てて這うてゐるかや雉子車　（編集部注）

三　流行とは

芥川龍之介は不断の流行を負うてゐることは佐藤春夫と同様である。彼は宜い加減なものを書いてよいときにさへ、（若し恁《か》ふ云ふ言葉があれば、又仮りに彼にさういふ機会があつたとしても）曾てその手綱を弛めたことがない。焦らずゆつくりと作家としての峠にゐる彼である。世に出たときにさへ谷崎潤一郎のやうな烈しい喝采を拍した訳ではない。少しづつの読者を年年に緊めつけ年とともに数を殖してゆくやうな彼である。浮薄な読者の間に忘られてゆくそれではなく、彼を読むものはそのまま彼のまはりに何時までも群れ留つてゐる。「芋粥」から「玄鶴山房」まで余り読者は渝らないやうである。かういふ作家といふものは稀れにしか無い。これは彼の人徳ではなく彼の堅め付け方が信じられてゐるからである。昨日の読者は今日の読者ではなく、読者は作家の二倍くらゐの速力で進みもし先きにもゐるものだ。それを彼は知らん顔で踏まへ留めてゐることは、地味なしかも渝らない不断の流行を担うてゐる所以であらう。すくなくとも読者の心に信じられてゐるからだ。

佐藤春夫や里見弴の人気には能く観ればまだ浮いた人気がないでもない。彼等は明るくて常に一種の、「華美」な雰囲気の中にゐるからである。併乍ら志賀直哉や芥川龍之介や宮地嘉六や徳田秋聲には浮いた人気は消熄してゐる。それは人気以上のもので人気と名づけられない単にいい作家とだけ称ふべきものかも知れぬ。――彼、芥川龍之介の場合はいい加減な作を作らない所以、彼の苦渋が彼を何時までも揺がせない。強ひて言へば小憎らしい不断の流行を負ふに原因してゐるかも知れぬ。自分の如きは求められるままに濫乱の作を市に抛《なげう》つに急であつた為に、今日の「我」

をして悲しみを大ならしめた所以だが、人は志を更めるに恥を知るものではない。彼、龍之介の今日あるは又自分の大いに学ばねばならぬものだと思うてゐる。語を換へれば彼ばかりの場合でなく一国一城の各作家の弓矢や楯や兵法や築城には、それぞれに学びそれぞれに教はらねばならぬものの多くを自分は感じてゐる。分けても彼の気鋭は「羅生門」「芋粥」の時代から何時も同じい芥川龍之介の地盤を固めてゐる。未定稿のままの「大導寺信輔」を書いた頃から作を絶つてゐたものの、却て今年になつてからぐつと伸び上つてゐる。何時も燃えるやうな拍手喝采のそれではなく、何時も何か彼は読者との間に信じられてゐるやうである。

四　詩的精神

詩のある文章や小説といふものに冷笑を感じてゐることは、久しい間の自分の偏屈な併も誠実な習慣であつた。詩のある小説とは美しくだらだらと宜い加減の文章の綾や折曲を綴り合うたものだとしたら、又世の批評家諸公の謂ふところのものであつたら、自分は彼等に根本的に詩を説明してかからなければならない手数と厄介さを感じるだけである。佐藤春夫が詩のある小説家だといふのは、彼の文章のつやであつたとしたら、佐藤もその詩のある文章といふ贋物の冠を返上するであらう。

詩的なるものとは文章の表面ではなく、行と行との間字と字との間に、棚引く縹渺たる作者の呼吸づかひや気魄や必逼的なものを言ふのだ。芥川の文章の中にいつも此縹茫たる何物かがあるのは、諸君の悉知せらるるところであらう。志賀直哉は実に際どいところまで行くが、いつも清らかで美しい。「暗夜行路」や「赤い帯」其他女中を書いたものにそれがある。併乍ら芥川の脈脈たる縹渺がない。芥川はいつも何か青い煙を感じる程度の、彼自身の文章のやうな気魄や肉体を有つてゐる。「枯野抄」の縹茫は今から彼自身が見ても、枯寂な一個の魂に対する詠嘆としか思はれないであらう。彼は充分な縹渺や枯寂を「枯野抄」では表し得なかつたと言つてよい。去来丈草の諸門弟を一々描いただけで、それだの彼のねらひが余りに「その空気」を表すに道具立が多かつたと言つても過言では無からう。併乍ら大正四年代に悠悠として「羅生門」を書き、越えて七年に枯寂な「枯野抄」を描かうとした彼の用意は並一と通りのものではない。彼は実に楽しみながら古実から新鮮を掘り当ててゐる。或は彼は彼自身楽しく書いてゐないと言ふかも知れぬ。何人も作者は苦吟するが故に愉しんでゐないと言ふのが真実かも知れぬが、併し苦吟し乍ら愉しんでゐないとは言へない。「藪の中」にすら彼自身愉しみ乍ら運命のはらわたを搔きさぐつてゐる。彼の作の凡てがさうのやうに此作も横縦から油断のない手法で矢継早に固めてゐる。然も此中の女の美しさは異状なまでに感じられるのは、強ち物語の稍《やや》うがち過ぎたためでは無からう。

何よりも彼は前人未到的な物語風なものに凝つたのも、彼の唯一の好みばかりでなく彼の聡明な文学的発足点であつたのであらう。そして此種の物語風な作品は不思議に今から思ふと、大正文壇の記録的な作品の種類に這入つてゐる。再びあいふ種類の作品は我我に必要のない程度までの、それ程肝心な一小説体を為してゐることは特記してよい。自然主義以来芸術的な物語風の小説としては、彼の諸作品は重きを為すことは当然である。

彼は最近物語風なものから脱けようとするほど、彼は彼の文学的過去に於て物語の作家であつた。どういふ作品も物語の範囲は出てゐない。それ故何時読んでも退屈を感じない文字通りの小説的の効果を読者は受け味ふことができるのだ。彼が可成り高踏的な作家であり乍らも、なほ通俗的な所以のものは一つには此物語風の姿を有つてゐることであり、話と筋とが透つてゐるためであらう。そして此種の作品が後世の識者を問ふとしたら好箇の「記録的な作品」として評価されるに違ひない。

今の文壇で漱石鷗外のあとを継ぐもの、彼ら以外の大家として残るものは何人であるか分らない。併し我我の頭を去来するものは残念乍ら芥川や志賀かその孰方かであらう。決して谷崎潤一郎ではない。谷崎は国宝的作家であらうが、漱石鷗外と併称さるべきものではない。国家は稀れに取止めもない建築や器物に国宝の冠を与へると一般なものを、我我は谷崎潤一郎に感じることも無いでもない。しかも今は何となく大谷崎の大の字を与へられる作家は、芥川や志賀ではなく、実に大谷崎潤一郎だけである。併しながら漱石鷗外の後継的気分を我我の文学的炉辺にしばしば語られ醸すところのものは、龍之介と直哉とでなければならぬ。

五　自分と彼

谷崎潤一郎論の中で佐藤春夫は彼から文学的才能を蘇生させられ、培養させられたことを回顧と感激とをもつて云つてゐる。自分も亦芥川龍之介から得たものは、意味は違つてゐても同様のものであることを否めない。自分と彼とは僅か七八年くらゐの交際に過ぎない。しかも其間に自分は彼から種種なものを盗み又摂り入れたことは実際である。彼は残念乍ら一歩づつ先に歩いてゐるからである。或は一歩どころではなく十歩くらゐ先方を歩いてゐたかも知れぬ。或は田舎生れの自分は田舎の弁で用途を満してゐる牴牾かしさを、東京に生れた彼が東京弁で用を弁じてゐる速力の相違であつたかも知れぬ。

萩原朔太郎が此間室生犀星論を三十枚ばかり書いて久闊を叙する意味で自分に示して呉れた。自分の市井生活の荒唐無稽を露骨なまでに曝き、「この頃の取澄した」自分を粉砕し又理解した文章であつた。その中に私と芥川とを批評して恁《か》うい ふ意味のことを言つてゐる。「彼が芥川龍之介と知り合ひ彼等が均しく慇懃であるのは、兼て室生が欲してゐるところの教養あり、典雅な人物に彼が行き会うたからである。彼自身の中に潜んでゐる当然典雅なるべき彼を築き上げたい夢想を、次第に彼は芥川を知つてから実顕し出したやうである。少くとも当然彼の中で睡つてゐて起きないものまでをも、芥川龍之介なる人物に刺戟されて揺り起されたと言つても過言ではなからう。」と云つてゐる。彼の言葉を藉れば教養ある高雅の人物を私は永い間望んでゐた。そしてその人物に邂逅したことは彼の気質からなる風雅なるものを、一層建て直したと言つてよいといふ論旨であつた。自分は萩原の言ふところに不賛成ではない。寧ろ彼は離れてゐる間にも彼の友である私を遠く注意深く睨んでゐることは、彼の唯一の友であるが故に頼母しい気がしたくらゐである。

菊池寛の言葉を藉れば芥川龍之介は人がいいさうである。彼に逢つたどういふ人も彼を悪く言ふことを聞いた事がない。会はない前から見れば会つてよかつたといふ懐しさを感じさせるらしい。そこが彼の人のいい、隠し立をしない人がらであるかも知れぬ。彼の上機嫌は彼を長広舌にさせる事は暫らく擱いても、彼は妙な人見知り気取りや故意とらしい気障からとくに卒業してゐることは実際である。人間が出来上ることは人見知りや気取りの必要のないことであらう。しかも彼は皮肉でなく正直に言つてゐる。「僕は誰とでも或程度までは交際へるがその或程度までで又引帰して来る。」と彼らしい気持の手堅さを見せてゐる。かういふところは人が善いのだか悪いのだか分らない。或は或意味で菊池寛の方がよほど彼よりも人がいいのかも知れぬ。

一概に萩原の所謂「典雅なる人物」との邂逅に依つて、自分の全幅が影響されてゐると言ふのや、彼に依つて初めて自分が揺り起された訳ではない。彼に拠つてほんの少しづつ自分は彼のものを盗んだ丈である。彼の中にあるもので自分に取つて解らなかつたものが解るやうになつたことは、或意味で重大なことかも知れない。とにかく彼は却却の苦労人である。しかも彼の苦労人の所以のものは妙に垢じみた薄暗いそれではなく、明るい冬の朝のやうなそれである。彼は学問や経験の上からも、自分とは全然反対であるが、しかも彼は経験せずして経験する程度のものを直覚する男である。彼は或意味で世間的に云へば恐るべき早熟だとも云へるのである。或は彼があれだけの才能を不良性のまま駆り立ててゐたら、どうにもならぬ人間になつたらうと思へる程である。恁ういふことは礼を失するかも知れぬが、彼が不良の徒だとしたら才気煥発で一世を震駭させるかも知れない。

六　「玄鶴山房」の内容

彼は最近「彼」第一第二「点鬼薄」「河童」「玄鶴山房」等を次つぎに発表した。そして批評家諸公の謂ふ神経衰弱でへとへとになつた彼を見直さした。今では神経衰弱もまた彼の一転期だつた風に云ふかも知れない、――独逸人は病気をしない人間は莫迦だと云ふさうである。又古く長與善郎は余りに健康で肥つた人間も莫迦だと言つたやうに覚えてゐる。

「玄鶴山房」には最近の彼が懐いてゐる憂鬱な気魂が沁み出てゐる。「玄鶴山房」には圧搾の美がある。出来得るだけ纏めつけた上に彼の好んで恍惚とする圧搾の美しさを彫つてゐる。木彫の美であるかも知れない。そして又甲野は種種な家庭から家庭へ渡り歩く看護婦としての天職に苛酷なほど忠実であることが、時折その眼を上げて、徐ろに観察の微妙をその女性らしい心に落してゐる。

「玄鶴山房」は在来の彼の物語であるよりも一層物語のさねに障つてゐるところの、彼の鋭い爪に拠られ彫られたしごとの一つである。自分はこれらの人生に各各一人づつの人間に美を感じた。玄鶴には玄鶴の美、甲野には甲野の美、お芳にはお芳の美、其他の人間にも美を会得した。これを「秋」と較べると幽かな新派哀愁とも云ふべきものが、最う重畳された憂欝をたたんで「玄鶴」に聳立してゐる。しかも色で云へば「玄鶴」は渋好みであると云つてよい。読み終へて舌ざはりに残るものは彼の渋好みであらう。

小説は落筆前の材料で一度作者を苦しめるものであることは事実であるが、彼の場合時折息苦しい折畳をこころみてゐる時に、いつでも何か美がある。赤松月船もまた彼の論文の中にチラチラ光るものを感じると言つてゐるが、それは彼の文章の構成や結構が折りたたむ気魄の一種ではないか。これは又彼から見遁してはならないものだ。此チラチラ光るものは要するに彼の質の冴えのやうなもので、永年彼が知らず織らずの間に磨き上げたものだと思ふ。遺憾乍ら「河童」の中にチラチラ光るものがあれば、アートペエパアを捌くやうなそれであり、「玄鶴」の中にある冴鋭なるチラチラではない。「羅生門」の丹の剝げた柱にきりぎりすを点出した彼は、

「秋」の宵口に電燈の球に止つてゐる蒼蠅を按配した。これは決してチラチラの中のものではない。彼はつひに「玄鶴」に甲野さんを按配するのは殆ど当然のことであつたらう。

或批評家は「河童」を彼の智識的なる産物として批評した。また或月評家はこれを童話として品隲《ひんしつ》した。また或批評家は彼でなければ書けぬものだと所断した。孰れも当り孰れも当らないやうであつた。自分に言はすれば「河童」は彼の苦汁のやうなおもちや箱を彼が整理して見たまでのものであるやうな気がする。或はさうでないかも知れぬ。併乍ら彼のおもちや箱は何時もああいふふうの品品に満ち、ああいふふうのおもちやが一杯に詰つてゐることは嘘ではない。――彼はさまざまな河童をならべ其等に迷ひ子札を一々克明に提げた。

七　描写に就て

彼の文章に圧搾の美のあることは既に述べた。同時に材料もともに圧搾されてゐることも見遁されぬ。志賀は生のままの文章で行くが、彼の縹渺の趣を欠いてゐることも述べたとほりである。しかも里見のうがちは無く谷崎の壮大は窺へないかも知れないが、脈脈として糸吐く蚕の縹渺を含んでゐる。又凝り上ると峻厳な、練るほどつやを吐く糸のやうである。樹で云へば常磐木の美であるかも知れぬ。随筆集「点心」の中に彼は文芸上の作品では簡潔なる文体が長持ちのする所以を述べてゐる。彼は文章の荒糸だけを丹念に抜いてそれを統べたり編んだりしてゐる。大正十一年作の「トロッコ」には手堅い写実的な、淡さりした手法を用ひて効果を得てゐる。

或夕方、——それは二月の初旬だつた。良平は二つ下の弟や、弟と同じ年の隣の子供と、トロッコの置いてある村外れへ行つた。トロッコは泥だらけになつた儘、薄明るい中に並んでゐる。が、その外は何処を見ても、土工たちの姿は見えなかつた。三人の子供は恐る恐る、一番端にあるトロッコを押した。トロッコは三人の力が揃ふと、突然ごろりと車輪をまはした。良平はこの音にひやりとした。しかし二度目の車輪の音は、もう彼を驚かさなかつた。

……（トロッコ。）

此描写の中に無駄は一字もない。或意味で写実の奥を掻きさぐつてゐるやうなところがある。自分は世にいふ名文といふものは知らないが、恐らく名文といふものには此種の文章が名づけられてもいいものであらうと思つてゐる。此中に壮麗も見栄も気取もない。あつさりと余裕のある、まだ幾らでも書ける筆勢が見えるやうである。愛すべき小品「蜜柑」の中の「しかし汽車はその時分には、もう安々と隧道《トンネル》を辷りぬけて、枯草の山と山との間に挾まれた、或貧しい町はづれの踏切りに通りかゝつてゐた。踏切りの近くには、いづれも見すぼらしい葺屋根や瓦屋根がごみごみと狭苦しく建てこんで、……」の数行は、その布置が稚気の見えるまでに正直な、その上或る憂欝のある景色を描いてゐる。「トロッコ」の人生は活発な人生である。「蜜柑」も同様に子女をあつかひ乍らも、人生の風雪は著早く「蜜柑」の少女を傷めてゐる。行文に一味の陰欝が窺はれるのもその為であらう。併し乍ら「蜜柑」は大正八年の作であり或意味で「トロッコ」の清澄簡潔には及ばない。

「子供の病気」は彼の生活的な日録のやうなものであるが、時に妙に思ひ上つた様なところのある「保吉」物よりも私の愛読するものである。これは彼の所謂素直物の一つであるかも知れない。彼の散文詩めいた物の中にも素直物が折折にある。「仕事は不相変捗どらなかつた。が、それは必しも子供の病気のせゐばかりではなかつた。その中に、庭木を鳴らしながら、蒸暑い雨が降り出した。」夏の雨らしい大粒な景色が描かれてゐる、これは彼が発句に丹念してゐるために締付けられた文章と見るのは当を得てゐない、――自分は彼の大作よりも何故か寧ろ小品に近い物ばかり挙げてゐるやうであるが、これは自分の趣味ばかりではなく彼の小品めいたものを愛読するからである。

彼を理智の冷徹な作家とすることも一評的であらうが、寧ろ人生には愛情のある作家であることは特記して置きたい。彼といふ人物や生活には人懐こいものがあるやうに、存外冷徹な理智者の彼に自分はその愛情の匂ひを嗅いでゐる。「お時儀」の中の人生は誰でも屢屢経験するところのものであるが、汽車から降り立つ何時も宜く逢ふ女の人に、思はずひよいとお時儀をする彼は全く彼らしい人の善い気軽な気持を有つてゐる。それにこの作の中に愛情を有つ彼が愉快げに佇んでゐるのが行間に沁み出てゐる。「――お嬢さんは今目の前に立つた。保吉は頭を擡《もた》げたまゝ、まともにお嬢さんの顔を眺めた。お嬢さんもぢつと彼の顔へ落着いた目を注いでゐる。二人は顔を見合せたなり、何ごともなしに行き違はうとした。」

「丁度その刹那だつた。彼は突然お嬢さんの目に何か動揺に似たものを感じた。同時に又殆ど体中にお時儀をしたい衝動を感じた。」彼の謂ふところの簡潔と圧搾とが遺憾なく表現され、その折の気もちが鮮鋭に透つてゐる。彼は此お嬢さんを可成り高びしやな、上から見卸すやうにしてゐながら、遂にお時儀をしたい衝動を感じてゐるところに、彼らしい気もちが出てゐる。これだけに絞つて書くことは却却容易なことではない。

　彼の文章に型のあることは総ゆる作家に型のあると又同様である。併乍ら彼の型は彼を苦しめはすれ楽にはさせてゐない。大概の作家は楽楽と型に這入つて行くが、彼はいつも身悶えをしてその型に這入つて行く。しかも「玄鶴山房」あたりには、型の角がとれてゐた。内側から型にふくらみを付けたことは実際である。内容が文章の上へ出てゐる、――文章が下地になつてきらきらしてゐることに気がつく。誰でもかうなるとは決まつてゐない。「彼等は竈に封印した後、薄汚い馬車に乗つて火葬場の門を出ようとした。すると意外にもお芳が一人、煉瓦塀の前に佇んだまゝ、彼等の馬車に目礼してゐた。重吉はちよつと狼狽し、彼の帽を上げようとした。しかし彼等を乗せた馬車はその時にはもう傾きながら、ポプラアの枯れた道を走つてゐた。」又甲野といふ看護婦を描くのに彼は刺し徹すやうな数行を四の末端で結んでゐる。彼の簡潔の中に並並ならぬ深い用意のあることを感じる。「お鈴の声は「離れ」に近い縁側から響いて来るらしかつた。甲野はこの声を聞いた時、澄み渡つた鏡に向つたまゝ、始めてにやりと冷笑を洩らした。それからさも驚いたやうに「はい唯今」と返事をした。」彼の諸種の作品の内でこの数行の如き透徹冷厳の旨《うま》みは、容易に見出せるものではない、殊に第二聯の逆手を打つた逆描の冴えは、他人は知らず自分の推賞したいところである。全く歴歴《ありあり》と目に見えるまでに描いてゐる。かういふ彼の中にあまさは微塵もなくぎりぎりに詰めてゐる。

彼の描く人生の量や幅や深浅の程度は、いつも文章と喰ひちがいなく嵌り込み、食み出してゐるところは少しもない。「点鬼薄」は「点鬼簿」以外のものではなく、さながらの過去帳であり点鬼簿である。そのまま四六判の書物になり小穴隆一の装幀を思ふほど、四六判へ辷つて行く作がらである。彼のどの作も金縁の額へではなく好ましい額ぶちへはまり込んでゐる。

彼のどの作にも同じ種類の人生、同じい生活の再出は見られぬ。一作ごとに何等かの変化を全然異つた人生を表はすことに苦心してゐる。楽なものを後方に左うでない難しいものへ進んでゆくことは特記に値する。絶えず毛色の違つたものへの進展は、楽楽と書けさうなものを後廻しにさせてゐる。しかも彼は彼の自叙伝らしいものに殆ど手をつけてゐない。作家の最初に手を付けるものを彼は最後に廻してゐるのも、奥床しくないことはない。「就中恐る可きものは停滞だ。いや芸術の境に停滞といふことはない。進歩しなければ必ず退歩だ。芸術家が退歩する時、常に一種の自動作用が始まる。と云ふ意味は、同じやうな作品ばかりを書く事だ。」彼はさうも言ひ停滞の危険なことを警戒してゐる。芸術家の死に瀕してゐるものは同じ事ばかりを書く事であることを言つてゐる。

彼のどの作も彼自身に取り又私だけの見方としては、何時も試みらしい作のやうに思へてならなかつた。絶えず材料の転換に悶えてゐる彼には、作を透してさへ其等の気持がぢかに感じられてゐた。あらゆる作家の内で彼ほど描かれた小説の事がら以外に、彼の「芸術」を感じられる作家は殆ど稀なやうである。何か彼らしいものを（これは一種の文章がもつ人格的なものかも知れない。）自分はその小説以外に感じられてならなかつた。これは志賀の場合には感じられる気魄的な文章のもつ霊魂みたいなものである。決して亡霊ではない。（文章の霊魂とは変な言葉であるが、さういふものが存在してゐるやうな気がするのだ。他の何者にもそれがなくとも文章にはその霊魂がこもつてゐるやうに思ふ。）恐らく彼の文章は次第に「玄鶴山房」に見るがやうに、殆ど内容を盛るだけの用を為すに停まり、在来の文章そのものの肉を避けて行くやうになるであらう。文章のすぢばかりを彼一流の気魂で練り上げて行くやうになるに違ひない。

彼の名文家でないことは述べたが、しかも彼は大正時代に於て文章が単なる文章の肉を必要としないところの、清瘠《せいせき》の一文態を築き上げたこと、その一文態は在来の描写が有つ病的なほど過剰された文字の埋積から、完全に隔れた一新様式を練り上げたことは認めてよいことである。あれだけの文章はただ簡勁だといふに片づけてはならぬ。あれだけのものを今日に於て築き上げたことは誰も気付いてゐないやうである。しかも其等の文章は第三期新進諸君（同人雑誌）のために、最もよき踏台となつてゐることを自分は注意して見てゐるものである。あらゆる文章の進んでゆく速度は恐らく十年目くらゐに或変化を与へてゐる。硯友社時代と独歩時代、そして大正時代との間に徴しても明らかである。今後十年近くの間に変化が起るとすればわが龍之介の圧搾の美も、彼らには可成りな健実な踏台となるに違ひない。あらゆる芸術的なるものは次の時代の足つぎになることに存在するからである。

此小論を書くにあたり諸家の高名を禍したことは、作者の至らざるところであり、作者の至らざるところは文章の至らざるところである。予めお佗びして置く。

（昭和二年五月作）

芥川君と僕

漸つと二度ばかり会つた芥川君から、発句の運座を巻くから来ないかと誘はれて、芥川君の家へ確か二度目くらゐに行つた。梅雨の霽《は》れた爽かな一日であつた。即題は夏羽織と梅雨ばれと其外の何かであつた。主人を初め久米、菊池の両君や岡君江口、佐佐木君なども来てゐて、自分は久し振りで発句を作つた。その時にどういふ気持か自分は久米君に題して時めく小説家としての彼をねぎらうた句を、夏羽織に事よせて作つたのだ。久米君はかういふ発句はいかんと云ふやうなことを云つたが、自分は引身を感じた。何時か久米君にあの時の話をして談笑したいと今でも思つて居る。

芥川や久米君は作家生活の物慣れた世間をずつと見通しが利いてゐる時分であるのに、自分はまだ何も分らぬ井蛙《せいあ》の野人であつた。自分のよしとしたことも却て人に不快を与へる程の、まづい穉拙な挨拶振りに過ぎなかつた。自分は夕方早めに帰つたが、明らかに彼らに在るものと、自分との間に非常な洗練のきめの違ふことを感じたが、どうも隔離を感じ過ぎ手の付け様が無かつた。今から考へるとあの時分には久米君にしろ芥川君にしろ、自分とは格別な高さと声望とに鍛へられた何物かを持つてゐた。その高さは根本的に為人を叩き上げ、斬り込む隙間もない手堅さであつた。あの時に自分は反感を有たなかつたことは好いことであつた。自分はその後も芥川君とつきあひ、彼の難攻不落の城に入りながらどれだけ得をしたかも知れなかつた。自分は時に彼の高びしやな調子が彼自身では常識にまで漕ぎつけてゐることに、必然に微笑みを感じるのであつた。

自分は芥川君とつきあふ様になつてから、全く彼からの巧みな誘ひ出しに惹かれて、自分の中に眠つてゐたものを醒されたと云つてよい。彼は針の穴からも覗き込んで来てゐるに驚き、開いた戸からもやあと云つて這入つて来るのに驚いた。雑談の中からも色色聞くべきことが多かつた。自分は良友を持つてゐるけれど、自分を叩き上げるために要のある人は尠い。それに自分は楽な交友ばかりしてゐたせゐか、頭の坐りが低かつたとも云へた。人間は楽な交友をしてゐたらしまひに馬鹿になるものだ。彼の云ふことは自分に取つて物珍らしいといふより、当然自分の感じもし考へてもしてゐることを、彼の言葉で話されると快い調和をさへ感じるのであつた。

今から思ふと自分が小説の書き出しころに芥川君と早く知り合うてゐたら、最つと得をしたらうと思うた。最後に書く自叙伝をさきに書いたりして、作家としての本道を取り違へたことが多かつた。全く小説といふものは余程心が決つてゐて、人物ができてから書くものだといふことを此頃沁沁感じてゐる。底のある如くして底のないものは小説であらう。

清朗の人

鵠沼へ行く前後から芥川君は余り書画骨董に趣味を持たなかつた。陶器のことでも興味を感じないと云ひ、実際面白くなささうな気持らしかつた。お互ひの家庭の話が出ると、此頃妻がいとしくなつたと山手線の電車を待ち乍ら話してゐた。自分自身の生活でもそれが分るやうな気もちで居ることがあるので、賛成して倶によい気もちになつた事がある。

何時か自分のところで芥川君がお時宜をして、顔をあげようとして黒い足袋が片方すぐ間近にあつたのを見て、顔色を変へて驚いたことがあつた。去年の六月ころだつたらう。あの時分神経衰弱がかなり酷かつたのかもしれぬ。新聞の記事などでよく「こたへる」と云つてゐた。

歌舞伎座にあつた改造社の招待会の帰途、例に依つて一緒に出かけたが帰りも一緒の約束だつた。最後の幕を見て、下足を漸つと受取つて出た自分は、芥川君の姿を見失うて却て宇野君が一人佇んでゐるのに行き会うた。其翌朝、芥川君は実は昨夜谷崎佐藤両君に会ひ、帝国ホテルで一晩話し込んで今しがたその帰りだと云つて、どうも失敬したと態態断りに来たのである。芥川君はさういふ細かい気づかひをする人である。

自殺に就ては何時も薬品の話が出た。そして僕がその話の中では何時も芥川君よりも長生するやうなことになつてゐた。自分はからだの弱いものは長持ちする者だと言つたら、彼は反対に犀星は却却死なんよと快よささうに笑つてゐた。

芥川君は生前自分の零細な作品にまで眼を通して、短い的確な批評を能くして励まして呉れた。去年自分の「文藝春秋」に出した「神も知らない」といふ作品は或女性の自殺未遂を書いたものであるが、芥川君は此小説では女の中から這入つて書いた方がよかつた、最も女の中から書くことは難かしくもあり却却苦しいと批評して呉れた。自分は女から書くには分りかねることがあるといふと、それは分らんよと云つてゐた。六月の末のことで芥川君が世を辞す三週間程前である。

芥川君の遺書を読んで自分は立派だと思ひ、何処までも芸術の砦の中にゐる人だと思うた。自分は芥川君がそれほどまでの重大さに負けないで、日常の応酬や作品の精進につとめてゐたことは、凡夫の自分には及ばないところだと思うてゐる。胸に重大を畳んで平気をよそうてゐてこそ、ああして落着いてゐられたのだとも思うてゐる。遺書にある平和は芥川君を囲繞してゐたものと見える。自分は彼の死に驚き次ぎに感じたものは清らかさであつた。何よりも清らかさが自分を今も刺戟してゐる。

芥川龍之介氏を憶ふ

芥川君が亡くなつてから早一週年の忌日も間近くなつたが、自分は此偉大なる友を憶ふ気持には、漸く鋭い熱情が、日を経る毎に感じ出された。熱情は益益同君を純粋にも清浄にもし、同君を友人とする自分の間に距離を感じさせるのである。その距離は現世に存在しない彼が持つ縦横無尽な清浄さであり、その清浄さは無理にも現世に踠《もが》く自分を必然的に引離して行かうとするのだ。

自分は此友の死後、窺かに文章を丹念する誓を感じ、それを自ら生活の上に実行した。同君の死の影響を取入れ自分の中に漂はすことに、後世を托す気持に自分はゐるのである。同君に見てもらひたいのは今日の自分であり、交友濃かだつたあの頃の自分の如き比例ではない。同君も今日の建て直された自分を見てくれたら、別な気持で交際つてくれると思ふ。今日の自分は微かに同君が自分に不満足を感じ、軽蔑すべきものを軽蔑してゐた気持は解ると思ふ。友人同士は互ひに軽蔑すべきものを持ち合してゐることは、それを感じる時に其値を引摺り出すことができるのだ。芥川龍之介君は自分を軽蔑してゐた。かういふ事実は彼の中で遂に埋没され、永く同君の死とともに抹殺された。併し自分はそれを掘り返して補ふのである。自分が文事に再び揮ひ立つことのできるのは、あの人の影響だと思うてゐる。佐藤春夫君に芥川君の死は役に立つたかと尋ねたら、彼は暫らく黙つた後に役に立つたと低い声で答へたが、自分はその時にも一種のセンチメンタリズムを感じた。自分は彼といふ一文人の死でなくとも、死は多くを教へるものを持つてゐることを感じてゐる。

芥川龍之介君は理智と情熱とを混戦させせてゐる人であつた。或はその旺盛な情熱が彼をああいふ死に誘うたのかも知れぬ。所詮自ら滅することは情熱の命令の後に行はれるからである。彼は死なうと考へながら「時」を延長させるだけ延長させた人である。晩年二年位は同君に取つて莫大な長年月だつたに違ひない。百年の歳月をも遂に同君に取つてその晩年には興味のない無為の歳月であつたらう。

自分は芥川君に会ふ毎に最初の五分間は毎時も圧迫を感じてゐた。芥川君の仕事や為人《ひととなり》、偉さが自分に影響してゐた。自分はそれを完全に自分と同君との間に退治したのは、最近二年位の間だつた。それは同君が自分の書斎を訪ねて来る時に経験し、又同君の書斎でも次第に退治することができたのである。かういふ心理上の圧迫感は静かに料理され試練されるものである。同君は何時もずつと高いところにゐたことは疑へない。併しその高さを僕自身へまで引下ろすことはできないが、其処まで僕自身が行かなければならないのである。全く同君は自分に取つて苦しい友人であり、その苦しさは自分によい結果となり今までに影響して来たのである。

芥川君の好む人物は半端者があり、他の人間と交際しにくい気質を同君は能く容れるものを持つてゐた。概ね孤独を友とするやうな人格の中に、同君は何時も心ひそかに愛を感じてゐるらしかつた。他の人格の中に孤独の巣を発見することは彼の芸術的な作用に外ならないのであらう。併乍ら同君はさういふ一面とまた真実な一面とを持ち合せ、真実で打つかる人間には真実以外のものを見せなかつた。あの人の真実性はその根本では情熱から動いてゐた。彼が晩年に若い詩人達に物質的にも真実な好意を動かしてゐたことは、自発的なものが多かつた。

　自分と芥川君との交際は普通の動機からであつて、何も特筆すべきことはない。自分の子供が女子であり同君の子供は男子であるが、同じい聖学院の幼稚園に通うて、最初の間は往きも手をつないで一緒に登園するのであつた。自分はさういふ現世の情景に対しては詩人的であるよりも、寧ろ小説家風の立場に自分の考へを置く機会が多かつた。生前の同君と自分との戯談が生きた情景に変つて眼前にあるのだ。自分はさういふ小童少女の世界に感懐を交へることを些か逡巡するものであるが、併し顧みて現世に美を感じ出すことは人一倍の自分の努力でもある。

　自分は芥川君を憶ひ出す機会を同じ田端に住んでゐる関係上、他の人と余計に感じてゐた。或人は田端の駅の坂の上で、荷車が坂を登るのを芥川君が眺めてゐたと言ひ、さういふ些事が自分の胸に応えることが多かつた。三河島一帯の煙や煤で罩《こ》められた曇天の景色は、あの人の頭に永く残つてゐたものに違ひない。同君が、好んで曇天の景色を描くことに妙を得てゐるのも、さういふ景色の中に永続きする動かない「景色のサネ」を抉り取つてゐたからであらう。

震災の翌年の五月金沢へ来たときも、その勝れた景色には感心してゐた。併し有繋《さすが》に川料理ばかり食べさせる金沢では、料理は余り褒めなかつた。あゝいふ人でも淡泊な料理ばかりでは困るのであらう。食物はいつも自分は芥川君の二倍位は食べてゐた。軽井沢の宿屋でも芥川君は大抵オムレツと冬瓜の煮付けを食べてゐた。決してビフテキやスチユは取らなかつた。隣室にゐて早寝をしてゐる自分は夜更けて後架に立つと、芥川君は濛濛たる煙草の煙のなかに、反り身になつて原稿に苦吟してゐた。そして自分が寝てゐると遠慮して雨戸を繰るのにも、静かな心置きを用意してゐた。その濛濛たる煙の中に坐つてゐた芥川龍之介君は、決して自分の眼底を去らない苦吟の人芥川龍之介君であつた。

去年の七月二十四日のお通夜明けに、椎の木の頂に夜の白むのと同時に啼き出した蟬の声は、自分の現世のあらん限り忘られぬ凄じい蟬の声だつた。自分は菊池、久米、佐佐木の三君と縁側の板の上に、通夜の人口の散じた後にも坐つてゐた。そして何日か芥川君が仕事をしてゐて、夜明けの蟬の声を聞く程気持のよいことはない。さう云つた言葉を端なく思ひ出した。疲労と眼病に悩んでゐた自分を根本から動揺もさせ、静粛にさせてたものは、鶴のやうな幽遠無類の蟬の声だつた。今もなほ蟬の声は自分の耳の遠くにある。

自分は此友達の中からまだまだ摂取すべきものがあり、自は貪婪にそれに打つかつて行くべき筈であつた。かういふ精神的な陣営を感じ出す友達といふものは決して、ざらにあるべきものではなかつた。話をしてゐても珍しい言葉に感激し、他人のどういふ部分にも正確な芸術的な気持を以て見、それに共感する時は幼稚なほどの驚きをする、さういふ人は稀なものであつた。ああいふ驚き、驚いて喜ぶところ、露骨に志賀直哉氏をほめるところ、小穴隆一君を信ずる寧ろ不思議過ぎる友愛には、実に無類に善良な彼が立つてゐた。さういふ芥川龍之介君には微塵も渇れない気質が感じられた。

晩年近くに書いた詩は詩人としても迥《はる》かに一流にまで飛び越えた彼がゐた。詩に睨みの利いた芥川君は、就中「旅びと」の叙情詩、「僕の瑞西から」の中の「ドストエフスキーの詩」なども、立派な出来栄えを示してゐた。実際芥川君は何よりも詩人だつたといふことは、何よりも詩人中の詩人だつたことを証明するものであつた。誠の詩人といふものの恐るべき「天火」を彼は摧《くだ》いてゐた。我我凡俗の詩人は最早「彼がどうして死んだか」などと念うてはならない。黙つて暗夜に没するその長髪痩身の姿を見て居ればよい。その後姿は何と懐しい限りのものであるか、笑ひも感激もゴオルデンバツトも、鳥の手のやうな手も、半分かけた金歯も、そつくり彼は何時でも思ひ出させるものを持つてゐる……

芥川君は或日、自分の家に来て芭蕉の「夏山に足駄を拝む首途かな」といふ句を示し、この句には驚いたと言つた。北海道の旅行から帰つた就死前のことである。芭蕉の此句は修験光明寺の句で、行者の履を拝む心を詠んだものである。ともあれ芥川君はさまざまな書物の中に、自分のそのころの心持の丈《たけ》を捜つて見てゐたことが解る。「旅びと」の詩にも芭蕉の「山吹や笠にさすべき枝のなり」が詠み込まれ、ぢかに芭蕉を百読してゐたものらしい。さういふ芥川君の沈着と高雅の情には心惹かれるのである。

先日駒込慈眼寺に下島先生と打連れて墓参をしたが、風清く穏かな日であつた。芥川君風にいふと、虫の食つた老いた葉桜のかげに「近代風景」を持つた青年が一人、寺境の雑草を距てた釣堀の水を眺めてゐた。

墓詣

（塚も動け我が泣く声は秋の風　芭蕉）

江漢の塚も見ゆるや茨の中

書籍と批評

装幀と著者

自分は装幀家の装幀には倦怠を感じ、今のところ装幀的な考案は行き詰つてゐるも同様である。殊に画家の装幀はその絵画的な佶屈以外には出てゐない。癖のある画家の拵へ上げた装幀がどれ程天下の読書生を悩ますか分らないやうである。装幀が画家に委ねられた時代は、もういい加減に廃められてもいい。装幀に其内容を色や感じで現はすことは事実であるが、其書物の内容や色を知るものは恐らく著者以外に求められない。著者こそは凡ゆる装幀家の中の装幀を司るべきである。装幀に一見識をもたない著者があるとしたら、それこそ嗤ふべき下凡の作者でなければならぬ。著者はその内容を確かりと装幀の上で、もう一遍叩き上げを為し鍛へ磨くべきである。作者の精神的なものが一本鋭利にその装幀の上に輝き貫いてゐなければならぬ。

自分は日本だけに限られてゐる書物の「函」に就て時時考へるのであるが、「函」はもはや「函」以外に出られないことである。自分は「函」の下の横面に和本仕立の余韻と便宜と予測し、そこに書物の名題を附けることにした。重ねて置いてもその書物が何であるかが分るからである。或意味で此「函」は不経済と不用との故に廃止する説も聞かないではなかつたが、日本の書物としての特徴ある函はもつと進んでもよいが、決して廃止する必要はない。或は最つと「函」であるために美しく製らるべきであらう。大抵函は小包用程度の実用品であるために、相応の美を持つ凝つた装幀本でも、函は見搾しく見るに堪へないハトロン紙張りである。自分は表紙に紙を用ひても函は布を用ひたいと思ふ位である。函に寒冷絨張りをしたものは、岸田劉生氏装幀の武者小路実篤全集であり、これが自分の記憶するところによれば函に布類を用ひた最初であるやうに考へてゐる。

装幀の就中卑しいものは徒らに金色燦爛たるもの、用なき色彩を弄んで塗りつけたもの又しつこい好みの混乱したもの等である。装幀は渋い飽きない、見る程よくなる好みを打込むべきである。又別な意味で凝らず謳《うた》はずに中間的な淡泊な味ひと狙ひとで行くべきである。金ピカの装幀の賤劣さは自分の常に慄気をふるふところのものだ。

装幀は精神的であり力の込められたもの程自分は好いてゐる。美しくあつても其美に古さがあればよい、装幀を静かに見てゐると著者の面貌を髣髴する書物はないか、自分の装幀に就て求めてゐることは常に此「一つの事」だけである。

作家と書物

自分は一年の間に一冊位の書物を出したいと思うてゐる。尠くとも十年位は人人に愛読されもし秘蔵もされたい望みも持ち、さういふ書物出版の場合には良心を打込んでゐる。「庭をつくる人」もその意味で百年位は人人に読まれる作家的権利を自分は持ち、又今度出た「芭蕉襍記《ざつき》」も同時に芭蕉の光茫とともに、百年の後代を負ふことは勿論であらう。若し自分が不幸にして一巻の書物すら出すことができないとしたら、自分の作家運の弱さに拠るものであらう。幸ひ自分は平均此一巻あての書物を世に送ることのできるのは、自分の仕事栄を感じる所以である。かういふ場合出版書肆の有名無名など問題ではない、自分の書物を出版する程の出版書肆は、自分の著作の残る意味で、その書肆も自分とともに後代への橋渡しをしてくれるであらう。

凡ゆる作家詩人はその愛情のこもつた作集を世に送る為に、一年に一度位は寝食を忘れて書物をつくるべきである。書物などは子供らしい等と言ふことはならない。作家が作を為すことは前途に彼の後世へ呼びかける、「書物」の纏め上げがあるからである。片片たる雑稿の中にも我我の作家生活の苦衷を物語るものは、誠に一巻の姿を為し装ひを纏め上げた時、その雑稿もなほ栄光を負ふべきものである。作家はその半生に於て、誠に好き数巻の書物を著はして置くべきである。彼が世に容れられなくなつた時にも、自ら彼自身を嘆くべき数巻を抱擁し得ることもでき、顧みて自らの孤高清雅をも持つことができるからである。

作家が己の著書に情熱を失ふことは、その乾燥された情熱に既に退嬰的な或時期を見なければならぬ。自分の著書がどうでもいいやうな作家ずれは、自分の好まないところである。凡ゆる作家は新鮮な喜びをその著作に経験することに拠つて、益益よき書物の人たらねばならぬ。何人もその著書によつて喜びを頒ち合はねばならない。よき作家はよき書物を残してゆくことは、既に彼がよき作家であることを証明してゐるやうなものである。その著書を見よ。そして彼が作家としてどの程度の高さにゐるかを測るべきであらう。いい加減の作者に決してよき書物が残る筈がないのである。

自分は他の作家とともに益益よき書物を時時出版し、これに拠る作家的な喜びを経験したい願ひを何時も持つてゐる。併乍らかういふ自分にも書物はその出版迄の楽しみであり、市上に出るころは自分と離れた感じで、校正中の意気込みが無くなり、何か淋しい気がする。初めて自分の書物が世に出ることに依つて彼と自分とが昨日の親密さを失うてゐることも発見するのである。

元禄の昔、蕉門書肆に井筒屋庄兵衛といふのがあつた。その時代ですら顧客の尠い俳書を出版し、今は珍籍に加へられてゐる。彼も元より一書店に過ぎないが、上木困難な時に敢然として自ら蕉門俳書の出版に従事したことは、彼自身発句人だつたばかりではなく、矢張りその犀利の眼底に既に遠い後世を托み得たためであらう。

円本流行は苦苦しい軽佻な此時代に、書物を階級的所蔵慾から解放したことは事実であつたが、到底十年の見越しのついたものではなかつた。寧ろ円本は後世書屋の一隅に埃とともにあるべきもので、珍籍として保存されることは絶対に無いであらう。心ある読書生の書棚には最早円本はその背中をならべられてはゐない。唯古典の復刻的事業のみが其円本的事業として所蔵もされ、愛惜されるに違ひない。最近の「随筆大系」の如きものは何よりも珍籍とされるであらう。

漱石全集の円本は旧版を所蔵する自分に、書肆の徳義を疑はしめ、又俳書大系の円本も亦高価な旧版所蔵の自分を不愉快にした。書肆はその自家の版行に自信を持ち、飽迄時代苦を游泳すべきである。徒らに流行の中にあつて巨利を博するために、よき読者の心臓に影響してはならぬ。元禄の昔、二百年後をも睨んだ井筒屋庄兵衛を今は求むべきではないが、書肆もまた井筒屋の覇気を持つことも、せち辛き現世にあつてこそ又必要なことであらう。

円本的運命の自覚症状は却て出版界をもつと真面目に、手で愛撫するやうな書物を求めるであらう。尠くとももはや天下の読書生の求めるものは、円本の粗雑な製本ではなく、じつくりと机の上で眺めたい書物である。押入の隅などにあつても忘れるやうな書物ではない。よき装ひをもつ誠の友である書物の中に、彼等はその書籍の故郷を指して急いでゐる。何と書物への憧れや喜びを失うてゐた時の欝陶しかつた事ぞ。彼等は昔、樹下にゐて繙いた好き書物を忘れてはゐない。書物の内容と装幀とを結び合せたものが、何と我我に久しく遠ざかつてゐた事ぞ。――

「澄江堂句集」を評す

澄江堂句集は故人の香奠返しとして、香花を供へた人人への高雅な配りものであつた。自分と故人澄江堂とは故人在世の折屡屡句集上板の事に言ひ及んで、自分は郷里に和紙の出産地があり印刷も亦甚だ廉価である故を以て、自分の句集出来の後に故人も亦印刷の意嚮《いかう》を漏してゐた。併し風月の懊悩は君を君の好める鬼籍に遷し、最大の楽しみだつた句集上板は君の一瞥をも煩はすことなく、遺族の手で印刷されたのである。

故人の発句は曾て「新潮」誌上にこれを詳説したが、故人としての彼を見る時、その奥の方にある心得を悟達する為に、更めて彼が奈何に発句道の達人者としての生涯の一端に触れ得てゐたかといふことを考へて見よう。

彼の発句は明治年間に於て子規や漱石、紅葉の諸家の俊英を以てするも、決して彼らの背後に立つものでなく、秋晴の中に巍峨として立つ一痩峰としても、彼等の群峰を穏かに摩してゐた。後代明治の発句道に落筆する俳詩壇の新人は、先づ彼の発句を子規とともにその俳史の上に述説するであらう。彼が一個の小説作者である以外に発句道にいかに「青き汗」を流した俳詩人だつたかを、念念絶ゆることなき縹茫の作者だつたかを噛み当て索り当てるであらう。彼を元禄の静か世にその世にその生を享けしめ、蕉門の徒として存在せしめたならば彼は先づ大凡兆を越えたる作者たり得たであらう。

　蠟梅や枝まばらなる時雨ぞら
　白桃や莟《つぼみ》うるめる枝の反り
　茶畠に入り日しづもる在所かな
　野茨にからまる萩のさかりかな
　春雨の中や雪おく甲斐の山

彼は改造社の講演旅行のため北海道へ旅行したが、帰来先づ芭蕉の奥の細道の行脚は、元禄の当時では死ぬ覚悟で行かねばできぬ困難な旅行だつたことを、彼自身経験することに依つて新しく発見したやうに自分に話してゐた。その時の発句であり彼の作句の最後の吟草は「旭川」と前書した左の穏和な一句であつた。

　雪どけの中にしだるゝ柳かな

彼の発句に微塵も濁りを見ないのは、その稟性に清さがあつたためであらう。何よりも彫琢を凝らした彼は或意味で彼の小説作品よりも、形式が狭小だつたためにより苦心したかも知れぬ。その全生涯を通じて百吟に猶足らない発句は、恰も凡兆が句生涯を通じて七十数句しか残さなかつたのと同様の苦汁である。
彼は発句を余技扱ひにはせずに、殆ど其打込み方は少しの弛みも見せてゐなかつた。何よりも我我の気附くことは、あらゆる発句の真実は作者がどれだけ其一句に打込み相撲うてゐたかと云ふことである。その意味に於て彼は堂堂と発句の宮殿裡に打込んでゐた。漱石紅葉にはそれほどの真剣さがない。彼が子規以後の清閑な一存在を印した所以も此処にある。後代の史家は彼の発句を特筆してその真実的切迫を記録するであらう。

句集「道芝」を評す

句集「道芝」は久保田万太郎氏の発句集である。久保田氏は故芥川氏とともに文壇人の中でも、余技的な発句以外の発句を志し又苦吟する人であることは、何人も知るところである。

「道芝」一巻の発句に見る久保田氏は、談林の悲曲を奏で乍ら蕉風の古調にも耳傾ける人である。或発句の古さは月並の見窄らしい零落の面影をもち、或発句は芭蕉道の本流のさざなみに手をひたしてゐる。その新古鋭鈍の尺度は到底渾然の域のものではないが、自らその意識的古調の中に潜む恍惚は、自分の正眼に構へた発句道の弓箭《ゆみや》の叫びを微かながら偲ばしてゐる。此「微かながら」の丈夫境さへ容易に俳職人ですら得られるものではない。

まなかひを離れぬ蝶や夏隣
しくるゝや梢々の風さそひ
桑畑へ不二の尾きゆる寒さかな
仮越のまゝ住みつきぬ石蕗《つは》の花
朝寒やいさゝか青きものゝ蔓

これらの発句の完成された落着きは、二十年来発句道にいそしむ朝暮の彼が風色であり、二十年来久保田氏が築き上げた精進の美しさである。閑素や寂情や物佗しさの顕れがある。「しくるゝや梢々の風さそひ」の作者は机上の人であり得ても、遂に机上から離れて風物の呼吸を同時に呼吸してゐる作者でもある。「仮越のまゝ住みつきぬ石蕗の花」の流転の俳境は、同時に小説戯曲家としての彼の発句的小説面の佗しさを現はしてゐる。此句の成就もそこにある。「桑畑へ」の表現は彼が発句道にある手腕と冴えとを見せてゐるが、而も此発句の持つ味ひは自分の見立によれば、通俗的効果以外大して厳格な感情を持つてゐない。一応の完成と一応の美しさとを索り得ても、底のない死的風景にすぎないやうである。

この作者の性根にあるものは、江戸三百年が辿り着いた明治的開花の中に、まだ微かに残る下町の人情風俗をいとほしむ心に充ちてゐる。極言すれば凡ゆる詩俳人の持つ遺伝的な回顧風の人情風景の中に、何よりも現代的な久保田万太郎氏が散歩するだけである。発句道の打込み方に疎く均しく鮮鋭ならぬ所以も、又ここにあると云ふのも氏を知らぬ者の言葉では無からう。

併し彼が物思はしげな明治末期の俳人の俤をもつてゐることは、此鮮鋭を欠いた平易な優情的発句道への縋り方で分るやうである。彼は発句道に向うて丁丁と打込むの達人者の気合は初めから持合さない。唯ひたすらな縋りであると言うてよい。穏和な縋りは前記の染染した句境をかたち作つてゐることは勿論、又彼が一かどの詩俳人たるの遂に最も肝要な腰を据ゑるに至つたのである。

音立てゝ雨ふりいづる春夜哉
宵浅くふりでし雨のさくら哉

この二面の写実的風景の平凡は、啻《ただ》にその凡化である理由からしても得難き優しさである。彼のたまたま弱い美への縋りの最高の句であると云つてよい。彼がこの二面の写実的感情への陶酔は、人事的陶酔の時には概ね失敗してゐる。

三味線をはなせば眠しほとゝぎす
岸釣に小さんの俥とほりけり
竹馬やいろはにほへとちりぐに

此等を以て浅草詩人として彼を云々するは、久保田氏も困られるであらう。しかも最も悪句を代表したものは、遂に之等のうすい眠き句境である。久保田氏への自分の望みはこれらのうす眠き句の抹消されることを云ふものである。

「何もない庭」

「何もない庭」は百田宗治君の第三か第四の詩集である。「何もない庭」は俳書のやうな装幀で自費で出版された詩集である。

「何もない庭」の中にある人生は極めて物閑かな、言はば市井の一陋居にたむろして、自分自身の心にも又他人へも潔癖をもつて暮してゐる男の詩集である。百田君が何時静かな詩を書くやうになつたかと云へばそれは十年前の彼の詩集「一人と全体」に古くも深く根ざしてゐる物静かさであつた。今日不意に物閑かさに入り込んでゐる訳ではない。何時の間にか彼は彼の心の向く方へ深まつて行つただけである。彼自身でさへ余りに自分が静かさに浸りすぎてゐることをその詩の中では時時心づいてなほ一層手綱を緩めてはならぬと思ふであらう。

詩の最高峰は静かさの中に縛め付けられたものの一切で、穏かさで烈しさを叩き上げるものである。彼の詩は多難な幾様かの生活から自ら髪ふりかざし乍ら叫ぶかはりに、沈んでその幾様かの人生を縛め付け圧搾してゐるのである。この周到な心で戦ふことは容易なやうで却却できぬ。

出奔

妻よ外出するおまへに
わたしは何かと気をつけてゐる
おまへといつしよに行くことのできぬ私は
おまへが電車道をよぎり
自動車をよけ

天の加護ある子供のやうに
無事に早く帰つてくるのを待つてゐる
——だのに、妻よ
なぜおまへはこの家を出奔て行つたのだ。

詩が進んで選ぶ道は少くとも今日以後に於ては最早人生の詩でなければならぬことである。これは私の十年以前からの信頼と少しも渝らない。——詩の中にさぐり当て掻き撫でる素材の如きものは、小説の中の人生をひねり潰して仕上げたもの、わづか十行の詩の中に人生の全幅に触つて行くものでなければならぬ。単に詩が詩である意味のものは最早我我の後方に踰《こ》えて来てゐるのだ。

出奔一篇もまたこの本物の詩を引提げて立つてゐる。在来の百田宗治君はぐつと背伸びをして立つてゐる。微塵も濁つては居らぬ。かういふ詩をいま提げ立つてゐるものは、彼一人であると言つてよい。僕の見るところに疑ひなければ、彼ほど詩を勉強してゐるものは稀である。そして絶えず前へ前へと進んでゐる。俗銭名誉に走らず、念念歇みがたい精進は何人も嘆を久しくするところである。自分の言はうとするところも此一つの事がらだ。気のつかない人はよく見るがよい。烈しさを静かさで叩き上げることは簡単にできるかどうか——

彼の静かさは併乍ら完璧の域のものではない。詩の最高峰が清らか静かさ穏かさであるといふ信頼を彼がもつてゐるならば、なほ一層に澄み透らねばならぬ。澄むと云ふ事や透る事は容易に完璧されるものでなく、なほ幾様かの数奇なる人生や心境の変遷の後に自ら濁れる水の澄むごとく、極めて時間的に少しづつその清澄の時を得るものであらう。

「鏡花全集」に就て

鏡花全集の背中の黄緑と表紙の薄い紫とは何時もながら穏かな調和を蔵めてゐる。鏡花氏の題字もその穏和な装幀に当て嵌つて結構を尽してゐる。も一つ、その函張りに内容の作品目録を掲げ読者が作品を繙く為に便宜を計つてあるのは、誠に尽せりの感じである。

鷗外全集や漱石全集にも書目を函の上に表記してないために、予の如き健忘症の徒は全巻を一々繙到せねばならぬ不便がある。分けて俳書大系の如きは芭蕉時代や蕪村時代を別冊に編成してはあるものの、これも逐一繙読の為に全冊を当る臆劫を感じてならぬ。早晩これらの全集は各冊の書目を類纂の上、函張りの上に明記すべきであらう。この点に於ける鏡花全集の便利なことは言ふまでもない。聞くところに拠ると小村雪岱氏は、一々毛筆で支那版下の文字を詳細に書いた上、これを木版に付したものださうである。あれらの数百字を一々毛筆で書きつづる為事は、寧ろ数学的面倒と機械的の精緻を要するものであるが、小村氏がこの匿れた仕事を試みて居られるのは、私の窃かに舌を巻いて嘆賞する所以である。

装幀は作品と一緒に、或は全然装幀のみの独箇の値として永く後世に問はるべきものである。書物の晴衣としての装幀はその時代の結構や風俗文明の程度を後代に語るに優弁なことは、木板時代に於て元禄版や享保版の紙質や表装の流行に伴うて、自ら元禄の典雅は享保の雅籍を超えてゐることは言ふまでもない。或意味では装幀は百年の後に一瞥してその時代の何物かを釈明するものでなければならぬ。新潮社の「小説家全集」の如き一人一冊宛の場合も、なほ函張りに作品別を明記した方が便利で単行本購入の際に照合して欠を補はねばならぬ。序であるが同小説全集は手ずれがして黒表紙が剥脱した後にも書物としてよい好みを持つてゐることは、装幀者の用意を窺ふべきである。

装幀は古本と姿をかへる時に初めてその味や渋みを表現すべきものであつて、すくなくとも十年見通しの装幀に取り掛るのがその順序であらう。眼前流行の書物はそれ自身で亡びてしまふのだ。書物はその父が子の代にも子がその父となる世にも残存してゐるもので、装幀の堅実典雅たるべきは目前の興趣や、読者への単なる心づくしではなく実に或意味では作品よりも一層後世に残すべきものである。この意味で鏡花全集の「函」は単なる「函」ではなく、「函」の種類に於ける好個のよき見本であらねばならぬ。以て推奨する所以である。

「芥川全集」

自分は書物の装幀程その作者の気質の出てゐるものは無いと思つてゐる。装幀を見て作者がどの程度まで気持が上り詰めてゐるかといふことを見ることが出来、作者の好みの中に時代の向側の何年かを睨んでゐるかといふことを感じる。（併し自分は装幀以下の装幀に対してはこの言葉を成す者ではない。）装幀以下といふ言葉は充分に理解されてゐない本屋のそれをいふのだ。併乍ら装幀にも時代と本屋との関係や経済をも頭に入れなければならぬことは勿論である。唯作者の何者かが一本装幀を刺し貫いてゐることを見ることができれば、自分の云ふところが通じるやうな気がする。

自分は詩集の如きは今年だけで百冊に近く寄贈を受けてゐる。それらの装幀は稚拙ではあるが各各心を籠めてある点で、それらしい勇敢と典雅の姿をもつてゐる。坂本源といふ人は自作の装幀に南京の黄ろい布を用ひ、その為支那町を探ねたと書いてあつたが、その意気と用意怠らぬことには感心した。

芥川全集の装幀は生前にその布の色を決定してあつたさうであるが、遺子比呂志君の文字も稚拙を超越した美事さをもつてゐる。全集の委員が比呂志君の文字を選んだことは、美しい思遣りでなければならぬ。芥川君の在来の書物の装幀は些か派手だつた。今、全集を見て芥川君の志もまた此処にあつたことを喜しく思うた。紺布地の粗面の美は初めて布地の美を引きずり出してゐる。併し自分としては此友もこのやうな全集の姿になつたかと思ふと、歳月の悩みが怨めしい位迅く訪ねて来たことを感じるのだ。

「山村暮鳥全集」

詩人山村暮鳥はその生涯を殆ど田舎の海浜で暮した。海浜にあつた家庭に朝日の温かい美しさを喜び、海岸伝ひに散歩する事を喜び、日常の細かい様様な生活の味ひを喜び、子供に自分の分身を発見する事を喜び、詩作に倦まないで其作の出来上りを喜び、――凡ゆる微妙な物の中にも、全き彼、山村暮鳥の魂魄を打込んで喜びもし生活もした人であつた。

家庭にある温かい朝日のひかりや、机に対うて絶えず何か書いてゐる機嫌のよい彼の住居の遠くに、既に彼を召し拉《っ》れてゆくもののあることを知らう筈がなかつた。或は彼はそれを予め知つてゐたかも知れなかつた。併し彼の不断な詩作を恃む後代への心がけは、さういふ彼を現世から引き離すものを考へる暇もない位、彼を全きまでに努力させ高揚させせてゐたからであつた。しかも彼は最後に氷のやうに冷たい喜びをその手に握つてゐた。

山村暮鳥は牧師の聖職に従うてゐたが、寧ろ彼は芸術的宗教を奉じた側の人だつた。彼が牧師を辞したことは文学の中にあるもので宗教に勝るもののあることを発見したからであらう。彼の生涯の中で彼を終始した宗教、その耶蘇教的欺瞞の中にすらある多くの真実が彼を最後までとらへ、彼を悒鬱《いふうつ》にしたことも実際だつた。宗教家を厭うた彼の生涯も所詮文学的表現の上では常に一つの思想としての、幽暗な匂ひのある宗教の色や感じを揺曳してゐた。恐らく彼の生涯の中に絶えず明滅された是等の燈は、その生ひ立からの宗教的境涯の惰性の上からも、或は点火《とも》り或は消え或は明るく輝いてゐたものであらう。彼の詩的精神を貫ぬくものは何時も何か厳かな物でなければ、冴えた美を射り止めようとする狙ひや睨みの努力であつた。彼は此狙ひと睨みの間に悶えもし又自ら苦しみもした詩人だつた。様式の転換、語彙の清新な意図、素材への幼稚なまでの真実性のある諸相は、軈《やが》て彼が最後まで自分を研ぎ澄ますために怠ることなき人だつた。

自分の何時も考へることは山村暮鳥は決して不遇な詩人でなかつたことだつた。彼を不遇として考へることは彼の素直な凡ゆる喜びに満ちてゐる彼を憂欝にさせるものだつた。彼は彼だけの生活を拓くために決して躊躇する人ではなく、寧ろ勇敢に進みもし突き破りもした人だつた。唯ひとつ最後に遺されてゐる彼の伝記が、彼の手で完成されなかつたことは何と言つても彼の末期的炎を尽すことのできなかつた焦燥を自分に暗示して来るのだが、或意味に於て凡ゆる伝記的な感情の断片ともいふべきものは、既に彼の詩の上に盛られてゐることを思へば、それすら彼の全鱗の上に何等の渋滞を来すものではなかつた。山村暮鳥は美事に完成され、そして寂しい一つの塔を日本詩壇の上に聳えさせてゐる。茨城県磯浜の波はその塔を洗ひそそぐために、彼の好む燿やかしい朝日の光りとともに毎日彼を訪れてゐるだらう。

＊本稿は『暮鳥詩集』（厚生閣書店、昭和三年）の序に「詩集に」の題で収載された。序の筆者は他に、萩原朔太郎、福士幸次郎、前田夕暮、土田杏村。（編集部注）

喫煙雑筆

喫煙雑筆

一　西洋煙草

パイプで喫む西洋煙草は一日の間に五六服あれば、自分には事足りてゐる。パイプの壺には柔らかに程よく煙草を詰め、最初の二三度喫ふ時のうまさは意想外である。主としてその煙の量が膨大であることにも甘さは原因してゐるが、それよりも西洋煙草の味ひが強いためであらう。自分は味の複雑なためにミクスチユア物を愛喫してゐる。ミクスチユアの味は優しいものや強烈なものや濃厚なものの交合的味覚であり、同時に百花一時に開くのうまみを包含してゐる。人知れず横臥しながらこれらのミクスチユアのパイプを銜へ乍ら、恍惚としてゐる状態は懶怠《らんたい》であるよりも非常に幻覚的な状態であると云つてよい。

パイプは俗にマドロス・パイプと称へられてゐるが、自体夥しい西洋臭味を持つてゐる故に、俗流ハイカラのそしりを免れないのは為方のないことである。町の散歩道路などでは甚しく気障に見えるが、之れも亦仕方のないことである。書斎の中で一人でふかしてゐる分には天下晴れて喫み楽しむことができるやうである。パイプの形体はそれ自身古風な海洋航海者の愛蔵品のやうに、或東洋的なとまで言はれる程の面白さと稍《やや》骨董的な品格とを持つてゐる為に、自分には最早ハイカラの意識的謙遜をもたないやうになつてゐる。パイプのための著書や写真帳やパイプ箪笥や磨き膏や掃除道具のあることは云ふまでもない。

パイプの愛用者の恐しい病気は舌癌であらう。舌端がいつもパイプの吸口に戯れるために永年の間に稀に起る病気らしい。下の方へ彎曲されたパイプの吸口は就中此種の疾患に襲はれ易いと云はれてゐる。此間来朝したアインスタインは終日パイプを磨いてゐたさうであるが、支那人が終日玉をまさぐるやうに、西欧人はパイプを弄し慰むらしいやうである。日本人が煙管を愛用するやうに。

二　煙管に就て

自分は煙草は好きであるが喫煙道楽ではない。それ故高価なものは余り喫まぬことにしてゐる。たまにミクスチユアを造る以外、大概クレエブンミクスチユアで我慢してゐる。マイミクスチユアは時時喫むがそれを絶やさずに買入れて置く程度で、高価なマイミクスチユアでなければならぬことはない。

煙草は自分には様様なことを「考へる」ためにも必要であるが、悪辣なニコチン夫人の手にしがみ付かれてゐることが快楽である外、胃の底まで脂で染めることは恐しいに違ひない。然し此ニコチン夫人の手管の中に恍惚としてゐる味ひは到底忘られぬ。紙巻の風味は何か甚だ手頼りないが其手頼りないところが又好ましい。スターが稀にうまい味ひをもつてゐるが、パイプで喫むほどの甘美さは到底無いやうである。

日本の煙管《きせる》趣味は、文明開化と共に遂に今日では遺憾乍ら没落した。西鶴や近松の洒落者のまさぐる銀細工の煙管の意気は、今日の自分に何等の同情を惹くに至らないのは、一つには自分等は文明開化の奴隷であり得たこと、又一つは実用的に不便な煙草を弄する必要がなくなつた為であらう。あれらの繊首の煙管で喫煙することは今の我我には想像もできない苛苛しさである。あれらは喫煙的遊戯に近いと云つてもよい。併乍ら我我の父祖は斯如き優雅な一美術品の媒介で悠然として喫煙の中に消光してゐた。その談裡に煙管の輝きを見せながら、喜怒哀楽の三百年を閲してゐたのであつた。

金唐皮の煙草入に数百両を抛げ打ち、その根〆や目釘に金銀を鋳ばめたのも、もはや相応の骨董店か或は売立以外で見られなくなつたのも時勢であらう。煙草の歴史の短い我国の慶長以来の贅沢三昧も、その比較を見ない奢りの中に一朝の煙草の如く没落した。我我がこの三百年を一瞥する時に美しい工芸の園生である一極島を夢のやうに想ふのも無理のないことである。慶長以来煙草入れの金具は力の目抜や女の髪の装飾具から、その形や姿を代へて様様に進化もし発明もされたのであつた。その布地は女持は女の衣裳や能衣裳から工風され、男持に陣羽織や馬の道中覆ひから支那朝鮮の唐皮類にまで、その珍奇の用材を求め渉猟してゐた。金唐皮は一寸四方百円もするのも素人には信じられぬことであらう。斯様な烈しい傲奢の沙汰も明治の開花によつて殆ど形なきまでに淘汰された。といふより紙巻の流行は此煙管趣味の王国に遊ぶことを禁じたのである。自ら此喫煙の園生にも猶且明治初年の生活苦が浸透してゐたと云ふ見方も、一応は首肯くことができることであらう。

序でだから書くが此煙管に刻む文様は概ね幼稚で単純だつたのは、その煙管の極めて小さい洒落れた形の為であつた。文様の如きも武家の持つものは定紋章を鋳め、町家は自ら自由なものを刻んでゐた。併しこれらは悉く刀の鍔の文様図案から摸倣されたことは、その時代の大半の風俗に較べても瞭然することである。徳川中期以後これの奢が頂上だつたことも当然のことであらう。

三　静物としてのパイプ

自分の目撃した或亜米利加人は五時間立てつづけにパイプを啣へ、絶えず喫煙してゐた。又西洋人は列車中の食後に心から楽しさうにマイミクスチユアを喫みながら、窓外の景色を眺めてゐた。自分は彼の横顔にゴッホの一画面を思ひ出し、壁にかけられてあつた数個のパイプを描いたアンリイ・マチスの心理と其動機を感じた。

西洋のパイプなるものは其三百年以上の歴史を持つてゐるに拘らず、それ程も進歩しないらしかつた。木根草皮から作られたパイプは漸くダンヒルの最上物に至るまで、形態や細工の上で我国ほど著しい進化を見ないやうである。あれらの型や形以外に進めないことは、日本の煙管が支那朝鮮の形態以上に出なかつたと同様であらう。西欧人に比較して我国の工芸美術が肌膚《きめ》細かい自らな図案や文様を持つてゐることは、充分に注意すべきことであらう。又煙管の形が支那朝鮮では、自ら悠長な大民的な長い管と大きい壺をもつ煙管を、西洋人は最もその体質的なパイプを作り出したことも偶然ではなからう。

四　挿話

自分は時時下草を買ふために植木屋の庭を訪ねた。そして其処の強慾非道の半翁に自分の入用な下草を掘らせるのが常であつた。半翁は一々奈何なる草本木皮の類にまでも、その信ずる値段を自分に告げた。自分はその度毎に草本木皮が金銭の支配を受けてゐる為めに、特にそれらの草本木皮の美しさを知るのだつた。

然し植木屋の強慾非道は曾て自分を不愉快にしないことはなかつた。春浅い或日のこと、自分の前で美しい女の足のやうな敷島を一本袋から引きずり出し、惨酷に火をつけて燻らし乍ら彼は云つた。

「朝敷島一本ふかしながら芽先きを見廻つてゐると仲仲快い気持です。」

五　煙草の理解

自分の最初に喫煙したあやしい記憶を辿るならば、異性へ近づく時の物珍しい気持と大した変りはなかつた。加之自分は煙草を理解するために様様な苦心はしたもののの、遂に煙草が自分だけの人生に於て何故に斯様に貴重であり必須なものであるかが、其根本の「必要」に対して理解することが出来なかつた。それ故当時十六歳の自分はその最初の煙草を理解する努力を遂に放抛した。自分が煙草を解するやうになつたのは幾つくらゐだつたかが、今以て甚だ漠然としてゐる。それは二十の年代に於て自分が何を考へつつ生活してゐたかといふ問題の漠然たると同様に、極めて曖昧模糊たるものであつた。

「君は何故に煙草を好みたまふや」と往復葉書を以て回答を促すものがあるとしたら、自分はそれは分つてゐるではないかと遂に回答に応じないであらう。加之どの程度迄、「解つてゐる」かも能く判じがたい痼疾的理解であるからである。判り過ぎてゐることは屡屡自分には無限の判明力であり、その無限故に焦点に触れることのでき難い広汎な意味の理解だからである。煙草の理解は最早我我が曾てダンヒル会社あたりから求めて来さうな往復葉書に対して、回答を与へる必要のない程の愚問だとしか思へない。

唯、自分の熟熟《つくづく》念ふのは雨の夕も風の日も煙草の濛濛たる煙の中から、どれだけ裏悲しい日を送つたかも知れない事実である。煙草は事実人生の詩情を盛るに猶飲酒家の如き悲しいものであつたことは、多くの人人の忘れもし想ひ起しもしないことであつた。或意味で近代の焦燥的な生活の一面に実に煙草と闘ふ瞬間のあつたことは、何人も亦静かに想ひめぐらすことができるであらう。そして煙草が我我の生活面に於て単に必要以上の皮肉な役目を持つてゐたことも次第に理解するであらう。

六　美的感情に就て

自分の紙巻煙草に対して優美の感情を誘惑される場合は、多く女の人の喫煙的ポーズの美しさにあつた。一例をあげれば今夏の或深更、信越の一山峡の駅で、自分は一老俳友を送るためにプラットホームに佇んでゐた。送るものは自分一人であつた。自分は窓際から隔れたところで老友に一揖《いふ》を試みた後、不図後方五つ目くらゐの窓ぎはから、夜半の冷たい空気に濃い煙草の烟が静かに揺曳するのを何気なく目に入れてゐた。それほど此山駅の夜更けは静かだつたのである。列車の中は春のやうに明るかつたが、間もなく汽笛一声とともに動き出した。自分の前に五つ目の窓が動いて過ぎたときに、若い婦人が白粉気のない顔を自分の方に向け、静かに敷島か何かをうまさうに燻らしてゐた。自分はその瞬間に可成りに放埒な優美の情を会得した。

又一例、

今は李園に花を競ふ人ではないが、伊太利にフランチエスカ・ベルチニといふ女優がゐた。彼女は千九百十年代の映画の中では、鼈甲か何かの長いパイプのさきに繊いくちなしのやうな紙巻を挿んで、静かにトルコ絨毯の上を歩く一場面があつた。自分はこの場面に同様煙草の美しさ壮大さを理解した一看客だつたのである。歳月悩み多く今や此人も亦再び昔日の李園に艶を競ふことはないであらう。

又一例、(しかしこれは美的感情を誘惑する例ではない。)

煙草がまだ官営にならない前のことだ。自分の国の方の山間の町で煙草を産する鶴来といふ処があつた。当時煙草を刻む五寸くらゐの長さの煙草刻みの庖丁があつた。其後官営になつてから此小さな庖丁はその土地の名産のやうになつて果物を剥ぐ小刀に変化した。今では金沢の城下で皮をむくための小刀は、この煙草刻みの庖丁が利用されたのである。恐らく昔の煙草が民間の手にあつた時代の遺物としては先づ此庖丁位が其著しい一つであらう。

七　ニコチン夫人

自分の少年時代にはヒーロー、サンライズ、ホームなどの煙草があつた。煙草の箱も相応に凝つたものが多く、小さい油絵めいたカードが一枚宛挿まれてゐて、美しい踊り子なぞが書かれてあつた。自分の家へ親類の者で兵隊に行つてゐるのが日曜ごとに遊びに来て、そのカードを自分に呉れたものである。

煙草が官営になつてから煙草に用ひられるものの、工芸的現象が亡びたことは煙管や煙草入れの需用を尠くしたことを見ても判る。自分等が少年時代に見た煙草に対する幻像《イマジネーション》すら、既にあの美しいカードの失はれてゐることだけでも、重大な意味を持つてゐる。同時に今から十年の後には全然煙管や煙草入れを懐中にする古風な婦人の好みも、必ず失はれるに違ひない。又それらの工芸品は全然滅亡するであらう。近い一例は羅宇屋の車を引く老翁を殆ど見なくなり、昔日一片の古詩は既に埃巷にその姿を失うてゐる。

自分は二年程前に省線電車の中で、熱心に一職人風な男が敷島の箱を覗いてゐるのを見て、不思議な気がした。次ぎの瞬間にその男が煙草の数を調べてゐることに気づいて、自分は謙遜の徳を間接に感じたのだつた。自分もそれらの煙草の数を算へながら喫煙したことがあつたが、今から思ふと鳥渡懐しい気がしないでもない。——自分が市井に筆硯を引提げて放浪してゐたころは、一個の巻煙草にも或時は押戴いて喫煙するに近い気持であつた。時勢は移つても今の青少年諸君にもこれらの謙遜の美徳は持ち合してゐるだらう。

自分は先年呼吸器が弱つているやうだつた時に、紙巻の純白な筒を見て何か直覚的に毒筒のやうな気がした。又、反対に年のせゐか夜中に眼を覚して一服喫ふ甘さは、毒とは知りながら廃らずにゐるのも、よくよくニコチン夫人に愛せられてゐるからであらう。

煙草に就て

自分の煙草を好愛したのは十六七歳の頃に始つてゐる。自分のその頃の記憶に拠れば煙草を好愛するのはハイカラを理解することであり、文明の精神を会得することでもあつた。煙草は今では自分には音楽でもあり絵画でもある様様な空想を刺戟し、妄想をたくらむ物のごときものであつた。

煙草は有史以前から好煙されてゐるものであることは人の知るところであるが、日本に入つて来たのは天正年間か慶長の頃であらう。ポルトガル人が持つて来たことは疑ひもないことである。自分等の祖先の体内に有害な支那地方、朝鮮地方、又欧州婦人等の血液が浸潤してゐるやうに、永い天正の頃から煙草の害と毒が流れてゐるのである。自分等が煙草を好愛するのは実に今日の趣味ではない。

煙草は淫りがましい心が銜へるやうである。煙草を好愛する我国婦人の階級は殆ど上流に行はれてゐないと云つてよい。自分は煙草が非常に性慾と密接な密度を持ち喫煙の過度な疲労は一種の性欲的なるものであることは否まれない。自分の煙草を好む所以のものは或は一事に即してゐるかも知れないのである。

或情死者を二十分後に検診した一医師は、まだその男の方の肺臓から烈しいニコチンの臭気を感じたことを報じてゐる。情死前に如何に烈しい喫煙の快楽を擅《ほしいまま》にしたかが分る。死刑囚が一本の煙草をほのぼのと喫みふける気持は我我喫煙家の能く理解する心持である。

自分は此頃パイプで西洋の刻み煙草を吸うてゐる。自分の如き閑暇人はパイプを左の手にしながら永日閑の文を綴るに相応しく思はれる。パイプで煙草を吸ふことは何か知ら「物語」を感じるからである。煙草は心の物語を調和するものだ。人悲しめば又煙草も悲しまねばならぬ。心に憂ひを有つ人の煙草の苦さは、その腸に滲るやうである。酒杯を手にしながら酒に断腸の思ひを遣るのは最早時代遅れであらう。今の世はすべからく一本の煙草に天地有情を感じ又世態人情の儘ならぬのを嘆くのに相応しいやうである。

自分はパイプを所蔵する人人による毎月の会合に出て、自分もそれらの喫煙倶楽部の一員になり、手垢や焦げや歯の痕や、煙草の脂やにまみれたパイプをお互に吸ひ乍ら、半夜の卓に対ひ何か知ら雑談を交すことを愉快に思うてゐる。これらの会員は悉くパイプを携たねばならぬ。かれらは一本の燐寸に三個のパイプの壺を合して喫煙するに機敏なるものでなければならぬ。又、かれらは均しく此半夜の喫煙を以て飲酒の宴に勝る愉しさを迎へねばならぬ。かれらは均しく貧乏人でなければならぬ。

唯われわれ会員はその焦げと手垢に古びたところの、しかもあまり高価でない薔薇の根のパイプを銜へ、電燈を眺めたり往来する婦人連を眺めたり、極めて騒騒しい喫茶店の一隅に坐つてゐるだけである。人人は嗤ふにちがひない。併しながら我我は宴会や会合の皿や匙をがちやつかすよりも、心ばかり喫煙して居ればよいのである。それは静かでもあり本能的でもあり、又酔ふこともできるからである。

目録

四月日録

四月一日

庭のもの皆芽を吹く。土割れたる有様は暖かさ掻き上り行く如し。

夜、パイプの会のため三橋亭に行く。

パイプの会は「驢馬」同人の煙草を喫む会合也。料理は各各好きに摂り好きを飲み、己の分のみを払ふ。今宵はクレブン・ミクスチユアの試煙にして、各自の出金によりて一鑵を買ひ求むる也。

煙草の濃厚なる食後のうまさは何に譬へん様なし。茶を料理のあとにて味ふは茶人の心得なるが、煙草もまた料理の後その味優れたり。ことに西洋の刻みは大味の内、こまかき味をふくめりと雖も、概ね料理の後に喫ふに相応しかるべし。クレブン・ミクスチユアは愛情あり人懐こき煙草也。その味ひ春のごとき温かさあり。また或種類の恋愛的なる甘さをふくめるは最も愛煙に適したるものなるべし。

帰らんとせるに北原白秋君に会ふ。

酔余の白秋君と暫らく話す、却却離さず漸漸の隙を見て去る。諸同人と黒門町の或喫茶会に小憩するうち、ややありて暖かき春雨となる。

二日
杏咲く、杏の枝を折りて生ける。杏は花咲けるよりも蕾の色濃きが美しき也。

昨夜の喫煙過度にて舌の上ざらつき荒れたる如し。

「文藝道」の記者見えられ、短冊かくことを依頼さる。

稲垣足穂君来る。例に依り稲垣君に酒を出す。静かなるこの酒客は予が友の中の珍らしき酒豪也。けふ二日会なれば行かずやと誘ふに行くべしと言ふ。

森川町に行きしに既に夜食始まれり。暫くの後、中村武羅夫氏見え広津和郎君来る。小会なりしが静かにしてよろし。

帰途広津君稲垣君と白十字にて茶をのむ。広津君と親しく話したるは今夜がはじめて也。

三日
春陽堂の笹本君小説全集の件にて来る。要談の後、宮木喜久雄君来る。

四日

「不同調」の嘉村君原稿の件にて来る。
下島先生子供の来診に見えらる。
五日
桜やや色に出づ。
夜来の春雨小止みなく庭後の杏の散ること荐《しき》りなり。
新潮合評会に行く。
初めての出席なればうかうかと喋りて後悔す。宮地嘉六君、心に温みを持ち乍ら話せる有様予の好感を惹く。広津君の正直一図なるもよし。
六日
「古風な写真」の校正刷を中央公論社へ持つて行く。島中氏に三年振りにて会ふ。
平木二六《じろう》君来る。引越しをなす由、詩二篇を書き平木君のため「女性」の古川君に手紙を書く。
宮木君来る。芥川君下島先生同道にて来る。短冊など書きて興を遣りたり。
　空あかり幹にうつれる木の芽かな
七日
堀辰雄君来る。国元の母より干鰈到く。

干鰈桃落る里の便かな

八日
春暖漸く臻《いた》る。
浅草東京館に「人罠」を見る。詰らず。
中田忠太郎、宮崎孝政君来る。

春雨や明け方近き子守唄

銀座田屋にてパイプを一本買ふ。散歩用の軽き小型のロンドン製也。パイプは歯に重みを感じざる程度のものをよしとなす。歯に疲労を感じるものは重き也。散歩になるべくパイプを銜へざるやうにせるは、気障になること屢屢なれば也。なるべく人無きところ、あるひは自宅にて喫ひたしと思ふ。
尾張町の角にて修繕したるパイプを受取り、ローマイヤにてベーコンを買ふ。
植木屋けふにて春の手入れを終へたり。此間より竹の句作らんとして遂に三句を得るのみ。

竹林や石叩き行く竹の風
竹の葉を辷る春日ぞ藪すみれ

藪中や石投げて見る幹の音

九日
髪の毛伸び鬱陶しければヤング理髪店に行く。亀屋でバタを木村屋にてパンを買ひ、藤屋にて茶をのむ。久保田万太郎君に会ふ。
夕方、中野重治君来る。学校なんぞ出鱈目也と新文学士嘯《うそぶ》く。

十日
けふ三春の行楽を追ふひと多し。庭後の沈丁花散る。
宮崎孝政君来る。午前より日没まで七時間坐り居れり。創庵以来の長尻の客也。
窪川鶴次郎、宮木君来る。
坂井柳々君来る。俳論あり。
「文藝時報」の中山君来る。気の毒なれど談話を断る。

枯笹や氷室すたれし蕗の薹

十一日
落花しきり也。
宮地嘉六君来る。百田君来る。
宮地君と動坂を歩く。

十二日
森林社同人、松江、宮崎、大黒の三君詩集の会合のため来る。

夜、驢馬社に行き同人と散歩に出づ。

十三日
午前、竹を伐る。庭後明るく春の日透る。

楓の芽漸くほつれ始む。

百田君田中清一君と来る。田中君とは初対面也。竹村俊郎君来る。石原亮詩集の序を依頼に来る。

けふ銭湯に行きしに高き硝子窓より落花吹き入り、浴槽に泛びたり。春やや深き思ひをなす。

百田君の贈物、マイ　ミクスチユアを喫煙す。味ひ素直にして高雅の趣あり。クレブン　ミクスチユアの人懐こき味ひもよけれど、マイ　ミクスチユアに越したることなし。サンキユアードは素気なく、ゴオルデン　ハバナは柔らか過ぎるきらひあり。一度マイ　ミクスチユアを喫煙しては他の何物も及ばざるごとく思はる。

ミクスチユアは味ひ複雑にして、あまさ、にがみ、強さ各各渾然たる如くして然らず。別別に舌の上に味ひ残りゐて愛煙すべし。又パイプの暇暇に紙巻を喫へばパイプの味ひ夢の如く戻り来りて愉快也。十七八年前、デザアンクルと云へる仏蘭西の粗悪なる煙草を喫ひたることを思へば、マイ　ミクスチユアの如きは宮殿裡にこそ喫煙すべきものならんか。

　パイプの煙は一つにはその姿美しく、又量に於て朦朧として何か旺んなるところあり。自らその煙を眺むるは悠長なりといふべし。

　十四日
　重重しく曇れる日。

　芥川君のところへ行く。まだ炬燵の中にあり、庭前の落花しきりなるに呆然たり。

　夜雨を遠く聞きて早く寝る。

　十五日
　夜、三橋亭にてパイプの会あり、マイ　ミクスチユアを試煙す。澄江堂も参会、古風なるパイプを銜へたり。

　自動車にて銀座に出、日比谷から小川町に抜け、池の端を廻り公園をぬけて、元の三橋亭にて別る。十二時七分前也。

　十六日
　昨日の過度の喫煙にて舌爛れて痛し。

久しぶりに午睡をなす。午睡のできぬ癖なれど、卅分くらゐ眠りたり。うつつに風荒れるを聞く、これ春眠といふべきか。

澄江堂よりの臼人蛙の戯画をかける。お隣より貰へる白の大輪の椿一本を生ける。むしろ牡丹のごとき椿なり。

改造社の古木君用件にて来る。

妻の姉よりさしあみ鰯送り来る。さしあみ鰯の漁れるころは金沢も春の最中なり。李や杏も散りはてし頃ならん。来月早早に行きたしと思ふ。

十七日
朝子風邪の気味也。

主義者と名のるもの三名来る。断然金員援助拒絶す。

中田、黒田、相川、窪川、栗田の諸君来る。

入浴後、新茶をのむ。昨年は五月の上旬に初めて新茶を喫みたり、走りなれど初夏の心意気あふれゐる心地す。

十八日
金沢へ搬ぶ下草の植ゑかへをする。庭のものの若芽美しく、幸福らしきものを感ず。竹には筍生えたり。

岸田劉生氏へ打電、「庭をつくる人」の装幀を急がしたるなり。装幀送れりとの返電来る。

「大調和」の記者来る。平木、窪川の二君来る。下島先生、朝子来診に見え、大したことなしと言はる。

夜、宗祇の寛文版の句集及梅室選の嘉永版を本郷にて買ふ。

十九日
春やや闌けしが如し。

未知の紳士訪ね来りて、このたび庭つくらんと思へるが予が意見と築庭の程話されたしと言ふ。庭はすきずきなり、人の意見聞かんより先づ己が好きになされよと言ひ、帰したり。予の築庭の如きは全く詰らぬものにて、斯道の達人の如く思はるは迷惑なり。予に聴かんより寧ろ市上一介の植木屋を対手にしたる方余程それらしきもの作られんこと必定なり。予のごときはつねに頭にて描ける庭にのみ遊ぶ輩なり。

岸田氏より「庭をつくる人」装画来る。予の好みの程あらはれ喜びとはなすなり。

西澤、宮木の二君来る。風邪の気味なり、昨夜鼻のなか痛みしが今朝なほいたむ。

夕方風出でて竹の鳴るのを聞けば、晩春のこころ深きをおぼゆ。夜に入り頭痛烈しく下島先生に薬餌を乞ふ。

二十日

昨夜より頭痛烈しく起きられず臥床す。

窓硝子を掠めて楓の芽ひらく。亀屋よりオート・ソーテルヌ到く。

昨日より風歇まず、花の屑、木の芽、縁側に埃とともに舞ふ。新茶の味ひ今日却却にうまし。

金沢大火の号外出づ。朝日新聞の予が故郷の大火を号外に出して報ずるは喜しき限也。古き町家の又失はれしかと思へば果敢《はか》なし。六百戸焼けしと云へば金沢にては古今稀れなる大火也。来月金沢に行くこと思ひ止まる。故郷の人ら家を失ひしを眺めつつ、我が庭つくらんと思ふは気遅れを感ずるなり。

夜、風邪を冒して陶々亭の「森林」の会に行く。

諸銀行休業の号外出づ。

二十一日

風邪快き方也。

昨日の暴風にて庭荒れたれば、掃除をするに稍寒《やや》さを感ず。柔らかき芽生えの折れたるが哀れ也。一人にて叶はざれば妻及女中に手伝はす。

（昭和二年）

軽井沢日録

七月六日、七十度。雨。軽井沢に着く。去年の別荘に入る。まだ初夏の風情也。
セルに着換へ、子供らも着換へをなさしむ。西洋人など避暑客未だ少数なり。
　七日、七十二度。雨。
町にて買物をする。荷物を解くため去年来て貰ひしお捨さんに来て貰ふ。
畑の葱をぬき肉を煮る。
夕方、向ひ別荘に西洋人の一行着く。
　八日、雨。七十度。
障子を閉め火鉢に火を起しても寒し。
けふから仕事。
夜、薄き月出づ。
　九日、快晴。七十六度。

朝早く山ぜみ啼く。

山蟬のきえ入るところ幹白し

赤腹といふ鳥終日啼き夕方霧下る。上海あたりより避暑と動乱を避ける派手なる外人門前を過ぐ。

十日、快晴。七十七度。やや暑し。午後霧下る。終日客無く山中の閑暇擅《ほしいまま》也。森の中、林の奥の別荘の燈火次第に点る。日曜の晩なれば讃美歌とオルガン聞ゆ。

十一日、晴。七十七度。朝よく聴けば色色の小鳥啼く。雷鳴の後夕立あり、晴れて後通りに散歩に出づ、正宗白鳥氏に会ふ。正宗氏咄嗟に菊屋を指差す。喫茶部あり小憩。再会を約して別る。

十二日、晴。向ひの西洋人の女の子、うちの子と遊びませうと呼びに来る。

続軽井沢日録

八月一日、晴、七十二度。

誕生日なれば赤飯を焚く。誕生日の祝に子供からスター一個を貰ふ。

芥川君の追悼文書かぬことに心を定む。故人を思へば何も書きたくなし。「中央公論」「改造」へ事情を云ひ断る。

この日、中河與一君一家族来る。

志賀直哉氏庭前に来て長與氏へ来れる途すがらなりとて寄らる。

同じく二日。晴。七十度。

西洋人の子供大勢花をもらひに来る。

「文藝春秋」の菅君に自分の意思をつたへ悼文を書かぬことにする。「文章倶楽部」へも同断。

午後小畠義種帰京。送りながらプールに山根義雄君と行く。

同じく三日。七十度。雨。
山根君帰京。洋村秀剛君来る。
中河君の奥さん別荘見つかりしとて見えらる。
同じく四日。七十度。雨折折、霧。
午後すぐ上手の長與善郎氏を訪ふ。病中にてすぐ帰る。
夜、聖路加病院の池田博士と助手と共に話に見えられる。数刻の後病人ありて帰らる。
同じく五日。雨折折晴天。七十二度。
「新潮」の追悼座談会明日あれど出席しがたく返電を打つ。
仕事。改造の下山君来る。悼文やはり書かぬこととする。
悼澄江堂
新竹のそよぎも聴きてねむりしか
中河君来る。新著「恐ろしき私」を貰ふ。村井武生君帰省の途中なりとて寄る。
夕食の後別る。

神無月日録

十一月二日　はれ。

庭の奥は落葉を見んため掃かぬこととはせり。赤松月船君来る。妻子を国にかへせしが妻子なくては淋しきなりといふ。僕も同感也。――田中清一、清水暉吉《てるきち》両君来る。雑誌詩神改革せんとのことなり。今夜二日会なれど、話疲れて再び人中に出る勇気なし。失礼する。

三日　晴。梅もどき紅くなる。

稲垣足穂君来る。例により稲垣君湯に行き僕も入浴す。食後神明町の時計屋に行き眼鏡の修繕を依頼す。高柳君の奥さん湯にはひりに見えらる。

四日

はらはちと時雨もよひの空なり。「新潮」の小説を書いて疲れ、浅草に「カルメン」と「魔炎」を見る。「カルメン」は最も映画らしき映画以上のものにあらず。「魔炎」

は美しきものなれど詰らず。ロナルド・コールマンは単なる流行俳優たるのみ。其末路目に見ゆるごとし。最近に見たる「椿姫」はよき抒情詩也。ノーマ・タルマッヂの柔らかき素直なる芸風は、「椿姫」をよく生かしたり。

五日　しぐれ。石蕗《つは》の花くろずむ。

雨の中に薬買ひに出でしに芥川君の比呂志君の学校がへりにあひしかば、お母さまによろしく言ひてよと云ひて別れたり。我死にて彼生きてもあらば、わが娘に彼のまた斯くは言はんものをと、帰りて妻に話しぬ。

六日　快晴。庭前の楓散落す。

瞼のマイボーム氏腺昨夜より痛みしが又腫物となりたり。七月より七回目也。――堀辰雄君来り夕食後窪川君夫妻来る。乾鬼子君来る。夜、瞼の腫物疼きて眠を得ず。されど此痛みの中に小説書くは自ら厳しさを感ず。

七日　快晴。地震あり。

毎年経師屋に障子張を命ぜしかど、今年は妻とともに張りたり。下島先生来る。宮木君来る。

障子張るやつや吹きいでし梅の枝

夜、宮木君と動坂に出で汁粉食べたり。「砂絵呪縛」を見しかど甚しく詰らず。

八日　けふ立冬也。

朝の内例により仕事。後、昨日の残りの障子張りかへたり。うそ寒き曇天にて糊加減滑らかなり。掛軸の表装も亦糊加減なりといへば障子張りも亦糊加減ならんや。夜、田村松魚氏宅にて駱駝の銅印めいたるものを購ふ。卦算に用ひんためなり。かへりて瞼の腫物の療治をなせり。其疼痛云はむ方なし。

九日　快晴。

昨夜の銅印今朝の明りに眺めしに詰らず、むしろリンガムの仏像めける銅印と取換へるべく妻を使に出す。かへれば松魚氏いまだ床中にありといふ。午後脱稿の上、若松町の百田君を訪ねかたがた新潮社に赴く。

自画像

室生犀星論

一　自己批評

自選歌や自選句の類は大抵の場合作者は悪句を集纂するものではない。又自己解剖も多少の感傷を交へた肖像画たることは、凡ゆる自画像の病癖と云つてよい程である。感傷以外自画像の筆触の中に脈打つものは、惨酷な表現意識でどれだけ遣つ付けたかといふことであらう。我我素人の眼を以てすればどれだけ彼らは、醜く異体の分らぬ自画像を描いてゐるかも知れぬといふ事である。

自己批評の前には、実に澎湃たる感傷主義が何時も横はつてゐる。仮りに一個の室生犀星は彼自身に取つては、世界の室生犀星であることに何の渝りはない。併乍ら世界の谷崎潤一郎は彼自身も亦さうであらうが、世界自身に取つての谷崎潤一郎であつた。これらの真理は自己批評の前で猶且真理の輝きを放つてゐながら、そのことで彼自身を絶望にすることは滅多にない。谷崎潤一郎が世界的であれば室生犀星も亦世界的でなければならぬ。

凡ゆる自己批評は荘厳な道具立の中では必ず失敗してゐる。寧ろ醜い自画像の如き画面に於てのみ成功するものかも知れぬ。自選歌が作者に不相意な作品を剽窃してまでも、その歌集を世に問ふことは稀有の事であらう。

二　文学的半生

彼自身屡屡その文学的半生といふものに眼を通して見て、曾て幸福を感じたことがない。若し彼の生ひ立と彼の作家たり得たこととを結び併せ、仮りに出世や成就の意味を為すものがあらば、彼には直ちに俗流的軽蔑を感じる丈である。彼と彼の今日の惨酷な醜い売文的生涯は、啻《ただ》に恐怖を形造る許りではなく、無限の生活苦を前方に畳み乍ら脅してゐる。

彼は彼を幸福者の一人者であるやうに数へ上げる者があらば、まだ何事も彼を解つてゐるものではない。彼は趣味を解し築庭を解し又凡ゆる静かさを解しようとする一人である。だが彼が何故に惨めな原稿を書き続けながら喘いでゐるかといふことは、人は何も知らないことである。人の知ることは趣味を解する彼だけである。そして恐るべき原稿地獄の中に悶えてゐる彼は、日夜に経験する眩暈のやうな疲労の状態から殆ど解放されることが無い。その昏迷の中から彼はやつと一導の明りを睨んでゐるだけである。彼はその一導の道では端然と廃馬のやうに坐つてゐた。そして彼は凡ゆる静かな彼自身を置くことや又眺めることに苦心してゐる。惨たる原稿のうめき声は彼を幸福者にする人の耳には聴えやう筈がない、……彼はそれらの売文的地獄の中で漸《や》つと静かになれる処でのみ、窃かに呼吸づいて其地獄を手を以て抑制してゐる。それ故彼が表面にある平明を虜にした杜撰な非心理的批評家の徒には、彼の本来のものが解らう筈がない。

彼は凡ゆる理解に対して曾て完全な満足をしたことがなく、又それを望む程の野暮さをも持つてゐない。唯微かながら彼の心に触れる程度の理解や批評に対しては、（さういふ批評さへ稀である。）力ない笑ひを漏らすことは毎日のやうである。

彼は奈何なる雑文をも粗雑に書き抛つたことは稀れである。無力は遂にこれを宥さないと一般である。彼は文学的嘆息を人の前ですらしたことが無い。彼は唯何ごともなきが如く心に煩ひなきものの如く、淡淡として其〆切を恐るる者の、醜い守銭奴のやうに原稿の中で懊悩して暮してゐた。恐らく死のごときものすら彼の本来を解くに何の意味すら値しないであらう。そして曾て彼を目して幸福者だといふものがあらば、彼はそれを叩き返してしまふ前に例の抵抗しがたい力ない笑ひを漏らすことであらう。彼の笑ひの中に刺し透すもののあることすら、彼は人から指摘されたことの無いことを知つてゐる。

三　彼の作品

彼はどういふ作品の中にも彼らしい良心の姿を顕してゐる。その作の内の一箇所を抉つてゐる安心をもつてゐる。彼とても到底その作のあらゆる隅隅にまで心を籠めることはできても、弛みのないことは断言できないやうである。さういふ時の彼はその一ところに苦しみ喘いでゐる。そこに彼は彼の良心を刻み込んでゐると云つてよい。彼は拙いものであつても良心をもつて書かれたものに曾て悪意をもつた例がないからである。

彼は彼だけのもつ人気を何時も感じてゐる。併しその乏しい人気の中に絶望や悲観を算へ上げる程の幼稚はとうに卒業してゐる。唯乏しい人気の間に立つ物静かさは生活苦を伴うて訪れては来るが、その為に彼の精神的な荒筋を掻き廻すことは稀れである。彼の生活苦は茫茫たる山嶽に彼を趁《お》ひ立てては試練するが、彼を卑屈や堕落に陥し入れることは毛頭無い。彼の経験によれば凡ゆる物静かな人気の間に立つほど、また人気の静まつた時ほどその作者の鎬を削る底の勉強をしてゐるときがない。それらの「時」を逸するものがあるとしたら、彼は作家であるために勉強を忘失してゐるところの、又止む無き抹殺の田舎に追はるべき輩であらう。

　併乍ら彼の風流めいた小説は彼と雖も辟易してゐる。風流意識の横溢程作を濁すことの甚しいことはない。彼は不知不識の中に彼の望んでゐる静かさに入ひれるならばいいが、その為に騒騒しい風流意識を掻き立てることは、悪疾の如き恐怖を感じさせてゐる。又凡ゆる詩的意識の混淆された小説の如きも、自分は詩人であるがその為にも嫌厭してゐる。小説はそれ自身小説であり、同時に又詩的精神すらそれ自身小説でなければならぬ。それらを意識に計算した小説があり得たとしたら遂に自分は身慄ひするくらゐ厭ひもし恐れもするであらう。

　自分は常に湧くが如き人気を軽蔑してゐる。同時に人気のない寂漠の作者をも軽蔑してゐる。この間に立つて我我を気丈夫にさせるものは、例の山嶽的気魄を持ち合すものだけであらう。寂漠を食ひ荒してゐる鷲は下をも上をも見あげてゐるが、彼は到底気魄以外には断じて行動しない。彼は売文地獄の中で生肉を食ひ荒し寂寞をも喫うてゐる。彼、室生犀星の時たまに見る高慢や粗野な所以は、この意味の外では見られぬ。

四　生活苦

彼はその前途に恐怖以上の脅威を感じてゐる。彼をして正直に言はすれば、彼は凡ゆる「文」を通じて食はねばならぬ。これ程恐ろしいことはない。彼は到底「明日」や「あなた」委せやに安じて居られぬ。彼の前途を彼の病みがちな視力を以て眺めるとしても、幾万枚かの白紙の城砦が聳立してゐる。彼はそれらを永い日も短い夜も書き続けねばならぬのだ。これ程の軽蔑以上の軽蔑が何処に有り得よう。彼の目はかすんで見えぬやうになるであらう。しかも猶書きつづける「彼」であらう。彼は凡ゆる軽蔑の中に力無き笑ひをもつて立つより外はない。……

彼は奈何なる雑文をも営営として書いてゐる。これは直ちに彼の生活苦が誘惑する惨忍な現世への彼の宿命であるとしか思へない。百田宗治の言葉を藉りれば室生犀星は既に厭世をすら生活する男だといふが、此言葉の中に若干の楽観的な見方が含まれて無いでもない。本来は厭世的な行方ではあるが、その厭世の中から彼自身繊い絹糸のごときものを手繰り寄せてゐる。金銭の為に原稿を書くといふことは最早卑しいことではなからう。それらの詩銭に寄る彼らは惨めな仕事への、微かな慰めを求めねばならぬ。彼等は本来の芸術を叩き上げねばならないとしたら、金銭を得るための原稿を書くに不名誉を感じない。佐藤春夫は彼よりも遥かに人気を抱擁してゐることは、直ちに彼の詩的気魄や詩に就て彼を卑屈にするものではなく、佐藤は佐藤だけの人気の中に存在するだけであり、そのため彼の微光に影響のあるものではない。

五　冷笑的風流

彼を一介の風流人としてのみ論ふことの既に彼を理解するものでないことは述べた。何よりも東洋的な彼は又何よりも西洋風なものを好いてゐる。西洋風なものの中に何よりも東洋的なもののあることは否めない。我我はそれらを文学にばかりでなく壮大なミケランゼエロにも感じてゐる。

彼を風流人として数へあげることは、彼の行詰りを冷笑するものとしか思へない。東洋の風流は既に二百年の昔に滅亡した。芭蕉がその最初であり最後の一風流人だと言つてよい。然乍ら我我の風流人的な気魄が特質の中に目覚めてゐるとしたら、それは在来の風流と事変つた西洋流の教養や思想の洗礼があるものと云つた方が適当であらう。曾て一個の社会主義者だつた芭蕉のことは述べたが、近代の混乱された諸思想の中をも潜り抜けねばならぬ風流的現象も、生優しいさびやしをりを餌食にしてゐるものではなく、鷲の生肉を食ひ荒らすことと何の渝りがないのである。彼は彼を一人の風流人的な符牒を張られる前に、先づその張り手の人相から熟視したいものである。

六　詩と小説

彼も亦新感覚派だつた名誉を記憶してゐる者である。のみならずその新感覚派は彼に遂に不名誉な名前の下に没落した。没落したのではなく今も猶彼の文章の中に連綿として続いてゐる。何人もその文章の初期的情熱の中には何時も此新感覚派の撥刺たる勇気を持つてゐるものである。

彼も亦新進の気勢の下に腕の続く程度で、書き続けた男だつた。何等の後悔なしに彼は殆ど野性的にさへ諸作品を公にした。後世に問ふ作品を書かうといふ気持よりも、殆どその時代に滅亡する潔さを標準としてゐた。標準としたよりも寧ろ彼は「彼のうたかたの世」の厭世的な気持の上で、何時亡びてもよい覚悟と性根とを持合してゐた。併し歳月の辛辣な刺戟と抱負とは、滅びてもよいが亡びるまでの重厚を彼に加へた。彼とともに彼の作品の亡びることはいいが、亡びて後にも遺つてもゐない幅と奥行とを考へさせた。

詩人である彼は当然詩作品が後世に遺ることは信じてゐる。又彼の詩よりも一層微妙な発句が燦然として或光芒を彼の背後に曳くことも信じて疑はない。併乍ら多くの小説作品の遺るか否やといふことを考へると、何時も後悔と口惜しさと憂苦とを感じさせた。彼の内の或物は残るだらう、然し或物は残らないであらうといふ疑惑と不安とは、彼の詩や発句を信頼する程度の平安と信仰とを与へなかつた。これは卑屈な謙遜ばかりではなく、彼を根本的に悲観させる最大のものだつた。彼は彼自身を建て直すべきであることは勿論、最う一度揮ひ立つべきものだつた。彼はそれらの気持の下にどれだけ又新しい努力をしたことか分らない。その努力と精進の頂に立つところの彼は矢張り詩や発句の残る意味をもその小説作品の上に信じなければならなかつた。然しそれは到底苦痛に近かつた。

あらゆる作品を通じていい加減に書いたもの程、動機に深い考へを入れなかつたもの程彼を後悔させるものはなかつた。不幸にも彼はその折折心をこめて書いたものも、今は単なる後悔を誣《し》ひるものばかり彼の身辺に押寄せてゐる。

詩は彼の小説に相応はぬ心の風俗や溜息を盛るに便利だつたし、小説は又人生の荒涼を模索するに役立つことは実際だつたが、本来はその孰れをも手離し兼ねるのだつた。詩は詩のいとしさを小説は小説の親密を持合し囁き合してゐた故、彼はその一つを捨て一つを樹てることが出来なかつた。小説を書くために詩情や幽思を荒唐にする惧れはあつても、詩を捨てることが出来なかつた。かれらは孰れも姉妹のごとく相離れられないものだつた。彼は小説家であり詩人であり同時に俳人であり得てもよかつた。併しそのためにより小説家でありより詩人である必要はなかつた。

七　再び人気について

改造社の文学全集は何故か豊島與志雄や加能作次郎や宮地嘉六の諸先輩と同様、その作品の編入を美事に超越した。自分の諸作品の特色や存在は決して全集にある諸君に劣るものではない。寧ろその傾向と特質の相違は或意味に於て逸早く全集に編入し、此存在を記録すべき必然性のあるものであつた。

ひとり改造社の手落ばかりでなく明治大正文学の一旗幟《きし》を等閑に附したと云つても過言ではなからう。これは白分ばかりの考へではなく、何人の考への中にも比較的静かに首肯れるべきより多き可能性のある事実であらう。

加能作次郎の如きはその温籍の文章結構や文章世界編輯当時に於ては、可成りに高い諸作品を公表してゐる。宮地嘉六の如きもその最近の作品にはずば抜けて佳いものがある。豊島與志雄も亦新思潮派の一将たることは何人も知るところである。これらの諸先輩の作品を編入すること無きとき、これらの事実をも他の編入された諸君子は気附かれなかつたであらうか。諸君子は相語り合ひ又己をのみでなく極めて地味な作家のために一容言を試みなかつたであらうか。改造社の全集は改造社のものであり得ても亦同時に全文壇の全集でなければならぬ。斯ういふ時、遠く社会から隔れてゐる諸作家は各自に相伴ふ心を持つことは、文壇人として当然のことであらう。又武士は相互ひと云ふことを知らなかつたのであらうか。改造社も亦再考の上これらの特色ある作家の作品をも、その全集に再編の上後代の史伝的編者の憂を除くことに努めねばならぬ。

我我の心がけることは人気すくなき作者の作をも絶えず注意せねばならぬことである。これは一個の室生犀星ばかりでなく、凡ゆる場合に眼を放してはならぬことである。編輯者はあらゆる惨忍なる編輯者であり、同時にあらゆる目をこまかく作者の上に注がねばならぬ情熱の編輯者でなければならぬ。

八　彼の二つの面

彼の作品は人生に即したものと、又別様の風色的なものとの二面がある。彼は所謂熾烈な熱情的な作者ではない。彼らしい静かさに映るもののみを克明に描くことに拠つて彼は満足してゐる。彼は芸術的な露骨な勇躍を試みることの危険を恐れてゐる者ではなく、何よりも彼以外の物に親しみを有つことを好まないからである。彼に親しみのない人生は遂に彼に取つて気の進まない人生である。まだ彼は作品によつて救ひを人生に求めたことは曾て一度もない。「彼は柔かに物語る」以外「説明しよう」気はないのである。

彼は時折風色ある人生を物語るときは失敗してゐない。人生を人生としてそのまま生に取扱ふ時は失敗してゐる。彼の焦躁《もど》かしさもここにある。低迷してゐる彼はいつも人生の作者として物足りなさを常に感じてゐる。

彼は彼の色附の人生を振り捨てようとしながら、それに敢然たることを得ないでゐる。その作品は青年諸君に取つてなくてならぬものではなく、どうでもよい作品のやうである。併しこのどうでもよい作品すら彼には無くてはならぬ作品である。かういふ気持を感じながら猶己れを持することを捨てない。

竹林の中の聖人のやうにそんなに人生を諦めてゐる訳ではないが、彼の心底はエゴに固まり膠づいてゐる故、滅多に感じないだけである。彼は彼だけの人生をもちながらそれ以外用なき人生へは這入つて行かない。彼が時代遅れの輩の如く社会主義などに興味をもたないのも、エゴが固まり過ぎた故であらう。或は詭弁を弄するならば彼の静かさを索ねてゐる暮しも、所詮此止み難きエゴの発作より外にはなからう。彼は孤独と寂漠の罪に問はれて其昔の人のごとく或者の処刑を受けるとしたら、とうの昔に受刑されてゐる「箸にも棒にも」かからぬ我儘者であつたであらう。孤独は或意味で社会主義者よりも油断のならない恐るべき代物かも知れぬ。

九　彼の将来

特に大した将来の光輝もなく一凡化としての彼は彼の成就することに拠り、目立たぬ程度で其存在を続けて行くであらう。彼は現在の彼より余程しつかり者になるだらう。彼は人目に解らぬ進歩や勉強をするだらう。彼は彼の気持の中でのみ幾度か変貌もし又改められた「新鮮」をも発見するであらう。

彼の発句や彼の「人物」は恐らく漸次に極めて鈍重に出来上つて行くであらう。大概の場合負目を取らぬ男になるだらう。彼は自身でも驚く位老実の烈しさを感じるであらう。

彼の小説は益益面白くなくなるであらう。併し彼の仕事は粗雑な危期を通り越してゐる為、読者は彼へのみの「安心」の情を施して読むやうになるであらう。彼は貧乏するやうになるであらう。貧乏は彼を壮年期の中で再び烈しく舞はしめ闘はしめるであらう。彼は鳥渡位その目付が変るかも知れぬやうになるであらう。

所詮一凡化の作者としての彼はそれ以外を出ないに決つてゐる。彼は畳の上で天命を俟つの凡夫に違ひない。頓死するやうなことがあるかも知れぬ。人知れず死ぬやうになるかも知れぬ。ともあれ彼は彼だけの一俊峯たる自負の下に、その意味では何人の背後にも立つことは無いであらう。

さういふ自信は彼をして可成りな自尊心を高めるであらう。彼は彼の稟性気魄の世界でのみ傍若無人の頂にかじりついて、人生の風雪の中を往くだらう。あらゆる軽蔑に酬ゆるにも最早彼の後方への唾は、砂礫のやうなものに変化してゆくであらう。何事も彼は決して油断することなき「彼」への勉強を怠らぬやうになるであらう。老ゆると同時に若くなり烈しくなるであらう。行け！　そして青年期の末期にもう一度揮ひ立つことを忘るるなかれ。而して誰でも気の附くその末期的勇躍の下に行け！

解説

久保　忠夫

1

室生犀星随筆集『天馬の脚』は昭和四（一九二九）年二月十日、改造社から刊行された。四六判四七〇頁、厚さが五センチメートルあって、犀星の著書中、最もあつい。

この本に収められた作品は、一、二の例外はあるが、昭和二年三月から三年七月にかけて、新聞や雑誌に発表したものである。この間における大きな出来事と云えば、昭和二年七月二十四日の芥川龍之介の自殺であり、翌三年七月三日の田端の居、魚眠洞引払いと、それにつづく「生活的な流浪」とであろう。このことについて書こう思うが、その前に表題の「天馬の脚」について記したい。

犀星は女の脚の讃美者であった。崇拝者であったと云った方が当っているかも知れない。そのためか、わたしには「天馬の脚」に「女の脚」が二重写しになって来る。こう云うと、女の脚を讃美するのは犀星に限らないではないかといわれるかも知れない。たしかに。ドストエーフスキイも『カラマーゾフの兄弟』第二編第七に「女の足の讃美者プーシュキンは、自分の詩（オネーギン）の中で女の足を歌つてる。ほかの連中は歌ひこそしないが、戦慄を感じずに女の足を見る事が出来ないのだ。」（米川正夫訳）と書いている。だが、犀星は、誰にも増して歌い、そしてかいた。本書の「喫煙雑筆」の章の「挿話」にも、「春の浅い或日のこと、自分の前で美しい女の足のやうな敷島を一本袋から引きずり出し、惨酷に火をつけて燻《くゆ》らし乍ら彼「植木屋」は云つた。」とある。

「天馬の脚」にしろ、「女の脚」にしろ、美しいイメージである。しかし、表題の「天馬の脚」に籠められた犀星の思いは、「廃馬」の理想とし、目的としたものである。このことは「天上の梯子」の章の「売文生活」を読むことによって納得出来よう。そこには「あらゆる我我廃馬的心神に甦る「天馬」の美しい脚なみを調練せねばならぬ。」と書いてある。一体、この「売文生活」ははじめ昭和三年一月号の「不同調」

に出たのであるが、その時の標題は「天馬の脚」であった。「売文生活」と「天馬の脚」はこの場合、同義異語（シノニム）といえるであろう。一方は他方を内に蔵しているのである。それでは、「天馬」を夢みる「廃馬」にみずからを追いやった「売文生活」とは何なのであろう。

犀星は、大正八年八月号の「中央公論」に「幼年時代」を書いて文壇にデビュを切った。そして、同誌の十月号に「性に目覚める頃」を、十一月号に「或る少女の死まで」を書いて、地歩を固めていった。作家として自立すると、原稿の依頼は後を絶たない。犀星もよくこれに応えた。後のことになるが、「文学の神さま」（「国民新聞」昭10・1・5）に「随筆とか詩とか小説とか、または発句とか評論とか、凡そ文章と名のつくもので、これを依頼されて書かざることなく、また、これを売らざることは稀である。」と書いている。また、「文学的自叙伝」（「新潮」昭10・5）には「その様に僕は二年ばかりの間に小説を書くのが商売になり、お金ばかりほしがつてゐた。まるでお金がほしいために書いてばかりゐて、気狂ひのやうに金の計算をしそれを撒き散らして歩いた。」と。わたしにはこの気持がわかる。誰にもわかる筈だ。長い貧苦の時代があったのだから。「凡そ貧乏と名のつくほどのことなら、大抵の僕を知つて居た」（『女の図』）と犀星がいう藤沢清造が「渠《かれ》に云ひたいこと」（「新潮」

大9・7）で、その窮乏ぶりを「無論食事などは、二銭位の人形焼を口にして、一日二十四時間を凌がなければならなかつたことは、決して珍らしくはなかつた。」と書いている。これが新進作家として脚光を浴びている「親友」に贈ることばとしてはあまりに心ないと思うが、藤沢は犀星にこころざしのあったことをも記している。

過去に於て僕達は、渠の窮状を見兼たところから、幾度か渠に渠相当の為事を探索して来て、それに依つて幾分の収入を計つてやらうとしたことがある。だが渠は、何時如何なる場合にも、決して僕達の意見に従はうとはしなかつた。そんな時渠は屹度、「俺にはそんなことが出来ない」と明言して、微塵其の窮迫さから脱れようとはせず、依然悲惨其の物のやうな生活を維持してゐた。

この自尊不羈の姿勢、その犀星の上に春がめぐって来たのである。誰の恵みでもなく、みずからの力によって、仕事はいくらでも来、仕事をすれば金は相応に入って来る。犀星が、これが書かずにいられるか、と思ったとしても不思議ではない。それまでの境涯に対する復讐としても自然であろう。事実、犀星は晩年に「ちつぽけな事から」（「群像」昭30・7）という随想に「小説を書いた三十一歳までのらくらしてゐたことを思へば、原稿料はいくら取つても、青春の日々を饑餓（モト飢）だけで打通したつぐなひにはならないのである。」と書いている。だが、どうあれ、乱作のむくいは受けなければならない。

2

江口渙は大正九年十月二日から十一日にかけて、八回、「十月文壇月評」を「読売新聞」に書いているが、最後の十一日に犀星の「不思議なる人物（貧しき鼠のむれ）」（「サンエス」大9・10）をとり上げ、次のように評した。

感覚ばかりを書いて、書いて書き通して来た室生犀星君は近頃一寸行き詰りと云ふ形だ。その行き詰つた作風に対して、一寸方面転換をやらうとして、すつかり襤褸《ぼろ》を出した小説に「不思議な人々」（サンエス）がある。

この題材を若し宇野浩二君に書かせたら、ほんたうに「不思議な人々」になつたかも知れない、ところが人間に対して何等の「見る可き眼」を持つてゐない、室生君は折角の人々を一向不思議でも何でもない、平抜無味な、その上至極影のうすいものにして終つた。室生君には感覚は描けても、人間が描けるかどうかは、いまだ疑問だ。そして、将来も或は疑問の儘に終るのではなからうか。

本書に「文芸時評」の章があるが、これは昭和三年、四、五、六の三ケ月、「新潮」に発表したものである。ここに来て、評される人犀星は評者となった。この中に「詩人出身の小説家」（昭3・5、原題は「詩人出身の小説家、島崎藤村氏に」）がある。「今から七八年前に時の批評家だつた江口渙氏は、自分の或一作を批評して「彼は人間を書くことを知らない。」と云つたことがあつた。自分は小癪な気持を起して例に依つて聞き流してゐたが、事実彼の指摘する人間が書けてゐないことも、自分の胸に痞《つか》へないこともなかつた。」と書き出されている。ここにある七八年前の江口渙の批評というのが上の「読売新聞」に載ったものである。「胸に痞へないこともなかつた」と云うが、大いにこたえている図が読みとれる。

「不思議なる人物」という小説は犀星が東京に漂泊していたとき見聞したと思われる小悪党ども――それは貧乏画学生としてあるのだが――の所業を本郷根津を舞台に展開させたものであるが、江口が「近頃一寸行き詰りと云ふ形だ」と書いているように、「行き詰」て助けを悪の宝庫ドストエーフスキイにもとめたものと思われる。具体的には「復讐の文学」(「改造」昭10・6)に「この不思議な人物」としてスギドゥリガイロフのことが出て来るので、これにヒントをえたかと思う。問題は皮相にまねたに過ぎないということである。

ちなみに、この作の前は九月号の「中央公論」に載った「香爐を盗む」であり、八月号の「文章世界」の「桃色の電車」である。これらはそれぞれ単行本に収められているが、「不思議なる人物」は後半の部分(「小説倶楽部」大10・3)とともに単行本に収められることがなかった。

「感覚ばかりを書いて、書いて書き通して来た」と眉をひそめるように江口が書いていることは上に挙げた。そのような周囲の目もものかは、この年のうちに十年一月号の小説を、小説だけで十一篇書いている。濫作も極に達した。そして、「やや疲れたのか、素材に行きづまりが感じられ」(「古典について」)るようになる。関東大震災後郷里金沢に帰った時の作という『故郷図絵集』(昭2・6 椎の木社)の「精神」という詩には、

朝も夕も机にしがみつき、

自分の考へごとも種なしになつた。
何を書いていいか分らない、
この種の欠乏された精神には悲しみさへない。
にがみさへない。

とうたわれている。大正十二年九月二十日ごろから十四年一月にかけてのことである。仕事の行き詰りは顕著である。

犀星は大正七年二月十六日に結婚した。生れてはじめて家庭のぬくもりを感ずることが出来た。犀星はこの家庭を大切にした。大正九年七月号の「新潮」の〝室生犀星氏の印象〟に「淋しく、静かに、冷く、重く、然も楽し」の筆をとった佐藤春夫は、「室生君の家庭は僕の知る限りの家庭のうちで、落着いて調和があつて真に程よく幸福さうなものの第一である。」と「特にこの一節を書いて室生君及び同夫人に万腔の尊敬を表する。」と付け加えている。十年五月六日には長男が誕生する、豹太郎である。だが、一年と一ケ月ほどのよわいで十一年六月二十四日に永眠する。犀星の悲しみは本書の「林泉雑稿」の章にうかがうことが出来る。長子を失って後、長女と二男をえた。十二年八月二十七日に朝子が、十五年九月十一日に朝己が生れた。

萩原朔太郎は「室生犀星君の心境的推移について——亡春詩集以後、故郷図絵集まで——」（「椎の木」昭2・9）に「僕をして遠慮なく極言させるならば詩集『故郷図絵集』の価値は、ただ叙情詩『家庭』の一篇に尽く」「『家庭』をよんで室生君の旺盛なる人生的熱情に、僕は今さらの如く驚嘆した。『家庭を守れ、悲しみ《マ》なが《マ》ら守れ。』と彼は歌つてゐる」と書いた。これは当時の朔太郎の家庭を通して見た感想には違いないが、そして家庭の危機の原因も全く違うが、両者家庭の危機を感じていることに違いはない。

それでは犀星の云う家庭の危機とは何か。近松秋江の小説「遺言」が「中央公論」に載ったのは昭和三年四月号であった。犀星は「新潮」五月号の〝文芸時評〟でとり上げ、「『遺言』の内容と作家の死後に就て」と題して評した。本書の「文芸時評」の章の「作家の死後に就て」である。『天馬の脚』が出ると生田春月は「報知新聞」（全集第十巻）に書評を書いて「就中、「作家の死後について」の一文の如き、自分は身ぶるひを以て読んだ。」と告白した。要は「吾々の遺族は我々と生活を共にしたゝめ、あらゆる貧と戦ふくらゐの心の用意は既に覚悟しなければならない。」という家族へのいたわりである。元気で書いているうちはよいが、急逝でもしたら家族はどうなるかという心配であり、家族に云っているというよりみずからにいいきかせているると取れる。そう読めば、同じ章の「文芸家協会に望む」も、『文芸林泉』の「作家の財産」も、『薔薇の羹』の「芸術家の死」も、同じ思いに発するものであることが理解できよう。

3

芥川龍之介がみずからいのちを断ったのは昭和二年七月二十四日のことである。犀星は軽井沢にいた。この時のショックがどのようなものであったかは本書の「日録」の章の「続軽井沢日記」を見るのが一番早道かと思う。

犀星と龍之介、この二人の関係を論じ出したら、何万語を費しても、もうこれでいいということはないだろう。それでわたしは、それぞれの短いことばで理解するのである。龍之介は犀星の感覚に舌を巻いていた。「都会で——或は千九百十六年の東京——」という「(昭和二年二月)」と付記のある断章がある。そこに、「夜半の隅田川は何度見ても、詩人S・Mの言葉を越えることは出来ない。——「羊羹のやうに流れてゐる。」」とある。対して、龍之介はある面で犀星を軽蔑していたかも知れない、犀星もそれを知って「軽蔑すべきものを軽蔑してゐた」と「芥川龍之介氏を憶ふ」に書いている。それが具体的にどういうことなのか、一斑を犀星の言葉からひろうと、「芥川君がいつか云つた。「君、あべこべなんて言葉を小説につかふなよ！」」（「文学的自叙伝」）と。この二人が田端三一六（犀星）と四三五に住んで、別の言葉でいうと「田端の芥川君の家と私の家とは裏通りから坂二つを横に通つて、五六町くらゐしかなかつた。」（「憶《おもふ》　芥川龍之介君」）、そこをしげく往き来していたのである。

　犀星にとって芥川の死のショックの大きかったことは六月号の「新潮」に「芥川龍之介氏の人と作」（本書「澄江堂雑記」の章）を書いたばかりであったことも関係していよう。総括をしてしまったかの感があるからである。なお、この文章は生前芥川も見ていて、二人の話題になったことが、「憶　芥川龍之介君」に見える。

　ともあれ、芥川の死は犀星に深刻な影響を与えた。犀星が作家の危機を強く感じていた折だけにと云うべきであろう。「僕の文芸的危機」（本書所収）に「自分の熟《つく》熟《づく》この頃おもふことは楽な仕事をしてはならぬといふことである。楽な仕事それ自身三枚書けば三枚分だけだらけ、五枚書けば五枚分だけだらける習慣が永い間に恐ろしい痼疾になるからだ。（略）自分は不惑〔昭三、数え四十〕の年齢にゆきあうて又思ふことは、もう最後に緊め付け打ち込まねばならぬといふことである。（略）芥川君の死は自分の何物かを蹶《け》散らした。彼は彼の風流の仮面を肉のついた儘、引ぺがしたのだつた。」としるされている。

「僕の文芸的危機」は昭和三年二月の「新潮」に発表されたものであるが、このころになると大分落着きが出て来ているようにも思われる。そして、芥川の一周忌に際して七月号の「文藝春秋」に寄せた「芥川龍之介氏を憶ふ」（本書所収）には「自分が文事に再び揮ひ立つことのできるのは、あの人の影響だと思うてゐる。」と書き、また、「同君に見てもらひたいのは今日の自分であり、交友濃《こまや》かだつたあの頃の自分の如き比例《ママ》ではない。」とも書いている。だが、本格的に立直るにはまだまだ時が必要だった。

昭和三年六月三十日の「時事新報」に書いた「曇天的な思想」（本書所収）で、「自分は後二日で半年の旅行に出るのだが」と、半年の旅に出ることを云っているが、七月三日に田端の居、魚眠洞を引払い、一家を挙げて旅に出た。田端は大正七年から住んだ土地である。惜別の情、切なるものがあったろう。本書の「林泉雑稿」の章に思い出の文章が目立つゆえんである。

この旅については『室生犀星文学読本（春夏の巻）』（昭13・5　第一書房）に「生活的な流浪」（本書所収）の全文を掲げ、次の注を付けていている。要約されていてわかり易いので引く。

昭和三年の夏、自分は精神的にも家庭的にも或種の行き詰りを感じ、それを打ち壊し新しく立直るべく努力しなければならなかつた。自分は庭を壊し、田端の住居を引払ひ、一家をあげて信州軽井沢に夏を暮した。そして秋には郷里に行き、歳の暮に帰京して大森馬込に新しく居を構へた。さういふ家庭的な旅行によつて、自分の行き詰つてゐた気持は肩の凝りのほぐれるやうに打開されたやうである。

この旅の詳細は『室生犀星全集　別巻一』に収められた「日記」によって知ることが出来る。郷里に帰ると、庭つくりに精を出したり、妻と映画を見に行ったりしている。「「忠次旅日記」を見にゆく。大いによし。妻も同行。斯の如きは何年振りなるかを知らず。」(10・19)、「夜、妻と活動を見に行く。かういふことは十年振りと言つてよい。」(11・1)。これで思い出すのは「晴朗の人」(本書所収)に晩年の芥川をうつして「お互ひの家庭の話が出ると、此頃妻がいとしくなつたと山手線の電車を待ち乍ら話してゐた。自分自身の生活でもそれが分るやうな気もちで居ることがあるので、賛成して倶によい気もちになつた事がある。」と書いていることである。

この旅を回顧しての犀星のことばは上に引いた。いま一つ、流浪の中の思いを引こう。「今度の旅行を生涯の或る一つの時期として見、かういふ機会にまた自身の生活を建て直さなければならなかつた。」と。「旅にて」（「文章倶楽部」昭4・2）における述懐である。

この旅行は犀星の「生活を建て直す」のに効果があったであろう。朔太郎も当時、「室生犀星に就いて」（「春陽堂月報」昭4・10）を書いて、「彼は田端の家を移り、その庭をさへ破壊して、今や新しき生活に一転すべく、過去のすべての者に別れを告げてる。室生犀星は新生した。」とその前途を祝し、期待を表明した。

犀星は昭和三年十一月四日に単身金沢を発って上京、田端にあって家をさがしたが適当な家が見当らず、結局、朔太郎夫人稲子のさがしてくれた大森谷中の借家に入り、ここで「新生」の第一歩を踏み出した。そして、大森馬込町久保七六三番地に新築居住したのは、七年四月のことである。これで家庭は安定したといえよう。だが問題は、作家としての行き詰りが打破出来たかどうかということである。

行き詰りが打破出来るまでには五年ほどの歳月を要した。『神々のへど』（昭10・1　山本書店）で第二期を画したが、この短篇集に収められた「医王山」は昭和九年七月号の「改造」に発表された。犀星は「医王山」のはじめのところを「登記所」

と題して『文学読本』に収めているが、その際、「上からいぢめつけられる小役人の不愉快な渡世と貧しい生活雰囲気を描いたもの。心境的作風を清算して、現代の社会世相に着眼するやうになつた私の第二期の仕事の発足点に在るやうな作品と云へる。」というコメントをつけている。これに対して、昭和九年五月号の「中央公論」に発表の「洞庭記」の第二章「算術」の前半を「保険会社で」と名づけて『文学読本』に収めているが、その折のコメントは次の通りである。

「洞庭記」は、私の心境的な作品群の最後列に位置する小説であつて、私自身、本篇を書いたのちに漸く身辺雑記風なきづなから解放されたすがすがしさと肩の軽さをかんじた。さういふ意味で私の心境物に於ける決算的な一篇と云へる。

第一期の仕事を「心境的な作品群」（「天上の梯子」の章の「第一流の打込み」参照）と位置づけている点に注目される。抒情的と云いかえては行き過ぎであろうか。コメントは続く。

それまでの私はいろいろの理由から非常に行き詰つてゐた。どうかして独善的な環境や隠遁的な雰囲気から起ち上りたいと日夜呻吟してゐたが、却々身軽に転身することが出来ないでゐた。一家をあげての旅行に出たり、庭を壊してみたりしたけれど、却々私の悶えは去らなかつた。「僕の文芸的危機」といふ小論を書いたりしたのもその時分の事である。

『神々のへど』の世界にたどり着いた犀星のくちびるには、あの『愛の詩集』のエピグラフ「吾等苦しみあがきし日の償《つぐな》ひに」があったにちがいない。長い道程であった。

4

『天馬の脚』を「生活的な流浪」と芥川の死を軸に見て来たのであるが、実際にわたしがこの本から何をえて来たかといえば、「映画時評」——昭3、1〜7「中央公論」、昭3、2「新潮」——の章の「スタンバーグとチヤツプリン」、これは犀星もチヤツプリンが好きでないから。「月光的文献」の章の「月光的詩人」、『月に吠える』の表題がどのように受取られたか。「詩に就て」の章の「悲壮なる人」、昭和初年の朔太郎の詩壇的地位について。「人物と印象」の章の「加能作次郎氏」、犀星はどのようにして文壇に出たか。「書籍と批評」の章の「装幀と著者」、犀星の著書を並べておいて観賞するのに有益、とくに、『庭をつくる人』と『芭蕉襍記』と『天馬の脚』の比較。「自画像」の章の「室生犀星論」、「敵国の人」と合せ読むべきものとして。「喫煙雑筆」の章と、「月光的文献」の章の「喫煙と死」、犀星自身の運命を読んでいるようで。とにかく、読んで楽しくもあり、資料にもなる稀有の書である。

(国文学者、東北学院大学名誉教授)

編集附記

・本書は一九二九年（昭和四）、改造社より刊行された『天馬の脚』を底本に使用し、文庫化したものである。
・表記は常用漢字については新字に改め、それ以外の漢字には正字を用いた。また、俗字は正字に改め、異体字は原本通りを原則とした。仮名遣いは原本通り旧仮名遣いとし、明らかな誤記・誤植を正した。
・原本の振り仮名は概ね採用し、不要と思われるもの若干を略した。また、難読語に適宜振り仮名を旧仮名遣いで附したが、著者特有の宛字等には振り仮名を附さなかった。
・なお、芥川龍之介の俳句・小説の引用箇所については、原典に徴し修正を施した。

（編集部）

ウェッジ文庫

天馬の脚

二〇一〇年二月二十四日　第一刷発行

著　者……室生　犀星

発行者……布施　知章

発行所……株式会社ウェッジ

〒101-0052

東京都千代田区神田小川町一-三-一

NBF小川町ビルディング3F

TEL：03-5280-0528　FAX：03-5217-2661

http://www.wedge.co.jp　振替 00160-2-410636

装　丁……上野かおる

組　版……株式会社リリーフ・システムズ

印刷・製本所……図書印刷株式会社

※定価はカバーに表示してあります。

ISBN978-4-86310-066-4 C0195

ウェッジ文庫　目録